Alida Bremer

Träume und Kulissen

Roman

Oktopus

Für den Blick hinter die Verlagskulissen:
www.oktopusverlag.ch/newsletter

Für Fabian und Leon

Ein Oktopus Buch bei Kampa

Eine Koproduktion der Verlage Kampa und Jung und Jung

www.oktopusverlag.ch
Covergestaltung: Lara Flues, Kampa Verlag
Covermotiv: © Adobe Stock / ImageDesigner
Gesetzt aus der Cambria / 240120
Druck und Bindung: GGP Media GmbH, Pößneck
Auch als E-Book erhältlich
ISBN 978 3 311 30071 7

Für Fabian und Leon

Aber das Verbrechen war die Auswirkung einer ganzen Windrose von Ursachen, die wie ein Mühlrädchen in Schwung gesetzt worden war (genau wie die sechzehn Winde der Windrose sich zur zyklonischen Depression einer Windrose verdichten und schließlich, im Wirbelsturm des Deliktes, die geschwächte »Weltraison« abwürgen. Wie man einem Huhn den Hals umdreht.)

Carlo Emilio Gadda:
Die grässliche Bescherung in der Via Merulana

Uns vergingen jene Wochen in der dalmatinischen Landschaft, auf dieser Insel mit ihren Buchten, ihren Hügeln und biblischen Tälern, als ob wir exterritorial, von der Welt abgesondert wären. Wir waren glücklich, wenn wir die Augen aufschlugen und den schimmernden blauen Himmel über uns erblickten und weiße Segel auf dem Meer. Die Schiffe, die fast gleichzeitig, gewöhnlich um die Mittagszeit, aus dem Süden und aus dem Norden, aus Dubrovnik und aus Split kamen, brachten Zeitungen aus aller Welt. Während wir sie lasen und die Nachrichten besprachen, verloren wir die Exterritorialität, die Vorgänge in Deutschland warfen uns in die Zeit zurück.

Manès Sperber:
Bis man mir Scherben auf die Augen legt

TEIL 1

1.

Ein Riesenfisch lag seitlich ausgestreckt auf einem Haufen Fischernetze. In der Morgendämmerung schimmerte der Bauch perlmuttfarben, während sich die schwarzen Flossen immer deutlicher abzeichneten, je näher Antonio Petrinelli dem Ungeheuer kam. Seine Schritte waren etwas unsicher. Er war angenehm betrunken und bis vor einigen Minuten noch sorglos heiter gewesen, denn die Nacht hatte er in der besten Gesellschaft verbracht, die diese Stadt zu bieten hatte. Plötzlich spürte er die Brise, die vom Land Richtung Meer wehte. So ist das Leben, dachte Petrinelli, von der Luftströmung beinahe nüchtern geworden. An einem Tag spielst du die ganze Nacht *trešeta* und *briškula*, lässt dich vom Direktor der Zementfabrik mit Kutteln in Zwiebel-Tomaten-Soße bewirten, trinkst für das Blutbild Rotwein dazu, und am anderen Tag schon kann dich der Tod dahinraffen, allen Bemühungen um die Gesundheit zum Trotz.

Er dachte an seine Mutter, an die er sich immer dann erinnerte, wenn er Gründe für ein schlechtes Gewissen zu haben glaubte. Er konnte froh sein, dass sie jetzt nicht auf ihn wartete und durch die halbgeöffnete Tür ihres Zimmers nach ihm rief, um zu überprüfen, ob er nach Hause gekommen war und wie es ihm ging. Aber trotz der Erleichterung überkam ihn ein Gefühl der Einsamkeit.

Er ging jetzt langsamer und fixierte dabei das mächtige Tier. Komisch, dass die Fischer es einfach haben liegen lassen. Sicher werden sie bald kommen, um es zum Fischmarkt zu transportieren, dachte er und wurde noch ein wenig nüchterner. Das ölige, schwarze Meer umspülte die Kaimauern, und man hörte das Knattern, Surren und Quietschen, die Geräusche ankernder Schiffe, die Antonio Petrinelli, obwohl er in der Hafenstadt geboren war, noch nie beachtet hatte, die ihm jetzt aber besonders laut vorkamen.

Nun war er nur noch wenige Meter von dem Haufen aus Fischernetzen entfernt. Sie waren mit Kork besetzt, die Korkrädchen sahen aus wie getrocknete Feigen. Mein Schädel ist eine *camera obscura*, dachte er und machte sich klar, dass er alles, was er sah, auf den Kopf stellen musste. Das, was er für den Bauch des Fisches gehalten hatte, war plötzlich der Bauch eines Mannes, dessen weißes Hemd sich in starkem Kontrast zu einem schwarzen, aufgeknöpften Jackett abzeichnete. Die Schwanzflosse war eindeutig eine Hose, die in einem Paar schwarzer Lackschuhe endete, während der Fischkopf tatsächlich ein weißes Gesicht mit blutigen Spuren und weit aufgerissenen Augen unter dunklen, nach hinten gekämmten Haaren war.

Er fühlte sich wie in einen Traum versetzt, nur dass er wusste, dass er nicht schlief, sondern wach durch den Hafen von Split wankte, um nach Hause zu kommen. Und er musste sich beeilen, denn er spürte, wie sein Mageninhalt in seine Speiseröhre stieg. Die saftigen Kutteln, die bräunliche Soße und der schwere Rotwein, das konnte er sich wahrlich nicht erlauben. Er konnte sich nicht einfach hier, mitten in der Stadt, in aller Herrgottsfrühe übergeben.

Verfluchte Filme! Seit seine Mutter tot war, war er dieser Mode verfallen und ständig im Kino. Jetzt sah er, was er davon hatte. Filmszenen tauchten vor seinem inneren Auge auf.

Infolge einer spontan verabschiedeten Anordnung des Königlichen Innenministeriums in Belgrad waren die Bordelle in der Stadt seit drei Jahren geschlossen. Die Proteste der Betreiber, die persönlich in die Hauptstadt gefahren waren, um zu erklären, dass eine Hafenstadt ohne Bordelle wie ein *brudet* ohne Fisch, wie eine Spliter Torte ohne Rosinen oder ein Dampfer ohne Schornstein sei, waren vergeblich: Die größte Stadt an der Küste des neuen Königreichs sollte keusch und tugendhaft sein, zumindest offiziell. Denn die Frauen zogen um in die dunklen Hauseingänge der feuchten Steinhäuser und die Spelunken in den abgelegenen Gassen der Altstadt, wo die Seemänner und andere Kunden nach ihnen Ausschau hielten.

Karlo Cambi, der zuständige Polizeibeamte, hatte in einem Interview mit der lokalen Zeitung *Novo doba* gesagt: »Für uns bei der Sitte hat sich nicht viel verändert. Nur die Kellner in den Hafenbars sind weniger freundlich zu uns, als es die Madames waren.« Das Interview fiel durch die Prüfung der Zensurbehörde, so dass die Öffentlichkeit von seiner sachlichen Feststellung nichts mitbekam. Der Polizeipräsident, der noch neu auf diesem Posten war, ermahnte den Kollegen Cambi ob seines lässigen Umgangs mit den Journalisten, doch diesem schien das nichts anzuhaben. Der Polizeipräsident versuchte, seine Worte abzumildern, indem er hinzufügte: »Kümmern Sie sich bitte lieber um die Flüchtlinge und die Fluchthelfer im Hafen, das ist uns derzeit wichtiger als die Nutten. Und achten Sie in den Nachtbars darauf, ob sich dort Kommunisten versammeln.« Dem Blick von Karlo Cambi, der die Wand hinter seinem Vorgesetzten fixierte, war nicht abzulesen, was er von solchen Anweisungen hielt.

Drei junge Männer, die an diesem frühen Morgen über den Platz der Prokurative schritten, diskutierten diese und andere Missstände. Die Dämmerung war erfüllt von ihren leisen Flüchen: »porca miseria«, »porca Madonna«, »porco Dio«. Sie ergingen sich weiter in Herabwürdigungen diverser Minister des Königreichs Jugoslawien – »rimbambiti cretini«, »teste di cazzo«, »faccie di culo«. Am Ende nannten die drei – eigentlich nur zwei, da der Mittlere schwieg – die ganze Regierung »figli di puttana«. Dann legten sie einander die Hände auf die Schultern und gingen weiter. Von hinten sah es aus, als führte das Trio einen exotischen Volkstanz auf.

Die Männer hatten etliche weitere Gründe, mit der Politik in dem Staat, in dem sie lebten, unzufrieden zu sein, und als sie den Platz vor dem Theater erreicht hatten, machten sie sich Luft: Es sei eine Tatsache, dass Italien nach dem Großen Krieg, in dem seine Soldaten Heroisches geleistet hätten, um bedeutende Territorien betrogen worden sei, namentlich um Istrien und Dalmatien, einschließlich ihrer eigenen Stadt. Es sei ein Faktum, dass Benito Mussolini der beste Politiker aller Zeiten sei. Er habe Italien wieder groß gemacht und die faulen Spielchen der Engländer und der Amerikaner durchschaut. Es sei eine unbezweifelbare Wahrheit, dass die Italiener ein viel zivilisierteres und kultivierteres Volk seien als alle Balkanvölker zusammen.

Bei den letzten Worten klopften sie dem Mann in der Mitte, der von den beiden links und rechts gestützt wurde, auf die Schultern: »Dich meinen wir damit nicht, Mauro, wir wissen, dass du italienisch denkst. Aber du wirst uns verzeihen, wenn wir die Fakten benennen. Jedes Kind weiß, dass die Italiener allen anderen Völkern in Europa und in der Welt überlegen sind, nicht nur den Slawen. Die alten Griechen, die taugten was. Ein wenig auch die Franzosen, dann und wann, und vielleicht auch die Deutschen, aber alle anderen kannst du vergessen. Die Spanier haben die Sprache der Römer verdorben und sich mit den Arabern und Zigeunern vermischt. Die Engländer sind hochnäsig und verstehen nichts vom Essen, genauso wie die Skandinavier, die rohes Eisbärfleisch fressen.« Sie wollten die Aufzählung noch fortsetzen, aber ihnen wollten keine weiteren Völker in Europa mehr einfallen, und so verstummten sie.

Es war eine tote Stunde. Selbst die Kollonaden, Torbögen, Steinplatten, Fensterläden und Gemäuer, die ansonsten alles hörten und alles sahen, waren eingenickt. Die drei Männer gingen schweigend weiter, aber als der links von Mauro zu pfeifen begann, schloss sich ihm der, der Mauro von rechts stützte, leise singend an:

Giovinezza, Giovinezza,
Primavera di bellezza
Nel Fascismo è la salvezza
Della nostra civiltà.

Die Stadt schlief noch, auch die Passagierschiffe im Hafen dösten. Die Fischerboote waren noch nicht zurückgekommen, aber hätte sich zu dieser Stunde jemand an die Kaimauer gestellt und in die Ferne geblickt, dann wären ihm die blinkenden Lichter am Horizont zwischen den Inseln aufgefallen.

Frederick Achnitz lag auf dem Bett, starrte die Zimmerdecke an und rauchte. In einer Ecke hingen mit Staub bedeckte Spinnweben wie Bänder aus schwarzer, aufgewirbelter Watte. Frederick blies den Rauch in ihre Richtung, doch sie bewegten sich nicht. Es war eine selbstgedrehte Zigarette, prall gefüllt mit herzegowinischem Tabak. Felder und Felsen, Erde und Baumrinde, ein Aroma von angesengtem Holz und frischem Heu mischten sich mit seinem Speichel. Seitdem er wusste, wo in der Stadt man den kleingehackten Tabak besorgen konnte, fühlte er sich in Split heimisch. Bisweilen glaubte er, hierher zu gehören, vor allem wenn er mit

Jana zusammen war. Jana Pilić. Ihr Nachname bedeutete »Küken«. Er schürzte die Lippen, als wollte er den aus seinem Mund strömenden Rauch küssen.

Nach seiner Ankunft hatte er sich bei dem Verbindungsmann gemeldet, um Anschluss an den adriatischen Zweig der Internationale zu finden. Dieser hatte ihm erklärt, wie er sich vor der Polizei schützen konnte und was vor Ort zu beachten war. Die politische Polizei in Split verwende Ochsenziemer, ob er davon schon mal gehört habe? Ob er wisse, dass diese Schlagstöcke gar keine Stöcke seien, sondern gedörrte Ochsenpenisse? Frederick fragte sich, ob der Mann noch nie etwas von der Gestapo gehört hatte, sagte aber nichts.

Für die Partei hier in Dalmatien, so hatte der Verbindungsmann weiter gesagt, stehe der Kampf gegen die italienischen Faschisten, gegen die kroatischen Nationalisten, gegen die katholische Kirche, gegen das serbische Königshaus und gegen die italienischen und jugoslawischen Kapitalisten ganz oben. Der Duce sei ein gerissener Spieler, der die Weltherrschaft anstrebe. Ob er sich all das merken könne, es sei wichtig. Die deutschen Genossen würden die Zusammenhänge in diesem Teil Europas nicht begreifen, das habe man leider häufig feststellen müssen. Mit italienischen Genossen habe man ein Attentat auf Mussolini geplant, aber nach Absprache mit Moskau vorläufig wieder davon abgesehen. Seiner Meinung nach würden manchmal nur Bomben helfen, aber im Sinne der Disziplin respektiere man die Hierarchie.

Der Verbindungsmann trug ein spitzes Bärtchen und einen silbernen Ohrring wie ein Pirat. Frederick hielt ihn für einen Angeber. Aber ein Kommunist sollte über einen Genossen so nicht denken.

An den Abenden versammelten sie sich in einem verrauchten Wirtshaus, das zwischen den Häuschen in Veli Varoš verborgen lag und von einem Mann geführt wurde, der Frederick nicht mochte, weil er ihn für einen deutschen Spion hielt und das auch deutlich zeigte. Sie unterhielten sich in einer Mischung aus Russisch und Deutsch, mit Jana sprach Frederick nur Deutsch. Jana hatte es in einem hochherrschaftlichen Haus in Wien gelernt.

Gestern hatten Jana und er im *Orient*, einer Taverne, Bandnudeln in einer Soße aus Kapern, Sardellen und Tomaten gegessen, bevor sie in die Kneipe gingen. Frederick hielt dem Blick des Wirtes stand, als sie sich zu den anderen an den langen Tisch setzten. Die Genossen klopften ihm auf die Schulter und umarmten ihn, die Genossinnen sangen ein paar Lieder, verschwanden jedoch früh. Ihre Eltern und Brüder schienen eher zu dulden, dass sie der kommunistischen Partei angehörten, als dass sie sich abends draußen herumtrieben. »Hier ist man sehr katholisch«, hatte ihm der Verbindungsmann am ersten Tag erklärt und dabei auf den Boden gespuckt. Nur Jana nahm sich die Freiheit, länger außer Haus zu bleiben. Abgesehen von der Familie, bei der sie arbeitete, gab es in der Stadt niemanden, dem sie Rechenschaft schuldete. Sie sei kein Kind mehr, hatte sie Frederick erklärt, und wenn sie es sich genauer überlege, sei die bürgerliche Moral für sie als Sozialistin ohnehin nicht verpflichtend.

Ungeachtet der Blicke, die der Kneipenwirt ihm zuwarf, war Frederick glücklich. Jana und er warteten, bis sich die letzten Freunde verabschiedet hatten, und zogen danach durch die Stadt, die in der warmen Nacht langsam zur Ruhe kam.

Sie gingen an der Terrasse der neuen Gaststätte am östlichen Ufer vorbei und konnten hören, dass dort ein Jazzorchester spielte. Sie probierten ein paar Stepptanzschritte, lachten, gingen weiter, suchten nach einem ruhigen Platz. Das Meer schnaufte gelassen, gleichgültig. Wer an der Küste geboren sei, erklärte Jana, der sei nie allein: »Das Meer ist immer da – wenn du in seiner Nähe bist, spürst du es ununterbrochen, bist du anderswo, trägst du es in dir.«

Im Hafen waren keine Menschen zu sehen, nur vereinzelt watschelten Möwen wichtig auf und ab. Die Schiffsmasten quietschten und knarrten, die Holzbalken der Vordersteven ächzten, die Segel schwiegen. Sie hatten ein Versteck gefunden, eine in die Kaimauer eingelassene Steintreppe, deren letzte Stufe mit glitschigem Moos bedeckt war. Sie hatten sich auf halber Höhe niedergelassen, man konnte sie nur sehen, wenn man sich nach unten beugte und die glimmenden Spitzen ihrer Zigaretten entdeckte.

Die Stadt fand allmählich in den Schlaf. In seinem Rhythmus stiegen die Wellen bis zu ihren Füßen und zogen sich träge wieder zurück. Mit dem Akzent einer österreichischen Hofdame erzählte Jana vom Tod ihrer Eltern, von ihren Geschwistern, die in der Welt verstreut waren. Es war dies die Nacht, in der Liebende sich aus ihren Leben erzählen.

Irgendwann standen sie wieder auf. Der Sternenhimmel erstreckte sich über ihnen, und das dunkle Meer umgab sie, als wären sie auf einem Schiff. Frederick ließ Jana vor sich die Treppe hinaufsteigen, bereit, sie zu halten, sollte sie ausrutschen. Ein Windhauch wehte den Geruch von Neptungras zu ihnen herüber. Zwei, drei Wellen schlugen gegen die Kaimauer, dann fiel das Meer in seinen gemächlichen Atem zurück.

Später konnte sich Frederick nicht erinnern, was er in dem Augenblick gehört hatte. Zuerst dachte er, die Möwen würden erwachen oder die Ratten wären durch etwas aufgescheucht worden. Aber es waren Menschenstimmen, Rufe, vielleicht ein Stöhnen, etwas unten bei den Fischerbooten.

Jana hatte ihn in Richtung Altstadt gezogen, zum Eingang des Diokletianpalastes, zum Abstieg in die Kellergewölbe, wo sie in das Dunkel schlüpften. Hier stank es. Frederick war darauf vorbereitet, mit seiner Hand etwas Ekliges zu ertasten, er wusste nicht was, eine glibberige Masse vielleicht, doch seine Finger berührten nur feste, kalte Steine. Sie wateten wie durch den Tintenbeutel eines Tintenfischs, stiegen zum Peristyl hinauf und dann noch höher die Steintreppe empor, die zwischen den beiden Löwen zum Eingang der Kathedrale führte. Hinter der Löwenskulptur zur Rechten lauerte eine Katze. Sie streckte den Kopf genauso wie das steinerne Tier des Heiligen Markus neben ihr. Nach einigen Schritten kamen sie in den Säulengang, der den Bau des einstigen kaiserlichen Mausoleums umgab.

»Was unten so gestunken hat, war der alte Müll«, flüsterte Jana. »Jahrhundertelang haben die Menschen ihren Müll in den Keller geworfen und gehofft, dass er sich von alleine auflösen werde.«

Die Zeugin ihrer Umarmung, die Sphinx aus schwarzem Granit, die rechts des Treppenaufgangs auf einer hohen Mauer über das Peristyl wacht, starrte mit ihren blinden Augen ins Dunkel.

Antonio Petrinelli war nach Hause gekommen, hatte sich angezogen auf das Bett geworfen. Er träumte von Rotwein, der zu Blut wird. In den katholischen Gottesdiensten verwendeten die Priester Weißwein, damit die Symbolik nicht so aufdringlich banal wirkte. Oder damit keine Flecken an ihren Gewändern blieben. Oder damit sie sich von den Orthodoxen unterschieden. Wie auch immer, aber er persönlich mochte Rotwein lieber.

Mauro und seine beiden Begleiter waren ebenfalls nach Hause gekommen. Alle drei waren in ihren Zimmern verschwunden, glücklich darüber, dass sich morgen niemand trauen werde, sie zu wecken. Sie hatten ihre Familie wirklich gut erzogen. Bei diesem Gedanken lächelte Mauro gequält, bevor er in einen unruhigen Schlaf fiel.

Frederick hatte Jana bis zum Tor begleitet und zugeschaut, wie sie in der Dunkelheit verschwand. Sie war in ihr Zimmer geschlichen, hatte sich ausgezogen und war, nur mit einem Laken bedeckt, sofort eingeschlafen. Ihr Wecker würde in zwei Stunden klingeln. Sie wollte ihre Freundin Dora auf dem Fischmarkt treffen.

Frederick musste erst gegen zehn Uhr im Hotel *Imperial* erscheinen, um sich dort bei den aus Berlin angereisten Filmemachern vorzustellen. Der Gedanke daran, dass sie sich alle wundern würden, wenn er bald verschwände, erfüllte ihn mit einer Mischung aus Angst, Stolz und Ungeduld. Der Vertreter der Schifffahrtsgesellschaft *Oceania*, bei dem er sich nach der Linie Marseille–Barcelona–Valencia–Alicante erkundigt hatte – er gab vor, nach Alicante zu wollen –, hatte ihm versichert, dass das nächste Schiff am 14. Juli ablegen werde. Der Beginn der Volksolympiade in Barcelona war für den 19. Juli geplant. Er drehte sich auf die andere Seite und versuchte, sich seinen Film vorzustellen. Er gab es auf und dachte an Leni Riefenstahl.

Es war die Stunde der Träume.

Man träumte in dieser Morgendämmerung des 7. Juli 1936 nicht nur in Split, einer Stadt am Rande Europas, an der Küste eines schmalen Ärmels des Mittelmeers. Man träumte in Steinkaten mit schiefen Dächern in der Dalmatinischen Zagora ebenso wie in den Kajüten der Boote auf der Nordsee, man träumte hinter den geöffneten Fenstern, die auf die Hinterhöfe Berlins gingen, genauso wie in den Kollektivwohnungen in Moskau.

Es war das Zeitalter der Träume.

Man träumte von leichter Musik und leichter Bekleidung, von schnellem Geld und schnellen Autos, von Gesundheit und Medizin, von Wissenschaft und Technik, vom Schwimmen und Fliegen, von Olympia-Siegen und Kameras, die von diesen Siegen die besten Aufnahmen liefern würden.

Man träumte auch von der Gerechtigkeit einer klassenlosen Gesellschaft, von der Brüderlichkeit zwischen Arbeitern und Bauern, von starken Staaten und noch stärkeren Staatsführern, von der Flucht nach Amerika und von der Flucht wohin auch immer.

Man sah Filme, die Träumen glichen.

Man stritt darüber, ob Filme Träume oder doch eher Traumdeutungen waren. Und ob Filme Poesie oder Prosa sein sollten.

2.

Eine grau umrissene Gestalt klopfte an die Tür einer im dritten Stock gelegenen Wohnung in der Ban Mladenova Nr. 5. Es regte sich nichts. Warum sollte es auch, es war kurz vor fünf, eine Uhrzeit, zu der im Sommer sogar Schlafwandler, demente Alte und chronisch Kranke in den Schlaf finden. Der Klopfende verlagerte sein Gewicht von einem Bein auf das andere und begann, lauter zu klopfen. Irgendwann trommelte er recht kräftig gegen die Holztür, doch noch immer bewegte sich in der Wohnung nichts. Er fasste Mut und schlug mit voller Wucht in ziemlich kurzen Abständen fünf, sechs Mal hintereinander zu. Eine Tür in der zweiten Etage öffnete sich, und eine verschlafene Stimme fragte von unten: »Wer ist da?«

Der Gesuchte war Kriminalkommissar Mario Bulat, dem der Polizeianwärter, nachdem er ein Stockwerk tiefer gestiegen war, mitteilte, dass im Keller des Polizeigebäudes seit einer halben Stunde eine Leiche liege, die jemand dorthin gebracht habe. Man habe außerdem nach Doktor Radman geschickt, mehr könne er nicht sagen, und er werde jetzt, wenn der Herr Kommissar erlaube, wieder zurückgehen. Mario Bulat sammelte seine Kleidung zusammen und schlich aus dem Zimmer, in dem seine Nachbarin Irena Ugrin gleichmäßig atmete, um sich in der Küche anzuziehen. Der Lehrling hatte verstört auf seine Unterhose gestarrt, als ob es unanständig wäre, wenn man im Sommer ohne Schlafanzug schlief. Im Badezimmer ließ er etwas Minzöl in ein Glas Wasser tropfen, gurgelte ausgiebig, strich sich mit den Fingern durch das Haar und spritzte sich etwas Wasser ins Gesicht.

Der Tod seiner Frau hatte Mario ratlos zurückgelassen und wenige Wochen nach der Beerdigung in Irenas Arme getrieben. Sie hatte eine Schüssel mit frittierten Sardellen in einer Marinade aus Zwiebeln, Kapern, Olivenöl und Zitrone mitgebracht und gefragt: »Haben Sie Brot im Haus?« Zum Glück hatte er Brot, das sie später in die Marinade tunkten, während ihm Irena Rilke vorlas. Ein bestimmtes Gedicht müsse er unbedingt hören, hatte sie gesagt. Es handelte von Orpheus, der über den Tod seiner Frau so betrübt war, dass die Götter ihm erlaubten, sie aus dem Reich der Toten zurückzuholen. Auf dem Weg zurück ins Leben drehte er sich voller Ungeduld um, während Hermes mit seiner toten Frau Eurydike leise hinter ihm herschlich. Das war gegen die Absprache, und seine Frau, »diese So-geliebte«, versank deshalb für immer in die Ewigkeit des Jenseits. Am traurigsten fand Mario, dass die Tote nicht mehr gewusst hatte, wer der Mann war, der vor ihr herging und sich zu ihr umgedreht hatte. Ihre Schritte, so hieß es im Gedicht, waren »von langen Leichenbändern beschränkt«.

Jetzt wartete eine Leiche im Polizeigebäude auf ihn. Ohne einen Anhaltspunkt zu haben, tippte Mario Bulat, während er durch die leeren Straßen schritt, auf Politik. In den letzten Wochen herrschte im Hauptgebäude der Spliter Polizei einige Unruhe. Die Kriminalpolizei war davon nicht betroffen, aber man kam nicht umhin, bei der Politischen Polizei eine ungewöhnliche Betriebsamkeit zu bemerken. Agenten gingen ein und aus, einige waren aus der Hauptstadt angereist, um die lokalen Kräfte zu verstärken. Bulat ließ die Tür seines Büros häufig offen, da es in dem Gebäude unangenehm warm werden konnte, und so stolperten gelegentlich Männer, die er nicht kannte, zu ihm herein, entschuldigten sich und verschwanden wieder.

An Spitzel war man in Split gewohnt. Seit Beginn des Jahrhunderts tummelten sich Österreicher, Ungarn, Türken, Bulgaren, Rumänen, Ukrainer, Albaner, Italiener, Franzosen, Serben, Russen, Griechen, Deutsche, Tschechen, Polen, Briten und sogar Amerikaner in der Stadt. Alle unterhielten ihre Netze von Schnüfflern, die an die jeweiligen Auftraggeber in ihren Ländern berichteten – man fragte sich bloß, was? Das jugoslawische Königreich wirkte bisweilen wie ein Umschlagplatz, auf dem keine Handelswaren, sondern politische Ideen, nationale Spinnereien, Abenteurer, Agenten und Flüchtlinge verladen wurden.

Mario Bulat hatte bis zum Ausbruch des Großen Krieges unter den Österreichern gedient. Im Krieg musste er für sie kämpfen, ohne dass er je verstand, warum, nach 1918 war alles anders. Plötzlich hieß es, ausgerechnet jenen zu dienen, die die alte Monarchie gestürzt hatten.

Der amtierende Polizeipräsident war in seiner Treue zum jugoslawischen Königreich eine Spur zu eifrig. Er trauerte der Diktatur nach, die zwischen 1929 und 1934 das Land in eiserner Umklammerung gehalten hatte – bis der König im Hafen von Marseille ermordet worden war. Seine letzten Worte hatten angeblich gelautet: »Achtet auf mein Jugoslawien.«

Die internationale Presse hatte das Attentat auf Aleksandar I Karađorđević als ein schlechtes Zeichen für den Frieden in Europa gedeutet. Hatte der Große Krieg nicht mit einem Attentat auf dem Balkan begonnen? In Berlin hielten sich die offiziellen Stellen mit Äußerungen zurück. In London und Paris wurde man sich schnell einig: Das Verhalten der Balkanstämme bedeute nichts für den Rest Europas, mochten sie sich dort unten die Köpfe einschlagen, wie sie wollten. Doktor Radman war da anderer Meinung: »Der Balkan wird als rückständig betrachtet, dabei sind wir die Avantgarde. Wo wir einmal waren, kommen die anderen erst hin.« Aber Doktor Radman sagte häufig unverständliche Dinge, über die es sich nicht zu streiten lohnte.

Mit der Zahl der Anhänger des gemeinsamen Staates Jugoslawien wuchs in Split auch die Zahl seiner Gegner, was nicht selten zu Schlägereien in den Kaffeehäusern führte. Den Polizeipräsidenten schien das weniger zu beunruhigen als die kommunistische Gefahr.

König Aleksandar I Karađorđević war nicht von Kommunisten, sondern von Nationalisten getötet worden, aber dieses Argument überzeugte den Polizeipräsidenten nicht. Seine letzte Weisung an alle Abteilungen verlangte, die Aktivitäten der zugereisten Kommunisten aus dem Deutschen Reich zu überwachen. Mario Bulat hoffte, dass der Tote nicht einer von ihnen war oder irgendetwas mit ihnen zu tun hatte. Angeblich tummelten sie sich in großer Zahl in der Stadt. Sie waren dem Regime in ihrem Land entflohen, aber sie hatten sich das falsche Land ausgesucht, denn hier waren sie nicht willkommen.

Doktor Radman stand mit dem Rücken zum Eingang, tief über den Steintisch gebeugt. In dem Kellerraum war es angenehm kühl, aber es roch nach Blut und Tod.

»Drei Stiche in die Brust«, sagte der Arzt statt einer Begrüßung.

»Darko Barić!« Mario Bulat war nähergetreten und zeigte sich erschüttert.

»Schönes Gesicht, makelloser Körper. Das Schicksal macht nicht Halt vor den Anständigen. *Habet sua quemque dies*«, sagte der Arzt. »Einen jeden ereilt sein Tag.«

Der Doktor arbeitete im Städtischen Krankenhaus, das nur ein Park vom Polizeihauptgebäude trennte. Er hatte in Wien Medizin studiert und war als junger Arzt zurück nach Split gekommen. Nachdem er im Großen Krieg als Gefangener in einem britischen Lazarett gelegen hatte, wo er sich später, als die Briten begriffen, dass er Mediziner war, fortbilden durfte, wurde er zu einem Arzt für alle Fälle. Er operierte und entband, säuberte Wunden und legte Schienen an, sezierte Tote und verteilte Kräuter, die er auf den Pfaden in den umliegenden Bergen pflückte. Für die lokale Zeitung schrieb er ab und zu Artikel, die mit Zitaten aus der Weltliteratur und lateinischen Maximen gespickt waren. »Latein sollte die zweite Muttersprache aller Europäer sein!« Er trug maßgeschneiderte Hemden und dazu stets eine gepunktete Seidenschleife um den Kragen; nicht einmal zu Hause traf man ihn ohne sein *Mascherl* an.

Es gab Dinge, die nie ausgesprochen wurden, über die jedoch alle in der Stadt Bescheid wussten. Die alten Steine flüsterten sie den Schlafenden nachts in die Ohren, und manchmal verselbstständigte sich das Geplapper. Ein Gerücht besagte, dass Doktor Radman und der Apotheker Petrinelli nicht nur Nachbarn und Vertreter zweier sich ergänzender Berufe waren, sondern auch etwas miteinander hatten. Heilige Mutter Gottes! Dass es Männer mit Männern trieben, wusste man seit jeher. Angeblich praktizierten bereits die alten Griechen, die einst in dieser Gegend waren, derartige Schweinereien, von den römischen Soldaten des Diokletian ganz zu schweigen. Und dennoch war so etwas immer aufs Neue unfassbar, garstig und ekelhaft. Vor allem deshalb, weil man sich als anständiger Mensch all das bildhaft vorstellen musste. Denn nirgends konnte man davon etwas sehen, und mit niemandem konnte man darüber sprechen. Dass es sich in diesem Fall um zwei Männer von großer Bedeutung für die Volksgesundheit handelte, machte die Sache nur noch pikanter. In der Stadt gab es wenige Ärzte und noch weniger Apotheker.

»Der Mann ist vor vier bis acht Stunden gestorben«, sagte Doktor Radman.

»Stjepan, wann ist der Tote hier angekommen?«

»Ziemlich genau um vier«, antwortete der Wachtmeister, der darauf gewartet hatte, angesprochen zu werden. »Aber von Ankommen kann nicht die Rede sein. Er wurde *gebracht*. Die Pforte am Durchgang war verschlossen. Um vier klopfte es, und als ich aufsperrte, stand da dieser Fischer mit seinem Karren. Ich dachte erst, der Mann sei betrunken. Im Karren lagen keine Fische, sondern nur der Tote.«

»Wer ist der Mann? Und wo ist er jetzt?«, fragte der Kommissar.

»Fran Nisiteo. Sie müssten ihn kennen, jeder kennt ihn. Er wollte unbedingt wieder zu seiner Tochter zurück, so dass ich ihn einsperren musste. Danach habe ich die Fundstelle untersucht. Nichts außer Blutspuren.«

»Ist er wirklich so dumm oder verstellt er sich nur?«

»Ich habe ihn in die Ausnüchterungszelle gesperrt. Nur für ein paar Stunden, das habe ich ihm versprochen. Vorher hat er mir noch geholfen, den Toten von der Karre zu heben und auf den Tisch zu legen.«

»Warum sollte er uns einen Toten bringen, den er vorher selbst erstochen hat?«

»Ich sorge dafür, dass die Leiche ins Krankenhaus geschafft wird«, sagte Doktor Radman, der die Hände des Ermordeten mit einer Lupe inspizierte.

»Ich werde zu seiner Mutter gehen müssen«, sagte der Kommissar und seufzte.

»Ja, die Mütter, unsere dalmatinischen Mütter. Flattern um ihre Söhne wie aufgescheuchte Schutzengel. Oder wie Krähen. Kannten Sie *šjora* Petrinelli, die neulich gestorben ist?«, fragte Doktor Radman, während er mit einer langen Pinzette an der rechten Hand des Toten zupfte.

»Die Mutter des Apothekers?«

»Ich war vorher noch bei ihm. Er hat in der Nacht Albträume gehabt. Kommt wohl vom schweren Essen und dem einen oder anderen Tropfen zu viel. Er soll gestern Abend bei den Torchios gewesen sein, aber es ist ihm nicht bekommen. Er hat von einem Riesenfisch geträumt, der sich in eine Männerleiche verwandelt. Ich habe mir eine Traumdeutung erlaubt: Kastrationsangst. Der Fisch ist seine verstorbene Mutter und die Leiche er selbst.«

»Bei allem Respekt, *šjor* Radman, das hört sich eher nach einer Zeugenaussage an. Ich muss mit Petrinelli sprechen.«

»Er schläft jetzt, ich habe ihm Baldriantropfen gegeben. Er wird nirgendwohin verschwinden, keine Sorge.«

»War Barić vielleicht auch bei den Torchios? Die Kleidung spricht dafür.«

»Und was die Kastrationsangst betrifft: In der

Menschheitsgeschichte hat es ja schon alles gegeben, auch Inzest gehört dazu, *horribile dictu.*«

»Sie haben mir schon mehrmals von Ödipus erzählt, *šjor* Doktor. Und von diesem Wiener Arzt auch, der die Träume deutet.«

»Freud, er heißt Sigmund Freud. Ich hatte die Ehre, ihm einmal unsere Stadt zu zeigen. Er wollte die Sphinx sehen. Seine Frau kaufte feines Tuch bei den türkischen Händlern auf unserem Basar.«

»Die Sphinx? Wegen Ödipus?«

»Gewiß. Es ist sein Thema. Die Kuriosa um Mütter und Söhne haben ihn berühmt gemacht. Sagen Sie Antonio ruhig, dass ich Ihnen von seinem Traum erzählt habe. Er hat bestimmt nichts zu verbergen. Ich empfehle mich, meine Herren«, sagte der Arzt, nicht ohne einen letzten forschenden Blick auf die Leiche geworfen zu haben.

Der Wachtmeister hatte von diesem ganzen Palaver kein einziges Wort verstanden. Er fragte sich, ob sich in Doktor Radmans Kopf eine Wandlung vollzogen habe, von Vernunft zu Irrsinn, so wie wenn Wein zu Essig wird, aber niemand die genaue Ursache kennt.

Er zog vorsichtig das Laken über das Gesicht des Toten.

Gegen neun Uhr kramte Frederick Achnitz im Schränkchen neben seinem Bett nach den zwei Keksen, die ihm Jana vor einigen Tagen gebracht hatte. Dann kochte er eine Tasse Mokka, so wie er es hier in Split gelernt hatte: Er füllte eine Tasse Wasser in die kupferne

Kanne, ließ es aufkochen und mischte einen Teelöffel Zucker und einen gehäuften Löffel Kaffee hinein. Der braune Schaum schnellte nach oben. Er beugte sich darüber, um den Geruch einzuatmen. Jana, Jana, Jana, dachte er.

Immer noch über die Kanne gebeugt, begann er eine Zigarette zu drehen. Die Männer hier drehten ihre Zigaretten so geschickt, dass er den Ehrgeiz entwickelt hatte, es ihnen gleichzutun. Er mochte auch, wie sie mit ruckartigen Kopfbewegungen ihre Schnapsgläser leerten, während sie über die Revolution und ihre Folgen stritten – die einen feierten alles, was aus Russland kam, die anderen misstrauten Stalin. Frederick hielt es mit den Ersteren. Er war siebzehn gewesen, als ihn die Nachricht von der Oktoberrevolution in Erstaunen versetzt hatte: Da hatte sich jemand tatsächlich getraut, das durchzusetzen, was er in seiner jugendlichen Empörung für richtig und gerecht hielt. Er hatte in Berlin einen Exil-Russen gefunden, der ihn im Tausch für Deutschstunden im Russischen unterrichtete. Er behauptete, bei einem Stummfilm von Sergei Eisenstein als einer von vier Kameraleuten mitgearbeitet zu haben.

Seine Freunde aus Split lachten gerne. Sie zeigten mit dem Finger auf seine Brille, sie fanden, er sehe mit dieser goldenen Brillenfassung wie ein *buržuj* aus, ein *bourgois*. Oder sie spotteten über seine kurze Hose, in der er eines Tages erschienen war. Das sehe doch aus, als wäre er ein Kind. Die größte Hitze könne sie nicht dazu bringen, eine kurze Hose zu tragen, erklärten sie ihm, und er lachte mit. Im *Eden*-Kino hatten sie zusammen *Dick und Doof* gesehen, das Publikum hatte sich totgelacht. Seine neuen Freunde warnten ihn: Hier gebe es ebenso viele Spinner wie anderswo. Auch *Triumph des Willens* hatten sie gemeinsam gesehen.

Sie staunten, als er ihnen erzählte, dass er Leni Riefenstahl einmal begegnet sei. Er würde die Kamera gerne so beherrschen wie sie, erklärte er ihnen, aber er hätte Hitler nicht so gefilmt, als würde er wie ein Gott in den Himmel emporsteigen, nur die Wolken hinter ihm. Nicht von unten, sondern von oben oder schräg von der Seite.

Er werde in einer Woche nach Barcelona aufbrechen, um dort bei der Volksolympiade einen sozialistischen Sportfilm zu drehen. Er werde die Athleten als Brüder der Arbeiter darstellen, er werde sie im Rhythmus des Kampfes für eine gerechtere Gesellschaft ins Bild setzen. Von Jana hatte er gelernt, dass man Wespen vertreiben konnte, indem man grob gemahlenen Kaffee in einer Tasse anzündete. Seinen Film über die Volksolympiade werde er mit einer Szene beginnen lassen, in der die Wespen wie verrückt vor dem braunen Rauch fliehen.

An der Tür klopfte es. Es war nicht Jana, wie Frederick plötzlich grundlos hoffte, denn Jana kam nie um diese Zeit, sondern der Verbindungsmann. Er trug eine dunkle Brille, eine zerknitterte schwarze Hose und ein schmutziges weißes Hemd mit hochgekrempelten Ärmeln. Das spitze Bärtchen war frisch gestutzt, der silberne Piratenohrring baumelte an seinem Ohr.

»Ich wollte dich warnen.« Der Verbindungsmann sprach Russisch mit dem harten Akzent eines Südslawen: »Heute Nacht hat es im Hafen einen Mord gegeben. Man wird uns beschuldigen, deswegen soll es in den nächsten Tagen keine Treffen mehr geben. Es wäre gut, wenn du dich an deine Deutschen halten und mit niemandem sonst sprechen würdest. Auch mit Jana nicht. Wie ich unsere Polizei kenne, wird es zuerst unter den Fischern und Hafenarbeitern Verhaftungen geben. Dann werden ihre Agenten nach Listen vorgehen, die sie über unsere Mitglieder zusammengestellt haben. Jana steht bestimmt drauf. Geh ihr also bitte aus dem Weg.« Er schwieg, drehte sich um, als wollte er gehen, dann wandte er sich noch einmal um: »Und halte dich von Joseph Krause fern. Er ist mit den Filmleuten von diesem Harry Piel zusammen, sie wohnen in der Pension *Schiller*. Er ist ein Gestapo-Spitzel.«

Wieder allein in seinem Zimmer, drehte sich Frederick eine weitere Zigarette. Er würde niemandem etwas von dem Stöhnen erzählen, das Jana und er im Hafen gehört hatten. Dem Piraten schon gar nicht! Allein die Art, wie er sagte, dass er sich an »seine Deutschen« halten solle, gefiel ihm nicht.

Seit der Oktoberrevolution galten die Kommunisten überall als große Gefahr, vielleicht waren sie deshalb so geheimnistuerisch. Sie verdächtigten sich gegenseitig, und niemand war vor der Kontrolle durch die Partei gefeit. In letzter Zeit kamen aus Russland widersprüchliche Nachrichten. Er beschloss, nicht darüber nachzudenken, bevor er Barcelona erreicht haben würde. Dort, auf dem Sportfest, bei dem die gesamte Internationale versammelt wäre, würden sich die Dinge klären. Hoffentlich. Er drückte die Zigarette aus und verließ seine Wohnung. Er tauchte in die lärmende und heiße Stadt ein, als wäre sie aus Wasser und nicht aus alten Steinen erbaut.

Wenngleich der Hinweis von Doktor Radman, Antonio Petrinelli habe von einer Männerleiche als Fisch geträumt, merkwürdig klang, notierte sich Mario Bulat den Namen des Apothekers als einen möglichen Ausgangspunkt.

»Der Apotheker? Er hat etwas geträumt? Sind Sie nun auch dem Unfug der Wahrsagerei verfallen? Hören Sie, Bulat, mir wäre es wichtig, dass Sie die Kommunisten und ihr Treiben nicht außer Acht lassen«, sagte der Polizeipräsident, als ihm der Kommissar die Sachlage auseinandersetzte.

Der Fall Barić war gerade einige Stunden alt, und Mario Bulat wusste nicht so recht, wer noch als Wahrsager ins Visier seines Vorgesetzten geraten war und warum dieser jetzt schon die Kommunisten in Verdacht hatte.

»Es ist noch zu früh für Schlussfolgerungen, aber natürlich werde ich auch sie berücksichtigen«, sagte Mario Bulat.

»Sie wissen, wo unsere politischen Prioritäten derzeit liegen.« Der Polizeipräsident war mit seinen Warnungen noch nicht am Ende. »Wir haben einige Verhaftungen durchgeführt und kompromittierendes Material beschlagnahmt. Broschüren voller Phantasien über eine Gesellschaft, in der es keine Nationen und kein Privateigentum mehr geben soll. Gefährliche Schwärmereien!«

Admiral Philip Andrews war der Erste gewesen, den Mario Bulat über die Gefahr hatte sprechen hören, die von dem bolschewistischen Russland ausgehend die ganze Welt bedrohte. Das war vor sechzehn Jahren gewesen. Der Amerikaner hatte nach einem Vorfall, bei dem der Kapitän des italienischen Panzerkreuzers *Puglia*, Tommaso Gulli, ums Leben gekommen war, die Lage in Split befriedet. Bei einem Abendessen nach dem Tumult hatte er Bulat zur Seite genommen und ihm erklärt, warum trotz allem nicht von den Nationalisten, sondern von den Kommunisten die größere Gefahr ausgehe. In ihrem Neid auf wohlhabende Menschen würden sie durchsetzen wollen, dass jedermann in der Welt gleich arm wird.

Die *Puglia* schmückte unterdessen in voller Würde und Größe das Anwesen Gabriele D'Annunzios am westlichen Ufer des Gardasees. Sie war ein Geschenk Mussolinis an den Protofaschisten und Poeten, von dessen Schreibkunst Irena nicht viel hielt, obwohl sie eines seiner Gedichte, in dem es in einem Pinienhain regnete, als gelungen bezeichnete. »Was nun«, hatte Mario Bulat sie darauf gefragt, »taugt der als Dichter, oder haben ihn seine Eskapaden für immer den Platz im Parnass gekostet?« »Sowohl als auch«, hatte Irena geantwortet.

»Vergessen Sie nicht die Hartnäckigkeit, mit der die Kommunisten ihre Ziele verfolgen. Immerhin besaß Barić fünf Fischerboote! Die Roten sind Besserwisser, die für ihre Ideale töten«, sagte der Polizeipräsident und streckte dem Kommissar mit Schwung seine Hand entgegen.

Die Ermittlungen konnten beginnen.

3.

Für Anfang Juli war es erstaunlich kühl – nicht einmal 25 Grad am frühen Morgen. Zuerst regten sich die grünen Fensterläden, dann stiegen Gerüche auf. Irgendwo war Milch übergelaufen, jemand hatte einen Oktopus in heißes Wasser geworfen – das Kochen würde einige Stunden dauern, und es war richtig, früh damit zu beginnen –, ein anderer hatte Speck angebraten, und man glaubte zu dem Geruch sogar das leise Zischen schmelzenden Fetts zu vernehmen. In den Gassen des Ghettos, das am Rande des alten römischen Palastes lag, verschlossen wie eine Miesmuschel, in die nie Sonne und Luft drang, stank es nach Latrinen, aber manchmal war der Kaffeeduft stärker.

Aus den Schwefelthermen roch es wie eh und je nach faulen Eiern. Aber in der Stadt war man sich der Vorteile dieses Gestanks bewusst. Er vertrieb die Ratten, spendete Linderung, wenn die Gelenke von Gicht und Arthrose befallen waren, und sorgte auf dem benachbarten Fischmarkt für ein Wunder: Keine einzige Fliege verirrte sich auf die toten Körper der silbernen Makrelen oder die blutverschmierten Kiemen der Seeteufel. Und außerdem störte der Schwefelgestank nur die Fremden, die Bewohner der Stadt waren an diese Mischung aus Seeluft und Schwefeldämpfen gewöhnt.

In der Metzgerei auf dem Markt wurden ausgenommene und gehäutete Kälber auf riesige Haken gespießt und in eine Reihe gehängt, damit sie in Ruhe weiter abtropfen konnten. Die Tierkörper glänzten, als wären sie gerade gewaschen worden. Es roch nach Blut und rohem Fleisch.

Und über all dem schwebte der Duft des frischen Brots wie ein Segen.

Zwei Laufburschen eilten zum Hafen, sie schoben Schubkarren vor sich her. Die mit weißen Tüchern bedeckten Körbe voller Maisbrötchen und Milchhörnchen schwankten gefährlich. Vom Meer her strömte ihnen die Ausdünstung der Algen und des Tangs entgegen. Auf dem Luxusdampfer, der am *Gat Svetog Petra*, am Pier des Heiligen Petrus, angelegt hatte und den man in Split immer noch *Franjo* nannte, stand alles für das Frühstück der vornehm Reisenden bereit, man wartete nur noch auf sie.

Im Sommer 1912 hatte der Dampfer unter dem Namen *Franz Joseph I* zum ersten Mal im Hafen angelegt, zur Begeisterung der neugierigen Bewohner der Stadt, die das neue Schiff mit Hurrarufen und »Es lebe unser Kaiser Franjo!« begrüßten. Um die Wahrheit zu sagen, es gab nicht wenige, die dazu heimlich die *roge*, die Hörner machten, eine beliebte dalmatinische Geste, die entsteht, wenn man den Zeigefinger und den kleinen Finger ausstreckt und die anderen Finger einer Hand zur Faust zusammenballt. Man zeigte sie verstohlen und murmelte: »Von wegen *unser* Kaiser! Dieser alte Trottel weiß nicht einmal, dass es uns gibt.«

Aber das Schiff bewunderten sie dennoch.

Als die vierhundert Schiffspassagiere damals mit allen Kutschen, die man in Split und Umgebung hatte auftreiben können, zur Besichtigung der römischen Ruinen in der Stadt und in den benachbarten Orten aufbrachen, durfte man dieses Prachtexemplar der Schiffsbaukunst sogar näher besichtigen. Während die Frauen Salons und Kabinen bewunderten, warfen die Männer Blicke in die Maschinenräume und ließen sich von dem diensthabenden Ingenieur die Gesetze der Thermodynamik erklären. Der Dampfer hatte inzwischen mehrfach den Namen geändert, von *President Wilson* bis *Marco Polo*. Heute hieß er *Adria*, aber die Laufburschen wussten genau, was der Bäckermeister meinte, als er sie zur *Franjo* schickte. Sie würden es nicht einmal bemerkt haben, wenn der Dampfer heute etwa *Franklin Roosevelt* oder *Benito Mussolini* geheißen hätte.

Aus den Gassen des im Westen der Stadt gelegenen Lohnarbeiterviertels hörte man Stimmen und das Klappern von Hufen. Magere Pferde zogen Holzkarren. Hier und da waren Männer zu sehen, in weißen kragenlosen Hemden und schwarzen Hosen, die von roten Bauchbinden gehalten wurden. Auf den Köpfen trugen sie rote, mit einem schwarzen Ornament verzierte Kappen. Sie unterhielten sich mit ihren Eseln und gingen stadtauswärts.

Zwei Gruppen feierlich gekleideter Kinder aus dem Villenviertel, das oberhalb der Eisenbahnschienen in der frühen Sonne lag, machten sich auf den Weg in ihre Schulen – vier Mädchen strebten in die Höhere Mädchenschule und die sechs Jungen in die Große Realschule, die neuerdings das Große Realgymnasium genannt wurde. Dessen Gebäude war einst der ganze Stolz der hiesigen österreichisch-ungarischen Baubehörde gewesen: ein moderner Bau mit drei ausladenden Flügeln und etwas unglücklich nach Norden liegenden Klassenräumen, in denen man immer fror, vor allem wenn man wusste, dass draußen die Sonne schien. Heute spielte dieser Planungsfehler des österreichischen Architekten keine Rolle, denn es war kein gewöhnlicher Schultag: Die Ferien hatten vor zwei Wochen begonnen, jetzt sollten nur die Zeugnisse verteilt werden.

Die Mädchen waren wie immer einige Schritte voraus. Die Gruppe dahinter wurde von Bruno angeführt, einem gelangweilt um sich blickenden Knaben mit abstehenden Ohren. Lovro, der Größte von ihnen, wollte an der Eisenbahnbrücke zu den Gleisen hinabsteigen und eine Geldmünze auf die Schienen legen, um sie vom *Rera*, dem Zug, mit dem die Bauern aus dem Umland in die Stadt kamen, plattwalzen zu lassen. Bruno versuchte nicht, ihn davon abzuhalten, da er vom Flüstern der beiden Kleinen abgelenkt wurde. Es waren die Zwillinge Zavoreo, die man nie auseinanderhalten konnte – ihre Ähnlichkeit wurde durch die Matrosenanzüge noch betont. Sie tuschelten miteinander und schauten ernst. Ganz am Ende der Kolonne gingen die Söhne des Notars Karaman, Bino und Rino; ihre Schwester Mina war vorne in der Mädchengruppe, zu Hause schliefen zu dieser Stunde noch zwei weitere kleinere Brüder: Lino und Tino.

Immer wenn jemand dem Bischof gegenüber den Notar erwähnte, musste der gute Mann einen Schnaps trinken. »Nicht der Einzige, der in meinem Bistum nicht ganz bei Sinnen ist«, sagte sich Hochwürden, bevor er sein Gläschen leerte. Der oberste Hirte hatte eine klare Meinung über diese verrückte Stadt. Er wollte nicht so weit gehen, von Sodom und Gomorrha zu sprechen, aber dass in diesen alten römischen Mauern unter der mediterranen Sonne Eigensinnigkeit und Schrulligkeit besonders gut gediehen, davon war er fest überzeugt.

Die Zwillinge Zavoreo schätzten sich glücklich, dass der Notar Karaman nicht ihr Vater war. Wer weiß, wie er sie genannt hätte?! So hießen sie ganz gewöhnlich Branimir und Krešimir und wurden Branko und Krešo gerufen.

»Die beiden Eierköpfe da hinten sagen, dass es heute Nacht im Hafen einen Toten gegeben hat«, sagte Bruno, und Lovro blieb stehen.

»Was?«

»Einen Toten. Eine Leiche.«

Lovro drehte sich sofort zu ihnen um: »Hey, ihr beiden! Ich will sofort alles hören, was ihr über den Toten wisst. Aber ein bisschen plötzlich!«

Die Zwillinge setzten wichtigtuerische Mienen auf,

aber nachdem Lovro bedrohlich seine Fäuste zusammengeballt hatte, begannen sie gleichzeitig zu erzählen.

»Unsere Jana … unser Dienstmädchen … hatte heute … sie wollte Frischkäse kaufen … für unser Frühstück …«

»Herrgott nochmal, wen interessiert euer Frühstück, ihr Frösche!«

»Na, wenn du es nicht hören willst …«

»Los, erzählt, ich will alles hören!«

»Sie war auf dem Markt … die Jana … und ist am Fischmarkt vorbeigekommen … und dort erzählten die Frauen … erzählte ihr ihre Freundin Dora … dass man in der Nacht den alten Fran eingebuchtet hat … er soll jemanden umgebracht haben … der alte Fran, Doras Vater … er hat einen Toten gefunden …«

»Ja, was denn nun? Hat er ihn umgebracht oder gefunden?«

»Beides«, sagten die Zwillinge gleichzeitig und so feierlich, dass Lovro nicht widersprechen konnte. Er pfiff nur laut durch die Zähne, so dass Bino und Rino angerannt kamen.

Die Mädchen, die sich umgedreht hatten, um auf sie zu warten, verstanden, dass es sich um etwas Ernstes handelte, und kamen zurück. Ansonsten immer laut, schwiegen sie, als Bruno kurz zusammenfasste, was geschehen war. Ein Mord in ihrer Stadt! Nicht einmal ein *Ajme*! entwich ihnen. Es war der gängigste Ausdruck weiblicher Gefühle in Split – Erstaunen, Ärger, Verzückung oder Überraschung, alles konnte man mit einem oder gar mehreren *Ajme!*-Rufen äußern. Nach der kurzen Besprechung stand für alle fest, dass sie gemeinsam den Mörder fassen wollten.

4.

Die Sonne stieg weiter ungerührt über Split auf und weckte die letzten Schlafenden. Goran Karaman trank nach dem Aufstehen zuallererst ein Glas Wasser und machte dann vor dem offenen Fenster Gymnastik, nie länger als zehn Minuten: Kniebeugen, Bauchtraining, Rückenübungen. Er verließ das Haus eine halbe Stunde später mit einem knappen Gruß, den seine Frau, die in der Zwischenzeit – gewaschen, frisiert und angekleidet – die gemeinsamen fünf Kinder versorgt hatte, genauso förmlich beantwortete.

Goran Karamans Frau stammte aus Rijeka, aus einer irredentistischen italienischen Familie, weshalb sie – zum Ärger seiner kroatischen Freunde – ihre Geburtsstadt Fiume nannte. In der Hochzeitsnacht hatte sie ein weißes Schlafhemd getragen, das sie von ihrer Großmutter geschenkt bekommen hatte und auf dem eine Stickerei in gelben, verschnörkelten Buchstaben verkündete: *Non lo fo per piacer mio, ma per dare figli a Dio* – »Ich tue es nicht zum eigenen Vergnügen, sondern um Gott Söhne zu schenken.« Er hatte so getan, als verstände er kein Italienisch. Damals war er verrückt nach ihr gewesen, nach dem Duft ihres Haars, nach ihren zusammengepressten, verschwitzten Oberschenkeln, nach ihrem langen Hals, nach ihren Ohren, sogar nach den Ohrringen aus Gold und Granat, die ihre Ohrläppchen zierten. Inzwischen war das Feuer erloschen. Die Politik hatte nicht einmal in einer Freimaurerloge etwas verloren, geschweige denn in einem Schlafzimmer, und so gestand er sich nie ein, dass seine Libido litt, wenn er an den Partito Nazionale Fascista dachte. Und er konnte sich nicht helfen, er dachte häufig an Benito Mussolini und seine Partei.

Seinen ersten Kaffee trank der Notar Karaman im Café *Central* auf der *Pjaca*, an der sich auch sein Büro befand. Dazu frühstückte er zwei Hörnchen, gefüllt mit Aprikosenmarmelade, die ihm die Bedienung ungefragt zusammen mit einer Leinenserviette brachte. Goran Karaman mochte dieses Zeremoniell, das nur an Sonntagen von einem Familienfrühstück unterbrochen wurde. Sonntags gab es außerdem den obligatorischen Spaziergang über den Berg Marjan, immer an der Küste entlang, der am späten Vormittag im Café der Pension *Schiller* endete. Die Kinder und eines der Dienstmädchen, das mit ihnen unterwegs war, um auf die Kinder aufzupasssen, tranken heiße Schokolade, und er und seine Frau gönnten sich zum Kaffee ein oder zwei Gläschen Maraschino. Dann ging es weiter, und je näher sie ihrem Heim kamen, desto erschöpfter, aber auch ungeduldiger wurde die ganze Familie. Zum Glück warteten dann schon die Bediensteten in der offenen Tür auf sie und verkündeten, dass angerichtet sei. Nichts auf der Welt schmeckte so gut wie die heiße Brühe mit den dünnen Teigfäden, die die Kinder laut schlürften, so dass er nicht wusste, was größer war: sein Genuss oder sein Ärger. Aber bei Braten und Kartoffeln war er wieder besänftigt, vor allem wenn der Wein dazu kühl genug war. Direkt aus dem Keller. Er mochte keinen lauwarmen Wein.

Gestern war er nach dem Abendessen bei den Torchios spät nach Hause gekommen, genauer gesagt, es war am frühen Morgen gewesen. Dass er nur wenig Schlaf bekommen hatte und der Missmut, den er noch immer empfand, weil ihm die Gesellschaft und der Verlauf des Abends missfallen hatten, waren kein Grund, von seinem geregelten Tagesablauf abzuweichen. Heute würde er am Nachmittag ausnahmsweise eine Ruhestunde einlegen. Er wischte sich gerade die Mundwinkel ab, in denen sich Puderzucker und Marmeladenreste verfangen hatten, als sich ein Mann ihm gegenübersetzte.

»Schon gehört?«

Mladen Zavoreo und Goran Karaman gehörten zur gleichen Freimaurerloge, über die in Split hinter vorgehaltener Hand Schauermärchen erzählt wurden. Es sei ein reines Männerbündnis, das die Macht im Staat an sich reißen wolle und das sich im Namen der Freiheit unserer heiligen Mutter Kirche zu entziehen versuche. Es gehe um die Weltherrschaft. Satanswerk sei das! Ja, der Satan, pfui Teufel nochmal! Als wäre die katholische Kirche nicht viel eher in der Lage, die Welt zu beherrschen, als die Masonerie, die aus Frankreich oder – noch schlimmer – aus England zu uns gekommen sei, zusammen mit anderen neumodischen Dingen. Die Freimaurer trügen abartige Gesichtsmasken und würden nackt zwischen Weingläsern auf den Tischen herumtanzen; nur eine mit Winkeln, Zirkeln und den Augen Gottes geschmückte Schürze bedecke ihre Geschlechtsteile, sie hätten auch gleich Ein-Dollar-Banknoten dafür nehmen können. Waren nicht auch die mit den satanischen Zeichen geschmückt?! Und waren Doktor Radman und sein Freund Petrinelli nicht auch Mitglieder dieser Truppe? Die Freimaurer würden Lämmer schlachten und sich mit ihrem frischen Blut beschmieren, schwarze Teufelsmessen feiern und an der Existenz Gottes zweifeln.

Von all dem stimmte nicht einmal Letzteres, doch keiner der Logenbrüder versuchte je, den Gerüchten zu widersprechen. Zum Glück wussten die von ihrer Fantasie beflügelten frommen Mitbürger nicht, wer alles zu der Loge von Split gehörte.

Mladen Zavoreo beugte sich über den Tisch und sah seinem Logenbruder in die Augen: »Heute Nacht hat jemand unseren jungen Freund getötet. Er war kurz davor, unserer Loge beizutreten.«

Seit mehreren Jahren wiederholte Goran Karaman wie ein Mantra, dass bald nicht nur in Split, sondern auch anderswo auf dem Kontinent wieder Blut fließen werde, echtes Menschenblut, nicht das Lämmerblut aus den Fantasien der Klatschweiber mit ihren Rosenkranzketten. Man brauche nur Zeitung zu lesen, die Wochenschau im Kino zu sehen und den Gesprächen in Kaffeehäusern und Kneipen zu lauschen, um als vernunftbegabter Zeitgenosse zu einer realistischen Bestandsaufnahme der Epoche zu kommen.

»Darko Barić?«, fragte er.

»Ja. Mehr kann ich dir gar nicht sagen, es ist noch nichts bekannt.«

»Dummköpfe, Schurken und Hochstapler überall. Und Mörder, wie wir jetzt sehen. Und Mörder«, seine Stimme überschlug sich.

Alle Anstrengungen, Ordnung in das Weltgefüge zu bringen, oder wenn schon nicht in die Welt, so doch zumindest in diese Stadt, all die Mühsal, die er als Großmeister zusammen mit den anderen Logenbrüdern auf sich nahm, waren vergeblich. Mitunter glaubte er, dass der Große Krieg die Schleusen geöffnet hatte, durch die Unwahrheiten hervorquollen.

»Es würde mich nicht wundern, wenn wieder ein Krieg ausbrechen würde. Und ich könnte mir vorstellen, dass der neue Krieg noch schlimmer sein wird als der letzte«, sagte er nach kurzem Schweigen.

»Ich bitte dich, du übertreibst. Es ist grässlich, es ist ein Verbrechen, aber es ist nur ein gewöhnlicher Mord, wenn ich das so sagen darf, kein Krieg«, sagte Mladen Zavoreo.

Es verdross Goran Karaman, dass sein Freund so sorglos war. In seiner gelassenen, optimistischen Art war Mladen unfähig, das drohende Unheil ernst zu nehmen.

»Es ist kein Krieg, das stimmt. Wir leben aber im Zeitalter der Ungebildeten, die dazu neigen, Konflikte durch Kriege lösen zu wollen. Und sie werden immer lauter. Die Stimmung ist viel schlimmer als vor dem Großen Krieg!«

»Jetzt übertreibst du schon wieder.«

»Neulich hat in diesem Café ein Rüpel allen Anwesenden weiszumachen versucht, dass Robert Koch, der auf Einladung von Baron Kuppelwieser auf Brioni die Malaria ausgerottet hat, eigentlich nicht die Mücken, sondern die ungeborenen kroatischen Babys habe vergiften wollen! Und dass der Impfstoff gegen die Tuberkulose ein Betrug sei. Es würde mich nicht wundern, wenn sich bald einer von diesen Verrückten für eine Wiederaufnahme der Hexenverfolgung aussprechen würde.«

Mladen Zavoreo lachte. Der Notar fuhr noch nachdrücklicher fort: »Die Menschen sind überfordert. Sie können es nicht erfassen, wenn sie auf einem Blatt Papier gleichzeitig so viele unterschiedliche Dinge erfahren. Oder wenn eine körperlose Stimme aus einem Holzkasten in dichter Folge über das Unwetter an der Adria spricht und über zwei Seemänner, die tot in ihrer Kajüte aufgefunden worden seien, über die Erfolge der deutschen Industrie, über den englischen König und seine bevorstehende Reise an unsere Küste und über den Beschluss des Belgrader Bürgermeisters, den Sumpf am westlichen Ufer der Save trockenzulegen, um ein Messegelände errichten zu können. Solche Neuigkeiten bringen die Menschen durcheinander, sie ziehen falsche Schlüsse.«

Das war seine Lieblingsthese: Der Zuwachs an Nachrichten stand in umgekehrtem Verhältnis zum

Gewinn an Erkenntnis. Wenn es nach ihm ginge, sollten sie nur den Eliten zur Verfügung stehen, während man die Ungebildeten vor sich selbst schützen musste. Als am 6. Januar 1929 im Königreich Jugoslawien die Demokratie durch ein Königsdekret abgeschafft wurde, hatte er zu seinen Logenbrüdern gemeint, dass dies vielleicht gar nicht so verkehrt sei: Der Pöbel, der die Mehrheit darstelle, werde sonst wer weiß welchen Unfug zusammenwählen. Er musste wieder Plato lesen: Hatte der Erste unter den Philosophen nicht alles schon gesagt?

Die Nachricht über den Mord im Hafen passte gut zu seiner düsteren Grundstimmung. Er zweifelte keinen Augenblick daran, dass es sich um einen politischen Mord handelte, der sich gegen ihre Loge richtete, denn Darko Barić sollte nach langer Zeit das erste neue Mitglied werden. Doch wer hätte darüber Bescheid wissen können? Die Gespräche mit dem jungen Anwärter wurden in aller Heimlichkeit geführt. Er konnte sich nicht vorstellen, dass einer der Logenbrüder Unbefugten etwas erzählen würde. Jeder von ihnen war, so wie es sich für die Freimaurer gehörte, »ein freier Mann von gutem Ruf«, und dieser gute Ruf kam nicht von ungefähr. Dafür legte er seine Hand ins Feuer.

5.

Unausgeschlafen und mehr besorgt als glücklich, war Jana nach dem Gespräch mit Dora unter einem Vorwand wieder ausgegangen, nachdem die Zwillinge sich auf den Weg gemacht hatten. Frau Zavoreo, die gerade dabei war, ein Backblech voller Kekse aus dem Ofen zu ziehen, sagte nichts, wechselte nur einen fragenden Blick mit der Köchin, die daraufhin lauter als sonst mit dem Fleischklopfer auf die Kalbsschnitzel einschlug.

Dora hatte Jana gebeten, den Geflüchteten, die heute Nacht vergeblich in einem Versteck auf sie gewartet hatten, Proviant zu bringen und ihnen die neue Lage zu erklären. Sie sollten sich bis zur nächsten Nacht gedulden, ihre Betreuerin müsse nach einer neuen Verbindung suchen. Es seien erfahrene Genossen, hatte sie hinzugefügt, sie werden nicht in Panik geraten. Auch sie, Dora, war nicht in Panik geraten, sondern wirkte inmitten des Treibens auf dem Fischmarkt gefasst wie immer.

Trotz allem war der Tag schön. Janas Füße steckten in abgetragenen Sandalen, die sie von Frau Zavoreo geschenkt bekommen hatte. Sie waren ihr eine Nummer zu groß, aber das verminderte die Anmut ihres

Gangs nicht im Geringsten, genauso wenig wie die beiden Körbe in ihren Armbeugen, die über ihren Hüften baumelten. Den beiden Matrosen, die an einer Holztür lehnten und hinter ihr her pfiffen, schenkte sie zuerst gar keine Beachtung, dann lachte sie laut, ohne stehenzubleiben.

Diese Gassen haben vielleicht schönere Frauen gesehen, und ganz bestimmt haben sie frechere Seemänner erlebt. Diese Gassen haben in den vergangenen Jahrhunderten so viel gesehen, dass sie nichts mehr überraschen konnte. Aber Jana überlegte es sich anders, drehte sich noch einmal um, stellte einen Korb auf den Boden neben sich und winkte ihnen zu. Sie winkten zurück. Bald war sie in den Gängen aus polierten Steinen nur noch eine sonnige Erinnerung.

Jana eilte weiter und sah nicht nach oben, wo zwischen den Häusern die Unterwäsche vor dem Himmel hing. Die Altstadt war an diesem Morgen ein Schiff, die Unterhosen und Unterhemden waren seine Signalflaggen. Die Bettlaken waren seine Segel, aber wohin das Schiff trieb, war ungewiss. Doch all das nahm Jana nicht wahr, denn wie in allen Abenteuergeschichten gibt es auch in dieser einen Piraten. Er versperrte Jana plötzlich den Weg.

»Du solltest besser auf dich aufpassen.«

»Wie meinst du das?«

»Ich meine es, wie ich es sage. Du treibst dich nachts herum, du winkst fremden Männern zu, die hinter dir herpfeifen. Schon das wäre ein Grund, dich aus der Partei auszuschließen.«

»Du spionierst mir hinterher?«

»Gib mir die Körbe, *ich* werde sie hinbringen. Dora hat mir Bescheid gegeben.«

»Sie hat mich gebeten, das zu tun.«

»Die Lage hat sich geändert. Geh zurück nach Hause. Bitte.«

Weil er das letzte Wort so eindringlich ausgesprochen hatte, legte sich Janas Wut. Sicher, sie sollte vorsichtiger sein, aber diesen Ton wollte sie sich trotzdem nicht gefallen lassen.

»Du sollst nicht so mit mir sprechen.«

»Du sollst auf dich aufpassen. Gib mir jetzt diese Körbe und geh!«

Jana schnaufte, drückte ihm die beiden Körbe in die Hände, die er so hielt, als wollte er sie umarmen. Sie drehte sich wortlos um, streifte die Sandalen von ihren Füßen ab, steckte sie in die Taschen und fing an zu rennen.

Es gab Dinge, auf die sich die Bewohner von Split verlassen konnten. Dazu zählte die Gewohnheit von Mario Bulat, sich jeden Vormittag mit dem Kellner Miro Matić auf der Terrasse des Hotels *Bellevue* zu unterhalten. Es war ein Ritual. Der Polizist saß dabei in einem Korbsessel, während der Kellner angewurzelt wie eine Zypresse neben seinem Tisch stand. Miro Matić war ein passionierter Zeitungsleser, und so bekam Mario Bulat bei seinem Kaffee die neuesten Nachrichten zu hören – verkürzt und mit Kommentaren gespickt. Sie diskutierten auch gerne über das Programm des Theaters –

beide waren sie Verehrer der italienischen Oper – und tauschten dabei feste Formeln aus: »Was für ein *kažin* ist unser Leben!«

Mit dem Wort *kažin* konnte man viel ausdrücken, es bezeichnete ein Bordell, ein Casino, eine Bar, ein Wirrwarr, eine Intrige, eine Gerüchteküche. Ein *kažin* war auch die Politik, die in Split seit dem Beginn des Jahrhunderts fortlaufend Brüderschaften, Parteien, Verbände und Organisationen entstehen ließ, die sich für die verschiedensten Ideen so stürmisch einsetzten, dass es andauernd irgendwo krachte.

»Was meinen Sie«, so begann manchmal der eine und manchmal der andere: »Man fliegt heutzutage in Flugzeugen durch die Luft, man rast in Autos dahin, man baut Hochhäuser und fährt Aufzug, man spricht über den Fernsprecher mit jemandem, der am anderen Ende des Kontinents sitzt, und nun gibt es Filme, in denen die Schauspieler singen und sprechen, als wären sie im Theater, nur schlechter. Was könnte noch kommen? Nichts, wenn Sie mich fragen.«

Ob dieses Nichts das Ende der Welt bedeutete? Möglich. Aber darüber wollte man nicht spekulieren. Man war kein Hellseher.

Häufig regten sich die beiden Freunde gemeinsam auf, etwa über den Kolumnisten einer der königstreuen Zeitungen, wenn dieser den italienischen Duce pries. Wie irrsinnig Mussolini war, konnte man ihrer Meinung nach nicht nur an dem Krieg in Abessinien sehen, sondern auch an dem Gesetz, das es den Römern verbot, die Wäsche draußen für alle sichtbar zum Trocknen aufzuhängen. Der Nichtsnutz von Journalist hätte so etwas auch in Split gerne gesehen. Er schwafelte in seiner Kolumne von der Ehre der alten Gemäuer, die vom Anblick der Unterhosen und Socken entwürdigt würden, und darüber, dass im benachbarten Italien endlich Ordnung herrsche. Ein *kažin* von einer Ordnung war das! Die Wäsche sollte von den Wäscheleinen der Balkone und Fenster verschwinden? Dagegen würde man in Split auf die Barrikaden gehen.

Die beiden Herren freuten sich jedesmal wieder, wenn einem von ihnen ein neues Sprichwort eingefallen war, etwa: Den Charakter eines Menschen erkennt man im Gasthaus. Oder im *kažin*. Sie stritten gerne. Wenn sie nach einem Streit auseinandergingen, sagten sie jeder für sich halblaut und zufrieden: »Jetzt hab ich es ihm gezeigt.« Aber nicht selten redeten sie einfach nur aneinander vorbei.

Heute verkündete der Kommissar schon beim Hinsetzen, dass er sehr wenig Zeit habe: »Nur einen Kaffee, aber bitte stark! Ich wurde heute früh geweckt. Hat es sich noch nicht herumgesprochen? Im Matejuška-Hafen ist in der Nacht Darko Barić tot aufgefunden worden.«

Der Kellner reagierte auf diese Nachricht wie üblich höchst professionell. Er eilte schweigend ins Innere des Cafés und brachte in kürzester Zeit dampfend heißen Mokka für seinen Gast.

Miro Matić bediente noch zwei Taxifahrer, die ihre Autos von der Caféterrasse aus im Auge behielten und laut über ihre Geschäfte diskutierten, kam dann zurück und stellte sich neben den Kommissar. Zunächst stand er ruhig da, dann begann er, auf seinen großen Füßen, die in abgetragenen Lederschuhen steckten, zu wippen. Schließlich presste er mit einem Blick auf den Gast, der ihnen den Rücken zugekehrt hatte, heraus:

»In England hat jemand über die vielen Deutschen auf Reisen gesagt: ›Touristen – Terroristen‹. Der Engländer ist nicht dumm, er traut dem Deutschen nicht.«

»Man kann nicht so pauschal urteilen.« Der Kommissar war überrascht. »Ich wäre gerne einmal ein Fremder, der in unsere Stadt kommt und sie zum ersten Mal sieht. ›Nur durch Reisen reift der Mensch‹, so sagt man in Persien.«

»In Persien mag es so sein. Bei uns schlafen die Touristen in der Sonne ein oder ertrinken, weil sie zu weit hinausschwimmen.«

»Der Tourismus ist gut für unsere Wirtschaft.«

»Die Touristen interessieren sich gar nicht für uns.«

»Nicht alle Gäste sind Touristen. In Split werden gerade ein paar deutsche Filme gedreht. Diese Filme werden die Stadt in der Welt noch berühmter machen.«

»Unsere Stadt braucht bestimmt keine deutsche Propaganda. Im ersten Film spielt Split die russische Schwarzmeerküste. Im zweiten Film spielt Split Lissabon. Alles erfunden und erlogen. So ist die Filmkunst eben, nur Hokuspokus und Lügen. Ich würde nicht eine Oper für tausend Filme hergeben.«

»Sie haben den neuesten Film nicht erwähnt. Darin geht es um die Korallentaucher von Zlarin.«

»Maestro Tijardović hat mir davon erzählt, er schreibt die Musik. Vermutlich wird nur sie etwas taugen, den Rest des Films können Sie jetzt schon vergessen. Diese braven Männer, die Korallentaucher von Zlarin, als Statisten in irgendeiner deutschen Schmonzette?! Ich verstehe nicht, warum man all das erlaubt.« Der Kellner winkte verärgert ab und begann, die Stühle auf der Terrasse zu ordnen, obwohl sie seit gestern keiner bewegt hatte.

Mario Bulat wusste, dass es sich nicht mehr lohnte, auf ihn einzureden. Er hatte seinen Hinweis verstanden: Er solle unter den deutschen Touristen nach dem Mörder suchen, *šjor* Matić konnte sie nicht ausstehen. Der Kellner traute dem Regime im Deutschen Reich nicht über den Weg, und da er glaubte, dass nur dessen Befürworter als Touristen herumreisen konnten, hatte er kein gutes Wort für sie übrig. Mario Bulat sah noch kurz zu, wie der Kellner mit den Stühlen hantierte, stand auf, schlich an dem ahnungslosen deutschen Touristen vorbei, der in Ruhe seinen Kaffee trank und die Aussicht bewunderte, umrundete den Springbrunnen vor dem Café und begab sich zum Fischereihafen.

Die Stadt war auf den Beinen. Immer noch wussten nur wenige, was in der Nacht geschehen war, doch bald würde in jeder Küche, in jedem Hinterhof, in jedem Café, an jedem Strand über den Mord gesprochen werden. Mario Bulat ahnte, wozu sich eine solche Geschichte auswachsen konnte, weshalb er darauf achtete, sich in kein Gespräch verwickeln zu lassen. Er ging durch den Hafen, den Blick in die Ferne gerichtet, als wäre er ein Tourist und nicht ein Beamter des Königreichs Jugoslawien, der einen Tatort inspizierte. Die Felsen, von denen die Bucht vor der Stadt umrahmt war, glänzten in der Sonne.

Die Fischerboote waren zurückgekehrt, ihre Besitzer säuberten und flickten schweigend die Netze oder saßen auf einem der Poller, rauchten und spuckten ins Wasser. Er grüßte sie mit Kopfnicken, sie grüßten mit einem Kopfnicken zurück. Hier und da stand einer von ihnen auf und zeigte sich ratlos, indem er seine Arme zu den Seiten ausstreckte, als wollte er ein sehr dickes Gegenüber umarmen, und dabei die Augenbrauen hob. Wortlos zuckte darauf der Kommissar mit den Schultern und schüttelte den Kopf. Er ging ohne abzuwarten weiter, so dass der stumm Fragende enttäuscht abwinkte. Andere wieder warfen ihm zornige Blicke zu, und Mario Bulat tat so, als ginge ihn ihre Wut nichts an.

Inmitten dieser Pantomime bewegte sich eine junge Frau in der Kleidung eines Fischers, mit einem blauweiß gestreiften Oberteil und einer zerrissenen Hose, die ihr zu weit war und die sie deshalb mit einer Kordel festgezurrt hatte. Sie wechselte ein paar Worte mit jedem der Männer und sprang von einem Boot zum anderen. Die Fischer sahen ihr nach, zogen noch schneller an ihren Zigaretten und blickten noch betrübter als zuvor. Das Gesicht der Frau hellte sich auf, als plötzlich von einem der Boote gerufen wurde: »Wir müssen die Hafenarbeiter benachrichtigen, die *ba-*

telanti. Ohne sie geht nichts!« Sie war vermutlich die Tochter des Fischers Fran, die der Alte heute früh mehrmals erwähnt hatte: »Meine Dora wartet auf mich, šjor Polizist.« Seine Dora sah aus wie ein ausgehungerter Junge. Es hätte Mario Bulat nicht gewundert, wenn sich bei der Politischen Polizei eine Akte über sie fände.

Niemand in der Stadt war so gut informiert wie die Fischer, und obwohl der Kommissar wusste, dass er Fran Nisiteo spätestens in zwei Tagen entlassen musste – wobei er hoffte, dass der Aufstand, den Dora offensichtlich plante, bis dahin noch nicht zustande kommen werde –, wollte er ihren Vater ein wenig zermürben, bevor er die Zeit fand, noch einmal mit ihm zu sprechen. Eine ähnliche Gelegenheit würde er nicht mehr bekommen, denn wenn er versuchte, mit einem der anderen Fischer zu sprechen, würde er nur auf Schweigen stoßen. Als hätten sie von den Fischen gelernt!

Am Tatort gab es nichts zu sehen, im ganzen Hafen nicht. Seine Leute hatten noch einmal alles nach Spuren untersucht, aber außer Blut hatten sie nichts gefunden, nicht anders als Wachtmeister Stjepan vor ihnen.

Blut trocknet schnell, und die Flecken auf den Netzen waren nicht mehr rot, sondern schwarz. Der ewige Frieden des Todes, so hatte Doktor Radman einmal gesagt, sei ein trügerischer Euphemismus: »Es gibt überhaupt kein Ruhen, alles ist in Bewegung. Das Fleisch zerfällt in unseren Graden noch schneller als anderswo, die Würmer lassen nur Knochen zurück, und auch diese zerfallen zu Asche. *Aequat omnes cinis.* Asche macht alle gleich.«

Die Kleidung der im Großen Krieg Gefallenen sei noch nicht zerfallen, und schon bald würden sich ihnen neue Tote zugesellen, so hatte *šjor* Matić vor einigen Tagen gesagt. Die Erde sei wie eine Altkleiderkammer, voller Lumpen und Skelette. Mario Bulat hoffte, dass der Kellner übertrieb. Die Deutschen, die er als Kriegstreiber in Verdacht hatte, bereiteten sich gerade auf die Olympischen Spiele vor. Wie passte das bitteschön zusammen: Die ganze Welt zu Hause empfangen und ihr danach den Krieg erklären? Die Russen, hatte der Kellner, der dabei mit Zeitungsausschnitten herumgefuchtelt hatte, daraufhin gemeint, die Russen würden zu diesen Spielen gar nicht anreisen: »Eine neue Lumpenkammer wird unter der Erde vorbereitet, merken Sie sich das, šjor Bulat!«

Mario Bulat dachte an seine Frau. Er hatte sie in einem gelb-schwarzen Seidenkleid beerdigt, sie hatte es selbst ausgesucht. Und im Sarg bettete er sie auf das Kopfkissen, auf dem sie noch in der Nacht zuvor neben ihm gelegen hatte.

Jetzt saß er in der Küche der Familie Barić und versuchte, an nichts zu denken. Auf dem Weg zu ihrem Haus hatte er bei zwei Nachbarinnen angeklopft, und diese hatten ihn begleitet, ohne viel zu fragen. Beide nahmen ihre Rosenkränze mit, als sie hörten, wofür sie gebraucht wurden. Hätte man sie in ein armes Haus gerufen, hätten sie sicher auch Flaschen mit

Kräuterschnaps in ihre Schürzen gleiten lassen. Aber sie wussten, dass im Haus Barić die Vorräte vernünftig angelegt waren, und einen guten Schnaps würde man brauchen.

Die Karaffe mit *orahovica*, einem Walnussschnaps, stand nun auf dem Tisch und bildete den Ruhepol der ganzen Szene. Das Mosaik aus schwarz-weißen Steinfliesen auf dem Boden, der lange Holztisch und die Stühle mit den hohen Lehnen, die in der Kredenz hinter Glas ordentlich gestapelten Teller mit dem goldenen Rand, die geschlossenen grünen Fensterläden, all das flimmerte vor seinen Augen, als würde er auf einem Karussell sitzen und sich in einem fort drehen. Nur der Walnussschnaps mit seiner dunkelbraunen Farbe konnte seinen Blick festhalten. Er bediente sich zwei Mal, und auch die unglückliche Mutter nahm zwischen zwei Schluchzern einen weiteren Schluck aus dem Glas. Die beiden Nachbarinnen führten es ihr abwechselnd zum Mund, während sie in ihren Händen ein Taschentuch aus weißem Stoff knetete und sich damit immer wieder Augen und Nase wischte.

6.

In den Schulen hatte um elf Uhr die Ausgabe der Zeugnisse begonnen. Zur selben Stunde nahm eine bunte Gesellschaft die beiden obersten Etagen des Hotels *Imperial* in Beschlag. Das Hotel war eine Villa mit einer Fassade aus hellem Stein und grünen Fensterläden, die tagsüber wegen der Hitze geschlossen gehalten wurden. Auf der großzügig angelegten Terrasse vor dem Haus, die in einen Garten mit Pfaden aus Kieselsteinen überging, beschatteten Pinien Tische und Stühle.

Vier Pagen in dunkelroten Anzügen mit goldenen Knöpfen schleppten Koffer, Hutschachteln und Holzkisten in das Innere des Hotels, während hinter ihnen zwei Männer technische Geräte durch die Tür bugsierten. Einer der beiden hatte eine runde Nase, die dem ganzen Gesicht einen schelmischen Ausdruck verlieh. Er hatte sich den Pagen höflich vorgestellt: »Victor Janson«. »Das ist der Chef der Parade«, raunte der Rezeptionist, der zur Tür geeilt war, um die Gäste zu begrüßen. Ihm folgte der zweite Mann, der in das Gästebuch eintrug: Julius Schmidt. Dieser Julius – so hieß man hier in Split in den Zeiten des Kaisers Diokletian – war nach neuester Mode gekleidet: schmal geschnittene

Hosen mit breitem Ledergürtel und kariertes Hemd mit kurzen Ärmeln. Die Pagen hatten das schon bei den amerikanischen Seeleuten gesehen, die ihre Matrosenuniformen ablegten, sobald sie ihr Schiff verlassen durften. Die Herzen der einheimischen Mädchen begannen dann schneller zu schlagen. Ein gewöhnlicher Hotelpage konnte noch so eifrig seine Knöpfe polieren, er bekam nur freche Antworten zu hören, wenn er einer der Schönheiten etwas zuflüsterte, wohingegen diese Ausländer unverständliches Zeug daherreden konnten und dafür mit süßem Kichern belohnt wurden. Da fehlten diese gut gelaunten Neuankömmlinge gerade noch, die sich ungeniert auf Deutsch unterhielten, als wäre das hier immer noch Österreich-Ungarn und nicht das Königreich Jugoslawien.

Vier Frauen, alle in kurzen Kleidchen, die Arme und Beine nackt, die Haut milchig, mit Hüten und Sonnenbrillen, folgten den beiden Männern. Von der Rezeption kam die Information, dass es sich um Darstellerinnen handelte, die in zwei verschiedenen Filmen spielen sollten. Janson und Schmidt sowie zwei der Damen seien die Vorhut der *Korallenprinzessin*. Sie erkundeten nur die Lokalität, zum Drehen würden sie in einem halben Jahr wiederkommen, wusste der Rezeptionist. Er nannte alle diese Filmleute *filmani*, das war der Ausdruck, den auch die Zeitungen für sie verwendeten.

Noch vor dieser Gruppe war Frederick Achnitz im Hotel eingetroffen. Er hatte mit Erlaubnis des Hotelchefs in einer Abstellkammer sein Büro eingerichtet.

Im Vorbeigehen hatte er den Pagen zugerufen: »Wenn jemand nach mir fragt, ich bin jetzt da!«, und war nach oben verschwunden.

Auch Frederick hatte sich in Split hübsch eingerichtet – mit Jana Pilić, wie man in der Stadt erzählte. Für den Geschmack der Pagen war Jana zu alt und zu kratzbürstig, aber auch dieser Fall bestätigte ihre Meinung über die Gefahr, die von den Ausländern ausgehe. Wenn das so weiterginge, würden sie noch Junggesellen bleiben.

Die Pagen waren eigentlich nicht dagegen, dass Ausländer in die Stadt kamen und im Hotel *Imperial* nächtigten, sie selbst lebten schließlich vom Fremdenverkehr. Was ihnen missfiel, war die rasende Entwicklung, die sie mitunter mit dem Gefühl zurückließ, den Überblick über das eigene Schicksal zu verlieren. Die Welt war dabei, näher zusammenzurücken, und sie waren sich nicht sicher, was sie persönlich davon hatten – die gerade eingetroffene Gesellschaft hatte sich in Bezug auf Trinkgeld als ausgesprochen knausrig erwiesen. Die deutschen Autos machten die Beschleunigung geradezu greifbar. Zugegeben, die tschechischen Touristinnen, die mit ihren engen knielangen Röcken eine Sensation in der Stadt darstellten – und die von den Müttern der Pagen und anderen anständigen Frauen einhellig als Flittchen bezeichnet wurden –, waren ein Gewinn, und der kam mit dem Geist der Moderne in überfüllten Zügen und sogar in Wasserflugzeugen nach Split. Aber dennoch war bei all diesen Veränderungen Vorsicht geboten. War nicht heute Nacht im Hafen etwas Schreckliches passiert? Eines der Zimmermädchen hatte die Neuigkeit im Hotel verbreitet.

Das hatte man von den vielen fremden Menschen in der Stadt.

Es war nur eine Frage der Zeit, wann weitere Opfer zu beklagen sein würden.

Und dann würde der Tourismus zusammenbrechen.

Hinterher würden alle schlauer sein.

Die Autos, mit denen sich die deutschen Touristen immer zahlreicher an der Adriaküste tummelten, die Bata-Sandalen an den nackten Füßen der Touristinnen aus Prag – all das waren eindeutige Zeichen, dass etwas ganz Großes bevorstand. Die Pagen lasen jeden Morgen Zeitung, bevor das Hotel erwachte. Einer von ihnen las vor, während die anderen drei ihren Kaffee schlürften und ihre Uniformen richteten. Die Nachrichten waren verstörend. Auch hier, am Rand Europas, werde man nicht verschont bleiben, sollte es zu einem Knall kommen. Ganz im Gegenteil: Seit der Ermordung des Königs – kaum zwei Jahre waren vergangen, seit der Panzerkreuzer *Dubrovnik* den Sarg mit dessen Überresten ausgerechnet nach Split gebracht hatte – mischten sich leider ständig irgendwelche Landsleute in das Weltgeschehen ein.

In diesem Sommer diente die *Dubrovnik* als Kulisse in einem der deutschen Filme: *Weiße Sklaven*. Als Statisten gesucht wurden, hatten sich alle vier Pagen des Hotels *Imperial* beworben. Glücklicherweise waren sie nicht ausgewählt worden, man hatte bei der Besetzung die Hafenarbeiter bevorzugt, weil diese deutlich mehr Muskelmasse zu bieten hatten. Wofür die Muskeln gebraucht wurden, hatte man vor zwei Tagen gesehen, als es zu einer Schlägerei zwischen den Statisten gekommen war, da der Regisseur von einer Statistengruppe verlangte, sich in einer Szene einer anderen Gruppe geschlagen zu geben. In Split gab sich niemand freiwillig geschlagen! Aber was wusste ein deutscher Regisseur schon von der Ehre der Splitter Hafenarbeiter! Auch die Hotelangestellten verfügten über Ehrgefühl, doch davon ahnten die ausländischen *filmani* vermutlich noch weniger.

In jenem Film ging es nicht mit rechten Dingen zu, das hatte einer der Hafenarbeiter einem der Pagen erzählt: Die Elenden, die sich in Russland gegen die Reichen erhoben hatten, wurden als blutrünstig und böse gezeigt. Auch er habe nicht zu den »Weißen« gehören wollen, die im Film den Kampf gegen die »Roten« gewinnen sollten. Deshalb nuschelte er mehr, als dass er sprach, denn seine Nase war immer noch dick angeschwollen. Über diese Rauferei schrieben alle Zeitungen im Königreich. Nein danke, den Pagen konnte eine solche Filmkarriere wirklich erspart bleiben.

Der neue Film würde *Die Korallenprinzessin* heißen. Etwas mit Liebe und Korallen am Meeresgrund. Eine Taucherromanze. Etwas mit einem Piloten, dessen Vater der erste unter den Korallentauchern war. Es hörte sich wenig überzeugend an: Jedes Kind wusste, dass die Korallentaucher arme Leute waren, die eher irgendwann an der Dekompressionskrankheit starben, als dass ihre Söhne Piloten wurden. Aber im Deutschen Reich liebte man solche Märchen anscheinend.

Die Pagen waren nicht dumm. Sie ließen sich von den sorglosen Gesichtern der deutschen Touristen, Regisseure, Schauspieler und sonstiger Weltenbummler nichts vormachen. Sie konnten sich noch gut an den Vorfall mit David Frankfurter erinnern – das war der Stoff für einen Film, nicht diese Korallenschnulze. David Frankfurter hatte Wilhelm Gustloff, einen deutschen Nationalsozialisten, erschossen. Die Nachricht darüber hatte man in der *Novo doba* auf Seite vier versteckt, aber sie hatten sie gefunden. Es war im Februar gewesen, draußen wälzte der *Jugo*, ein Südwind, die Wolkenmassen vor sich her und trieb sie über das Meer. Die Wellen schlugen gegen die Umkleidekabinen am Strand, die bunten Holztüren erwiesen sich als erstaunlich standhaft. Wenn man sich auf die Terrasse traute, vernahm man das aufgeregte Kreischen der Möwen. Es hörte sich an, als riefen vor Schmerz wildgewordene Frauen nach ihren Kindern. Im Foyer war es dunkel, nur eine Gaslampe, unter der die Pagen ihre Zeitung lasen, flackerte. Das Hotel war nicht belegt, und auch wenn in den Wintermonaten kein Lohn ausgezahlt wurde, kamen sie jeden Tag zur Arbeit. Hier war es warm. Ab und zu spendierte die Rezeption Mandelkekse, die man im Tee einweichte.

David Frankfurter war ein Jude aus dem Norden Kroatiens, und da sie selbst mit ihren Familien in einem ehemaligen jüdischen Ghetto wohnten, fühlten sich ihm die Pagen verbunden. Man lebte im *Get* in einer freundlichen Nachbarschaft, auch wenn es in den stickigen Gassen immer mal zu Beschimpfungen und Prügeleien kam, wenn jemand versuchte, Fische auf offenem Feuer zu grillen. Das war aber etwas ganz anderes als die Schikanen, die David Frankfurter erlebt haben musste. Und zwar nicht nur in Deutschland, sondern auch in der Schweiz, wo er Zuflucht gesucht hatte. Die Pagen fanden es beunruhigend, dass ihre Landsleute in nur zwei Jahren zwei politische Attentate im Ausland verübt hatten, aber während sie den Mördern des Königs misstrauten, empfanden sie Sympathien für David Frankfurter. Sie wussten, dass man darüber nicht laut sprechen durfte. Man sollte die Gäste aus dem Deutschen Reich nur unauffällig beobachten. Wo zum Beispiel war Frederick Achnitz heute früh gewesen, als der Mord an Darko Barić geschah?

Inzwischen hatten sich Victor Janson und Julius Schmidt umgezogen und kamen ins Hotelfoyer zurück. Sie trugen jetzt kurze Hosen und weit aufgeknöpfte, kurzärmlige Hemden. Ein Blick auf ihre blasse Haut und auf die Schatten, die die Behaarung auf dieser kränklich wirkenden Oberfläche hinterließ, erfüllte die Pagen mit Genugtuung. Derart entblößt wirkten diese ausländischen Männer nur halb so gutaussehend, als wenn sie nach neuester Mode vollständig bekleidet waren. Es galt abzuwarten, welches Bild diese *filmani* am Strand in Badehosen abgeben würden.

Ein Mann versperrte Mario Bulat den Weg. Der Kommissar lief ihm geradewegs in die Arme, die er wie zur Absperrung ausgebreitet hatte. Jetzt rief er: »Warum so erschrocken, Herr Kollege?«

Mario Bulat fühlte sich wie aus dem Schlaf gerissen. Er hatte den Leiter der Politischen Polizeiabteilung, der sich weigerte, von Geheimpolizei zu sprechen, und stattdessen diese alberne Bezeichnung bevorzugte, tatsächlich nicht bemerkt, obwohl sich gerade niemand außer ihnen beiden in der Gasse befand und sie direkt aufeinander zugegangen waren.

»Erfreut, Sie zu sehen, Herr Bulat! Man trifft sich zu selten, ganz als ob wir uns nichts zu erzählen hätten! Für die Sicherheit unserer Stadt wäre es besser, wenn wir uns austauschen würden, meinen Sie nicht? Sie scheinen mir abgehetzt zu sein?«

Wenn der Kollege von der PPA sein Gegenüber nicht immer so argwöhnisch gemustert hätte, wäre er Mario Bulat vielleicht sympathisch gewesen. Er erinnerte ihn an einen Bären, den man in einen zu kleinen Fuchspelz gesteckt hatte.

»Ein Toter liegt bei uns im Keller, nein, vielleicht schon nicht mehr. Doktor Radman wollte ihn ins Krankenhaus transportieren lassen. Gerade war ich bei der Mutter des Ermordeten.«

»Ja, ja, ich habe davon gehört. Wissen Sie Genaueres?«

»Nicht viel«, sagte Mario Bulat.

»Wir können heutzutage nicht vorsichtig genug sein. Haben Sie die Zeitung gelesen? Gestern Abend hat Haile Selassie Genf verlassen, die Verhandlungen um Abessinien scheinen nicht besonders gut gelaufen zu sein. Unter unseren italienischen Mitbürgern herrscht Unruhe. Von anderen – auch ausländischen – Gefährdern der öffentlichen Ordnung ganz zu schweigen.«

»Wem sagen Sie das!«

»Wir haben Informationen über die Lage in Moskau, welche die Fanatiker hier bei uns vielleicht dazu bringen werden, Ruhe zu geben. Stalin baut gerade seine Partei um, mit handfesten Mitteln. Im Kreml rollen die Köpfe. Mir soll es egal sein. Ohne Ordnung funktioniert keine Partei und kein Staat. Davon abgesehen, in Stalins Staat würde ich persönlich nicht leben wollen. Da wird sich manch einer unserer Dalmatiner wundern, sollte er mit den Russen die Weltrevolution geplant haben.«

»Meinen Sie wirklich, dass bei uns ...«

»Jeder Lump möchte den Staat nach seiner Fasson ummodeln. Als ob das so einfach wäre! Dann noch die Schlägerei bei den Aufnahmen für den deutschen Film, in dem es auch um die Russen geht. Als ob wir nicht genug eigene Probleme hätten!«

»Ich habe gehört, dass die Russen in diesem Film als hässlich, böse und dumm dargestellt werden. Vor allem die Bolschewiken, natürlich, aber eigentlich alle Russen.«

»Wenn Sie mich fragen, mit den Russen ist nicht gut Kirschen essen. Dann schon lieber mit den Deutschen. Darf ich erfahren, wer der Tote ist?«

Der PPA-Hauptkommissar, der am Anfang so laut geredet hatte, dass man dahinter Absicht vermuten konnte, senkte bei seinen letzten Sätzen die Stimme. Sollte die Gasse, die im Augenblick kaum atmete, hören und weitergeben, was für das Volk bestimmt war. Aber man konnte dem Volk nicht alles anvertrauen.

Mario Bulat bezweifelte, dass sein Kollege nicht schon längst über den Toten informiert war. Doch sei's drum, er würde ihm korrekt antworten: »Darko Barić«.

»Hm, Darko Barić. Mal sehen, ob ich Ihnen behilflich sein kann. Sie wissen schon, die Besitzer von Schiffen sind für die Flüchtlinge aus dem Deutschen Reich attraktiv geworden. Die glauben leider, bei uns hier gebe es keine Ordnung und sie könnten unbemerkt hin und her reisen. Das ist freilich ein Irrtum.«

»Lassen Sie uns gemeinsam etwas essen, ich habe Hunger, und der Tag wird noch lang werden.«

Mario Bulat staunte über sich selbst. Anstatt sich eine Ausrede einfallen zu lassen und sich davonzumachen, hatte er diese Einladung ausgesprochen, obwohl er nichts lieber tat, als allein zu essen.

»Schlagen Sie etwas vor, ich bin dabei«, sagte Dinko Despot. Er wirkte begeistert. Es kam wohl selten vor, dass jemand mit ihm zusammen essen wollte.

»Wie wäre es mit einem Gabelfrühstück bei *Bartul*? Gulasch mit Gnocchi oder Rinderbraten mit Kapern und Nudeln?«

Das reichte, um den allerorts gefürchteten Hauptkommissar der Politischen Polizei verstummen zu lassen. Obwohl er einen Kopf größer war als sein Kollege von der Kriminalpolizei, hakte er sich brav bei ihm unter, und die beiden Männer gingen zügigen Schrittes in Richtung der *oštarija*, beflügelt, wie es nur Menschen sein können, denen ein kräftigendes Gabelfrühstück bevorsteht.

Die Luft im *Bartul*, einer Höhle ohne Fenster, war erfüllt von Tabakrauch und dem ambrosischen Duft der schweren Fleischspeisen, die man hier auch in den Sommermonaten unbeirrt kochte, obwohl eine mediterrane Weisheit besagte, dass in der Hitze Gemüse und Fisch zu bevorzugen seien – eine Regel, die man in Split gerne missachtete. Im *Bartul* konnte man schon ab zehn Uhr morgens Bohnen mit Speck, Gulasch oder *pašticada* bekommen, eine Art Sauerbraten, dessen Rezept man von den Venezianern übernommen und mit geräuchertem Schinken und Knoblauch verfeinert hatte. Das größte Zugeständnis an die Jahreszeit waren die mit gehacktem Lamm- und Rindfleisch gefüllten Paprika, die man gemeinhin als »leicht bekömmlich« bezeichnete.

Die dicken Steinmauern und das hohe Gewölbe schützten das Gasthaus vor der Sonne, so dass es innen immer kühl war – ein Umstand, gegen den man im Winter zum Wein auch Schnaps trank, während man im Sommer den Wein mit Wasser verdünnte. Entlang der Wände waren Petroleumlampen angebracht, und wenn man ehrlich war, konnte man sich nicht vorstellen, dass die elektrische Beleuchtung, diese Errungenschaft, die sich zunehmend auch in Split ausbreitete, je bis ins *Bartul* vordringen werde.

Zu dieser Stunde erreichte der Geräuschpegel seinen Höhepunkt. Mario Bulat hielt sich beim Betreten die Ohren zu, bis *šjor* Bartul höchstpersönlich für die beiden Beamten ein Plätzchen nahe der Theke freiräumte. Zwei Hafenarbeiter, deren Gläser leer waren und die ihre Teller mit viel Brot blankgewischt hatten, standen auf und beteuerten, dass es überhaupt kein Problem sei, sie würden ihre Zigaretten im Stehen rauchen.

Auf der rot-weiß-karierten Tischdecke baute *šjor* Bartul zwischen den beiden Herren eine Landschaft aus Brotbergen mit goldenen Krusten, tiefen Seen aus dunkelbrauner Gulaschsoße mit Inseln aus Fleischwürfeln und einem Gestade aus beigefarbenen *njoki* auf. Vermischt mit frischem Wasser, leuchtete der Wein in der Karaffe indigofarben. Mario Bulat und Dinko Despot beugten ihre Köpfe über die dampfenden Teller.

»Darko Barić, sagten Sie. Wir hatten ihn schon länger unter Beobachtung.«

Wen nicht?, wollte der Kriminalkommissar erwidern, unterdrückte die Bemerkung aber. Während die Polizei früher die Ordnung der österreichischen Dynastie gehütet hatte, musste sie nun jene Ordnung hüten, die von den Gegnern eben dieser Dynastie errichtet worden war. Und wenn ihn sein Gespür nicht trog, dann war der Kollege Despot darüber nicht froh. Mario Bulat glaubte sogar, dass sich die Gesinnung des beflissenen Vorgesetzten aller Spitzel in der Stadt gegen das jugoslawische Königreich richtete, für das er arbeitete. Da die österreichischen Kaiser unwiderruflich der Vergangenheit angehörten, sah mancher Gegner des serbischen Königshauses Adolf Hitler, den Österreicher, der deutscher Kanzler geworden war, als eine Art Nachfolger an. Despot, so hatte Bulat gehört, schwärmte für diesen Mann.

Im *Bartul* herrschte die Einmütigkeit der Gesättigten. Auch wenn sich die Gespräche in dieser Kaverne zu einem aufsteigenden Tosen verwandelten, war keine Dissonanz zu hören, vielmehr bildeten Lachen, Rufen und Erzählen einen rauschenden Kokon. Doch die Eintracht täuschte. Die Menschen hier in der Stadt hatten sich in mindestens sechs politische Lager geteilt, wie Dinko Despot erklärte.

»In der Stadt brodelt es. Belgrad hat mir die Mittel für nur zehn Assistenten genehmigt, ich hatte dreißig beantragt. Ich muss mich auf so viele Informanten verlassen, dass es die reinste Zumutung ist. Jemand muss die Informationen auch auswerten.«

Dinko Despot flüsterte mit unbewegter Miene, der nicht einmal die Freude über Bartuls Gulasch abzulesen war, dass sich hinter den diversen politischen Gruppierungen Geheimbünde verbargen. Zionisten, Kosmopoliten, Freimaurer, Kommunisten, Republikaner, jugoslawische Ultranationalisten, die Sokolbewegung (»*Sokol, der Falke,* Sie wissen schon, diese Mode aus Böhmen und Mähren, das gesamte Slawentum versammelt in körperlicher Ertüchtigung – ob das für uns Kroaten gut wäre, sei dahingestellt«). Und es gebe

Hinweise, dass die Deutschen mit ihren Kameras Spionage betrieben. Sie hielten sich auffällig häufig im Hafen auf, fotografierten Kriegsschiffe und Flugzeuge, versperrten Zufahrtswege mit ihrer Filmausrüstung. Eine entsprechende Note habe er bereits dem Ministerium in Belgrad zukommen lassen. Allerdings müsse man mit dem balkanischen Schlendrian in diesen Ministerien rechnen, und er war nicht einmal sicher, ob das besonders schlimm sei. Jedenfalls seien ihm von allen genannten Problemmachern die Deutschen mit ihren Kameras noch am liebsten. Was für Kameras! Ob man einen neuen Krieg nicht doch begrüßen solle? Denn wer könne schon wissen, was mit uns Kroaten in einem neuen Krieg passieren würde? Er habe immer schon gesagt, mit diesem Königreich werde es nicht weit kommen.

Am Ende tupfte er seinen Mund mit der Serviette ab und nahm einen Schluck *bevanda*.

»Nun zu Ihrem Toten.«

»Sie haben Informationen über ihn gesammelt?«

»Wir haben ihn beobachtet. Er hat sich mit einem Deutschen getroffen, der sich hier bereits seit mehr als einem Monat herumtrieb, bevor all diese Filmleute eingetroffen sind. Sein Name ist Frederick Achnitz. Wir wissen, dass er mit den Kommunisten Kontakte pflegt. Wenn er nicht ein ausländischer Staatsbürger wäre, dann hätte ich ihn schon längst verhört. So überlasse ich ihn seinen Leuten, die wissen, wie man mit den Kommunisten umgehen muss. In Berlin jedenfalls können sie sich nicht mehr frei herumtreiben.

Übrigens, der Mann scheint dem weiblichen Geschlecht nicht abgeneigt zu sein. Er trifft sich mit einer gewissen Jana Pilić, die sich wohl nicht schämt, sich mit ihm allein und sogar nachts zu verabreden.«

»Aha?«

»Wir vermerken allerorten einen Verfall von Sitte und Anstand. Aber das ist nicht unsere Sache, solange alles im Privaten bleibt. Das gehört mehr in den Bereich unseres Kollegen Cambi. Aber gut, dass Sie mich daran erinnern – ich werde diese Jana Pilić einmal genauer überprüfen lassen.«

Der Wirt räumte die Teller ab, und die beiden Ordnungshüter zündeten sich Zigaretten an. Mario Bulat fragte sich, womit er Despot an irgendetwas erinnert haben sollte. Eine Frau in der Tracht der Insel Korčula, eine Verwandte der Gastwirtsfamilie, die in Split nur zu Besuch war, brachte zwei Tassen Mokka.

»Wenn mich nicht alles täuscht, hat sich Darko Barić in den letzten Monaten mit einigen angesehenen Herren getroffen.«

Dinko Despot sah sein Gegenüber mit unverhohlener Sympathie an. Es war spürbar, dass er sich entschlossen hatte, mehr von seinem Wissen preiszugeben, als er es sonst tat.

»Über mindestens zwei von ihnen wissen wir, dass sie der Freimaurerloge angehören. Wissen Sie, ich habe meine Methoden, die Dinge zu erfahren. Die Freimaurer sind meines Erachtens genauso gefährlich wie die Juden, wobei das häufig das Gleiche ist. Unter den Freimaurern wie unter den Kommunisten ist der Anteil der Juden enorm, das spricht wohl Bände. Im Unterschied zu den Juden und zu den Freimaurern sind die Kommunisten allerdings bettelarm. Und frech. Sie behaupten, dass unsere Heilige Mutter Kirche mit irgendwelchen Unterdrückern der Arbeiterklasse gemeinsame Sache mache. Ja, mit wem denn sonst? Doch wohl nicht mit dem Gesindel! Die würden uns alle umbringen, wenn sie an die Macht kämen. So wie in Russland.«

An dieser Stelle griff Despot so fest nach seinem Unterarm, dass Mario Bulat aufschreckte. Die Frage, wieso die vielen reichen Juden gleichzeitig bettelarme Kommunisten sein könnten, verkniff er sich.

Als die beiden Polizisten das *Bartul* verließen, schlug die große Glocke der Kathedrale, die man in Split *Bumbal* nannte, Mittag. »*Angelus Domini nuntiavit Mariae*«, sagte der Leiter der Politischen Polizei feierlich und bekreuzigte sich. Mario Bulat bemühte sich zu verbergen, wie wenig er mit den katholischen Ritualen anfangen konnte und wie sehr ihn die plötzliche Redseligkeit seines Kollegen am Ende ihrer Mittagspause verstört hatte. Die sonst so trägen Tauben schwangen sich in die Luft, das Flattern ihrer Flügel kündigte die zweite Hälfte des Tages an.

»Entschuldigen Sie, *šjor* Bulat, wenn ich mich direkt zu einem Sachverhalt äußere, der auf den ersten Blick privater Natur zu sein scheint ...«

Dinko Despot hielt immer noch fest die Hand, die Mario Bulat ihm zum Abschied gereicht hatte.

»Es steht mir nicht zu, darüber zu sprechen, aber im Geiste dieses angenehmen Zusammenseins heute: Achten Sie bitte darauf, mit wem sie öffentlich … mit einer Bekannten … In unserer Stadt gelten auch die Strände als öffentlich, wissen Sie«, sagte er und ließ Bulats Hand vorsichtig wieder los.

7.

Janas Hände zitterten, als sie das Tablett vor Mario Bulat absetzte. Darauf standen ordentlich angeordnet: eine Tasse Kaffee, eine silberne Zuckerdose und eine Glasschale, gefüllt mit Plätzchen aus Mürbeteig mit eingedrückten Lavendelblüten. Was der Gast nicht wissen konnte: Jana war mit dem Ausnehmen der Fische beschäftigt gewesen, aber als sie hörte, wer gekommen war, sprang sie auf, wusch sich schnell die Hände und schnappte sich das Tablett, bevor sich die Haushälterin wundern und eine andere Dienstmagd schicken konnte.

»Ich wusste nicht, dass man Lavendel essen kann«, sagte der Gast. »Meine Mutter hat ihn nur für die Wäscheschränke benutzt.«

»Frau Zavoreo ist für ihre Rezepte berühmt. Das ist ihre eigene Kreation. Sie sollten ihre Maraschino-Kugeln probieren. Mit Butterkeksen, Datteln, Mandeln, Orangenschalen ...«

Sie verstummte, als der Hausherr in den Salon trat. Die Familie Zavoreo nannte diesen Raum *tinel*, das Spliter Wort für Wohnzimmer, gelinde gesagt eine Untertreibung, denn es handelte sich um einen Salon von der Art, wie man sie auch in Triest, Paris, Berlin, Budapest oder Wien finden konnte und vor der Revolution auch in St. Petersburg.

Nach der Begrüßung bedeutete Herr Zavoreo seinem Gast, dass er sich wieder setzen möge. Er selbst blieb stehen.

Mladen Zavoreo war der einzige Erbe einer Händlerfamilie. Er hatte in Prag Maschinenbau studiert und leitete inzwischen die größte Aluminiumfabrik Dalmatiens, weshalb er sich teure Gobelins an den Wänden, Abstelltischchen aus Rosenholz und einen Fußboden aus Carrara-Marmor leisten konnte. Einmal im Jahr, meist im Herbst, reiste er mit seiner Familie nach San Pellegrino und ließ sich im Grand Hotel verwöhnen. Er spielte im Casino, verlor jedes Mal viel Geld, weshalb sich die Gastritis seiner Frau, einer feingliedrigen, nervösen Person, so verschlechterte, dass sie die Entzündung mit dem Mineralwasser der berühmten Therme San Pellegrino zu kurieren versuchte.

Über den Reichtum der Zavoreos kursierten in der Stadt orientalisch anmutende Geschichten, denen der Polizist sonst wenig Beachtung schenkte, aber da er jetzt zum ersten Mal in diesem Salon saß, überlegte er, ob man des Volkes Stimme nicht manchmal trauen durfte.

»Herr Kommissar, was verschafft mir die Ehre Ihres Besuchs?« Die Stimme des Ingenieurs war kalt wie der hellrosafarbene Fußboden unter den Füßen des Kommissars.

»Es tut mir leid, Sie stören zu müssen. Ich war heute bei Frau Barić. Sie haben es vermutlich schon gehört: Ihr Sohn ist in der Nacht unter ungeklärten Umständen umgekommen.«

Während der Hausherr nur eine Augenbraue hochzog, hörte man Jana laut Luft holen.

»Sie erzählte mir, dass ihr Sohn bei einem Essen im Palazzo Torchio war und dass Sie ihn gestern Abend mit Ihrer Kutsche abgeholt haben. Offenbar waren Sie auch zu diesem Essen eingeladen?«

»Ich nehme an, dass Sie als erfahrener Polizist gelernt haben, keine voreiligen Schlüsse zu ziehen? Es tut mir leid zu hören, was Darko passiert ist. Ich habe ihn gestern abgeholt, das stimmt. Ich bin allerdings nicht mit ihm bei jenem Essen geblieben.«

»Die Mutter war sich sicher, dass auch Sie eingeladen waren. Sie wiederholte mehrmals, dass ihr Sohn aufgeregt gewesen sei, weil er gemeinsam mit Herrn Notar Karaman und Herrn Ingenieur Zavoreo bei den Torchios dinieren durfte.«

»Ich hatte den Torchios vorgestern abgesagt. Ich habe mit Darko einige geschäftliche Dinge besprochen, und ich wollte ihn für die Mitgliedschaft in einem ... in einem Verein gewinnen. Er hat mein Angebot, ihn mit der Kutsche abzuholen, gerne angenommen.«

Der Kommissar biss in ein Lavendelplätzchen und überlegte, was er noch fragen wollte, doch der Hausherr kam ihm mit seiner metallen klingenden Stimme zuvor:

»Wenn Sie erlauben, Herr Kommissar, aber auch jetzt warten Geschäftstermine auf mich.«

Mladen Zavoreo verbeugte sich kaum merklich, vollführte auf den Sohlen seiner beigefarbenen Lederschuhe eine so geschickte Drehung, als wäre er ein Balletttänzer, und verließ den Raum, ohne sich noch einmal umzuwenden.

Mario Bulat schien es, als kaute er an einem Laken aus dem Wäscheschrank seiner Mutter. Er musste an Motten denken, an Mütter und ihre Söhne, an Doktor Radmans Ausführungen, seine Inzest-Geschichte mit der rätselhaften Sphinx, an die tote Apothekermutter Petrinelli, die aus dem Grab heraus ihren Antonio nicht mehr erziehen und umhegen konnte, an die Nachbarinnen der Frau Barić, die Kräuterschnaps ausschenkten, mit Rosenkränzen klapperten und die Muttergottes aufforderten, für uns Sünder zu beten, jetzt und in der Stunde unseres Todes.

Jana stand wieder vor ihm, als hätte es das Gespräch mit dem hochmütigen Ingenieur nicht gegeben, als wäre der Leiter der Mordkommission gerade erst im Haus Zavoreo eingetroffen, nur dass seine Kaffeetasse nun leer war und in der Glasschale keine Lavendelplätzchen mehr lagen.

Einer Eingebung folgend, fragte der Kommissar: »Haben Sie den Verstorbenen gekannt?«

Mit den deutschen Filmgesellschaften kam das Flair der großen Welt in die Stadt, die ohnehin dabei war, ein Jahrhundert zu überspringen. Die Lokalzeitungen druckten auf ihren letzten Seiten Ratschläge, wie sich die einheimischen Damen à la mode kleiden und frisieren sollten. Man durfte sich fragen, ob sie während der vier Jahre des Großen Krieges, in denen sie mit den Kindern und den Alten fast allein in der Stadt waren, anmaßend geworden waren. Überall sah man körpernahe Kleider, die bis zu den Waden reichten oder gar nur bis zu den Knien, Bubikopffrisuren und Hosenanzüge. Und zwar bei ausländischen wie bei einheimischen Frauen.

In einer Hafenstadt war es schwierig, das Kommen und Gehen im Auge zu behalten. Man tuschelte, dass auf den Passagierschiffen, die von Venedig über Split weiter ins Mittelmeer und durch die Straße von Gibraltar nach Amerika fuhren, wohlhabende deutsche und österreichische Juden zu finden seien. Man war in der Stadt allgemein der Meinung, dass die Fremden einen nichts angingen, solange sie sich anständig benahmen und keine politischen Ansichten verkündeten. Die Geister schieden sich eher daran, dass einige Mitbürger sich an den Flüchtlingen goldene Nasen verdienten. Doktor Radman und ein paar unverbesserliche Sozialisten waren darüber regelrecht empört.

Pjero Radman hatte Antonio Petrinelli noch vor einem Monat beim Kaffee erzählt, dass für eine solche Flucht Geld allein nicht reiche. Die Reisenden benötigten einen Bürgen für ihre Einreise. Ein Affidavit sollte bestätigen, dass in der Neuen Welt jemand für sie aufkommen werde.

»Hier in Split glaubt man noch, dass man sich nach Amerika einfach so absetzen kann. Wie es unsere Alten getan haben. Von wegen! Hin und her reisen, wie man möchte, das war gestern«, sagte der Arzt.

»Wie meinst du das?«, fragte der Apotheker mit wenig Interesse.

»Ich habe einen Kollegen unten im Hafen getroffen. Er stammt aus Stuttgart und kennt Carl Laemmle. Du weißt schon, der Laemmle, der in Los Angeles sein Geld mit Filmen macht.«

»Nie gehört, Verzeihung«, Antonio bemühte sich, nicht unhöflich zu klingen.

»Liest du nie das Feuilleton? Jetzt stellt der Laemmle ein Affidavit nach dem anderen aus und rettet Juden aus seiner Heimatstadt. Wenn einen nicht mal mehr unser Beruf schützt! *O tempora, o mores.*«

»Ich weiß nicht, Pjero ...«

»Erinnerst du dich, wie nach dem Großen Krieg die *Corinthia* fünfhundert Juden aus Galizien nach Palästina transportierte und hier bei uns im Hafen haltmachte? Junge Menschen, voller Tatendrang und in Aufbruchsstimmung. Die Juden heute wirken so niedergeschlagen. Dass man eine ganze Menschengruppe einfach für weniger wert erklären kann, unfassbar! Du brauchst meine Meinung natürlich nicht zu teilen. *Barbarus hic ergo sum, quia non intellegor ulli.* Dann bin ich halt ein Barbar, wenn ich von keinem verstanden werde.«

Antonio Petrinelli kam das übertrieben vor. Nähme man alles ernst, was in den Zeitungen stand und worüber in den Kneipen gemunkelt wurde, würde man verrückt werden. Man bekam es ja ohnehin schon mit der Angst zu tun, wenn man sich auf die Nachrichten aus Dalmatien, aus Italien sowie auf die letzte Seite mit den Kuriositäten aus der ganzen Welt beschränkte: Neugeborene mit zwei Köpfen; Einbruch in den Modesalon von Coco Chanel in Biarritz (nach den Pariser Streiks im Mai ist das schon die zweite Katastrophe, von der das Unternehmen in diesem Jahr betroffen ist), ein Tumor, der einem jungen Mann aus dem Bauch herausoperiert wurde und der größer war als ein Fußball; Frauen mit Schlangenhaut an den Beinen; sieben Tote in einem brasilianischen Fluss; Marlene Dietrich hat für ihre sechzig Koffer eine zusätzliche Suite auf dem Überseedampfer gebucht, die Diva wird die Reise nach Europa in einer Woche antreten ... solche Dinge halt.

Gespräche wie dieses mit Pjero hatte er in den vergangenen Monaten häufig geführt. Jetzt lag er allein im Bett und empfand erleichtert, dass sich das Zimmer um ihn herum langsamer drehte. Ihm waren die flüchtenden Juden, dieser Laemmle und seine Filme egal. Er würde ab jetzt weniger Filme schauen, so viel stand fest. Die moralische Empörung seines Freundes über die politische Lage in der Welt konnte ihm erspart bleiben. Er wusste gar nicht, warum er überhaupt daran denken sollte. Man konnte sowieso nichts machen! Vielleicht waren Ärzte und Apotheker deshalb so verschieden: Die Ärzte glaubten, dass man heilen könne. Seiner Meinung nach war der Menschheit nicht zu helfen. Jeder sollte für sich schauen. Er drehte sich auf die andere Seite und schlief wieder ein.

Zur selben Stunde, als sich der verkaterte Apotheker an das Gespräch mit seinem Freund erinnerte, erfuhr Benito Mussolini auf der gegenüberliegenden Seite des Meeres, dass sich sein Protegé, der kroatische Nationalist Ante Pavelić, mit einer Denkschrift bei den Deutschen einschmeicheln wollte. Der Duce kochte vor Wut und flüsterte seinem eigenen Spiegelbild, das er in diesem Moment als besonders männlich empfand, zu, was er davon hielt: »Dieser schäbige kroatische Emporkömmling!« Benito Mussolini hatte es sich angewöhnt, vor dem Spiegel, der in einen massiven goldenen Rahmen eingefasst war, mit sich selbst zu sprechen. Er inspizierte das Bild, das er vor sich hatte, eingehend. Er wendete dabei seinen Oberkörper zur Seite, spannte die Armmuskeln an und hielt die Fäuste leicht nach innen gedreht. So konnte er seinen Nacken hart werden lassen und seinen Bizeps und die Bauchmuskulatur besser begutachten.

Als sich der Duce von seinem Antlitz im Spiegel abwandte, um sich wieder den Staatsgeschäften zu widmen, bekam der britische König Edward VIII, der mit seiner Geliebten Wallis Simpson einen Sommerurlaub auf der nunmehr jugoslawischen – und wenn man den Duce fragte: eindeutig italienischen – Adriainsel Rab plante, eine offizielle Ausnahmegenehmigung zugestellt. Dem Paar wurde amtlich erlaubt, in der Bucht vor ihrem Hotel nackt zu baden. In Belgrad, der Hauptstadt des von einer Krise in die nächste stolpernden

Königreichs Jugoslawien, goss sich Prinzregent Paul ein Glas Sliwowitz ein. Er bedauerte, dass König Edward für seinen frivolen Urlaub nicht die französische Riviera gewählt hatte, wenn schon Italien, Spanien und Griechenland nicht sicher genug waren. Nun hieß es, die Form zu wahren und dem hohen Gast ein paar Flaschen mit echtem Maraschino aus Zadar ins Hotel schicken zu lassen. Diese Aufgabe wollte er unbedingt seiner Frau anvertrauen. Doch nicht einmal ihr verriet er, was ihm den ganzen Tag durch den Kopf spukte: Diese Wallis Simpson, die dem englischen König den Kopf verdreht hatte, musste unwiderstehlich sein. Das serbische Volk kannte eine Redewendung, die die Anatomie unwiderstehlicher Frauen betraf: Ihr Geschlechtsteil sei horizontal im Körper eingelassen, wie der Mund im Gesicht. Er versuchte, sich eine solche waagerecht gelegene Scheide vorzustellen, setzte das Glas an seine Unterlippe, legte seinen Kopf in den Nacken und schloss die Augen. Der Schnaps brannte in seiner Kehle.

Auch anderswo geschah Denkwürdiges. General José Sanjurjo war am Morgen dieses Tages jählings aus dem Schlaf erwacht, geweckt von einem Albtraum. Er hoffte, dass er sich von dem Anblick der leuchtenden Himmelsstreifen bald befreien werde – war es hier in Estoril oder anderswo gewesen? Im Traum war der Ort nicht zu erkennen. Er schaute durch das Fenster in den Himmel über dem Atlantik. Und doch hätte er gerne gewusst, wer jener gesichtslose, ja, sogar kopflose Mann war, der in seinem Traum zunächst auf den lodernden Baumkronen und dann zwischen den Mauern herumtänzelte, enge Korridore entlang, die nirgendwohin führten. Egal, es war ein Hirngespinst, weiter nichts. Vor dem Frühstück erinnerte er sich nur noch an das Feuer, alle anderen Details waren verschwunden. Es ist merkwürdig, dachte er, während er sein weich gekochtes Ei köpfte, wie unsere Träume uns in der Nacht fesseln und quälen können, sodass wir ganz sicher sind, dass darin etwas Wichtiges, etwas für unser Leben Wesentliches verborgen liegt, und dann verblassen sie und verpuffen im Nichts, und wir sind nicht imstande, sie uns wieder ins Gedächtnis zu rufen, sosehr wir uns auch bemühen.

Er wollte sich diesen Gedanken notieren, aber nun hatte er sich um Wichtigeres zu kümmern. Die Paradeuniform für seine Ernennung zum Oberhaupt des spanischen Staates war immer noch nicht fertig, und er nahm sich vor, seinem Adjutanten das Leben heute besonders schwer zu machen.

Hätte man von dem Fenster, an dem der General an diesem Morgen lehnte, eine gerade Linie Richtung Osten gezogen, wäre man nach siebenhundert Kilometern in Albacete gelandet, wo der kroatische Revolutionär Josip Broz, genannt Tito, und der französische Kommunistenführer André Marty bei einem kargen Frühstück die Frage erörterten, wie den Rekruten der Internationalen Brigaden, die des Lesens nicht mächtig waren, das marxistisch-leninistische Einmaleins am einfachsten zu vermitteln sei. Dass sie solche Brigaden gründen würden, darin waren sie sich einig. Und zwar bald, denn die Ereignisse drängten. Die beiden Verteidiger der Segunda República Española verständigten sich auf Deutsch, wobei ihnen langsam dämmerte, dass die Sprachproblematik ein größeres Problem für ihre internationalen Aktionen werden dürfte, als sie noch vor dem Frühstück geglaubt hatten.

»Was für ein Kontinent!«, sagte Tito. »Warum können wir nicht alle eine Sprache sprechen?«

»An welche Sprache denken Sie denn, Genosse?«

»An Russisch«, sagte Tito mit Nachdruck.

Sein französischer Mitstreiter atmete tief ein und aus.

In Berlin saß Joseph Goebbels in einem Sessel seinem Führer gegenüber – die beiden tranken ausgezeichneten ostfriesischen Tee und warteten auf Leni Riefenstahl, die dazustoßen wollte, um über ihre Planungen zum Olympiafilm zu berichten. Goebbels grübelte darüber nach, ob sich *Weiße Sklaven* als eine schlechte Nachahmung von *Panzerkreuzer Potemkin* blamieren könnte. Die Gerüchte über eine Schlägerei unter den Statisten in Split bestätigten seine Skepsis. Man könne das Balkangesindel zwar Russen spielen und ihre Provinznester Odessa oder Sewastopol darstellen lassen, aber gute Filme würden daraus nicht unbedingt entstehen. Zumindest stand das zu befürchten. Er lenkte sich von seinen Gedanken ab, indem er Adolf Hitler gegenüber laut verkündete: »Wir werden auch für das Heitere sorgen. Just in diesen Tagen prüft Janson, ob die Bedingungen für die Produktion eines Liebesfilms an der Adria gegeben sind. Ein schöner Titel übrigens: *Die Korallenprinzessin.*«

Indessen waren in Split die Hotelpagen nach ihrer Pause in die Zimmer zurückgekehrt, in denen sie die Gepäcktürme ordentlich abgestellt hatten, um nachzuschauen, ob alles in Ordnung sei. Nun standen die vier jungen Männer wieder dienstfertig und kerzengerade paarweise links und rechts vor den Eingängen des Hotels.

Antonio Petrinelli wurde wach und lauschte in seinem abgedunkelten Zimmer dem Pochen in seinen Schläfen. Warum hatte Pjero ständig von irgendwelchen Flüchtlingen geredet? Ihm reichte es, als Italiener unter Kroaten leben zu müssen. Von anderen Umständen zu schweigen. War ihr eigenes Leben nicht schwierig genug? Zum Glück waren sie wegen ihrer Berufe in dieser engstirnigen katholischen Stadt unentbehrlich, man ließ sie in Ruhe.

Ihm war, als blickte seine Mutter aus der Ferne mitleidig auf ihn, weshalb er die Augen wieder schloss und sich noch einmal zur Seite drehte.

8.

Die Sonne wanderte weiter auf ihrer Bahn, der höchste Punkt war bereits überschritten. Wachtmeister Stjepan schlängelte sich zwischen den mit Zucchini, Tomaten, Paprika und Mangold überladenen Markttischen hindurch. Die Ermittlungen waren am effektivsten, wenn man damit sofort nach der Tat begann, so lautete zumindest eine Regel aus dem *Handbuch der Polizeiarbeit für das Königreich Jugoslawien*. Deshalb war es nur vernünftig, dass er in der Nacht zuerst den Tatort und die Altstadt selbst inspiziert hatte. Er hatte zwar nichts gefunden, aber er hatte sich das Bild der blutverklebten Fischernetze eingeprägt.

Er schwitzte, seine Uniform fühlte sich an wie eine schwere Rüstung. Je dichter die Menschenmenge, je höher die Gemüsetürme auf den Tischen und je enger die Durchgänge wurden, desto ungeschickter kam er sich vor. Das Ziel seines Erkundungsspaziergangs war der Stand von Karmela Babić. Er hatte schon an der Unruhe, die ihn auf dem Weg zu ihr begleitete, bemerkt, dass man auf dem Markt über die Ereignisse informiert war. Als er jetzt vor Karmelas Stand stehen blieb, spürte er, wie alle in der Umgebung kurz den Atem anhielten, und erst dann setzte das Wirrwarr wieder ein, allerdings um Einiges leiser als zuvor.

Mit Karmela hatte Stjepan in den letzten Jahren ein Ritual entwickelt: Jeden Tag ging er in der Frühstückspause die wenigen Schritte zum Markt, um sie aufzusuchen. Sie bot ihm etwas von ihrem Gemüse an, er kaufte vielleicht einen Salatkopf oder ein Bund Möhren, blieb stehen und unterhielt sich kurz mit ihr. Am Ende gingen sie höflich auseinander, als wäre er ihr bester Kunde. Er hätte gar nicht gewusst, was er mit mehr Gemüse anfangen sollte.

Sie trug heute eine geblümte Schürze über ihrem Rock. Die Tasche der Schürze glänzte nicht speckig, obwohl Karmela, wie alle Marktfrauen, das Geld dort aufbewahrte und sich die Hände an der Tasche abwischte, nachdem sie das Geld eingesteckt hatte. Ihre Bluse war mit Rüschen verziert und hochgeschlossen. Über den Rüschen trug sie ein Medaillon mit dem Bild der Heiligen Jungfrau von Pojišan, der Beschützerin der Seefahrer aus Split, die, wenn sie gerettet wurden, der Madonna von Pojišan Bilder oder Holzmodelle ihrer Schiffe stifteten. Unter Karmelas Bluse zeichneten sich zwei Rundungen ab, die den Wachtmeister an Quitten denken und noch mehr schwitzen ließen. Das Madonnen-Medaillon und der Busen machten den Wunsch, sein Gesicht zwischen ihre Brüste zu legen, beinahe unerträglich.

»Guten Morgen, Karmela.«

»Für mich ist es fast schon Mittag, *šjor* Stjepan.«

»Dann waren Sie heute fleißig«, sagte der Wachtmeister.

»Ich war sehr früh auf dem Feld. Der Salat ist frisch, vielleicht nehmen Sie ein Köpfchen?«

»Gerne«.

»Sie sehen müde aus.«

»Die Nacht war anstrengend.«

»Danach wollte ich Sie gerade fragen.« Karmela senkte ihre Stimme: »Heute früh haben wir von Frans Tochter Dora gehört, dass ihr Vater etwas verbrochen haben soll?«

»Ach, lassen Sie mich in Ruhe mit dem Mann!« Der Wachtmeister verzog das Gesicht. »Erst kommt er und schlägt an unsere Tür, als wäre das Königliche Polizeirevier ein Pferdestall. Und kaum habe ich ihn wegen eines dringenden Verdachts in die Zelle gesperrt, klopft schon wieder jemand wie irre an der Tür, und davor steht das Luder, in Männerkleidung wie ein Fischer, aber eindeutig eine Frau.«

»Heilige Jungfrau, das arme Ding! Sie ist also alleine gekommen?« Karmela bekreuzigte sich und legte ihre Hand auf das Medaillon.

»Sicher, ganz allein. Und dann fragte sie nach ihrem Vater. Er sei, hm, in einer Angelegenheit zu uns gegangen, und sie mache sich Sorgen. Sorgen! Als ob ihr Vater mir nicht schon Arbeit genug machen würde.«

»Das Mädchen muss fischen gehen. Was soll die Familie auch tun? Einen Sohn haben sie nicht, nur Töchter. Dora ist die älteste.«

Es war genau diese Art zu denken und zu sprechen,

die Wachtmeister Stjepan an Karmela schätzte. Während sich die Weibsbilder sonst nur aufregten, schimpften und bei komplizierten Fragen nicht logisch dachten, pflegte Karmela Dinge zu sagen, die er nicht auszudrücken vermochte.

Am Anfang ihrer Freundschaft hatte sie ihm geholfen, nachdem eine Prostituierte ermordet worden war. Die ganze Stadt hatte vor der Polizei gewusst, wo sich der am ganzen Körper zitternde Seemann befand, der an Wahnvorstellungen litt und den Doktor Radman später in das Irrenhaus auf der Insel Rab einsperren ließ. Karmela hatte Stjepan erzählt, dass sie den Seemann und die Ermordete einige Tage vor der Tat gesehen hatte, wie sie eng umschlungen auf einer Bank im Hafen saßen und auf das Meer starrten. So benehmen sich nur Verliebte, hatte sie gesagt. Seitdem hielt Stjepan große Stücke auf ihr Urteilsvermögen.

Ja, was war falsch daran, dass ein Mädchen seinem Vater den Sohn ersetzte? Er schämte sich nun, dass er so über die junge Fischerin hergezogen war, ohne weiter nachzudenken. Er hätte gerne etwas von Karmelas Klugheit gehabt, dachte Stjepan, und als ob sie gespürt hätte, was ihm durch den Kopf ging, senkte sie den Blick und setzte schnell zwei Tomaten auf den Tisch vor ihr, als würde sie Schach spielen.

»Dann wird diese Dora also einige Zeit allein aufs Meer hinausfahren müssen«, brummte er versöhnlich.

Karmela setzte eine weitere Tomate auf C3.

Der Wachtmeister war sich bewusst, dass eine

Menge Leute die Ohren spitzten, um mehr von ihrer Unterhaltung mitzubekommen. Da ihre Gespräche zu mäandern pflegten, verloren die Umstehenden meist irgendwann das Interesse, aber heute wurden sie eher nervös.

»Also bleibt *šjor* Fran vorerst in Ihrer Obhut, *šjor* Stjepan?«

»Das kann man so sagen.«

»Dora erzählte, der Tote sei Darko Barić. Und dass Darko sich mit Lucrezia Torchio verloben wollte.«

An dieser Stelle konnte man inmitten des Marktgeschehens einige Mitleidsbekundungen und das Gemurmel von Gebeten vernehmen. Plötzlich war es, als ob die Luft zitterte, so viele Menschen bekreuzigten sich gleichzeitig.

»Was hat Herr Torchio dazu gesagt?«

»Er hat seine Tochter verwöhnt, sie kann tun, was ihr gefällt.«

»Sie heißt Lucrezia?«

»Alle nennen sie Lucre. Sie fährt sogar ihr eigenes Auto. Warum auch nicht? Das nötige Geld hat die Familie ja.«

»Ob es eine Verbindung zu Fran und Dora Nisiteo gibt? Wo kaufen die Torchios ihre Fische?«

»Die Fischer kommen zu ihnen ins Haus, die Torchios sind sehr wählerisch in dieser Hinsicht. Aber ... könnte es sein, dass der Tote ganz zufällig auf den Netzen der Nisiteos gelegen hat? Sie glauben doch nicht wirklich, dass Fran etwas damit zu tun hat?«

Karmelas Augen musterten ihn. Irgendwo tief unter der Uniform, die ihm nun nicht mehr so beschwerlich vorkam, fühlte der Wachtmeister ein aufgeregtes Pochen.

»Sie sehen doch, in was für Zeiten wir leben. Attentate, Versammlungen, Jugendliche, die mit Steinen auf die Ordnungskräfte werfen. Könige kommen zu uns, um mit ihren Liebhaberinnen nackt zu baden! Filme werden gedreht, als wären wir eine Kulisse und keine echte Stadt. Im Theater versammeln sich mehr Menschen als in den Kirchen und in den Kinos sogar noch mehr.«

»Ach, früher war auch nicht alles besser. Erinnern Sie sich nicht mehr an die Schlägereien zwischen Kroaten, Italienern, Serben und Mohammedanern hier auf dem Markt?«, sagte Karmela.

Seine Uniform begann ihn wieder zu zwicken, und der Wachtmeister spürte, wie erneut Schweiß seinen Rücken hinablief. Er verbeugte sich vor der Verkäuferin, die während ihres Gesprächs die Salatköpfe geschmackvoll zwischen den Tomaten verteilt hatte.

»Ich möchte Sie nicht weiter von der Arbeit abhalten! Ich wünsche noch einen schönen Tag.«

Und wenn er einfach ihre Hand ergreifen und sie mit sich nehmen würde, egal wohin? Vielleicht würde sie mitkommen? Zum Glück war sie noch nicht verheiratet. In Split war sie mit ihren dreißig Jahren längst als alte Jungfer abgestempelt, aber das schien sie gar nicht zu beunruhigen. Manchmal ging ihm ein seltsamer Gedanke durch den Kopf: Vielleicht wartet sie auf mich, und ich Esel verstehe das nicht?

Nach jeder solchen Begegnung auf dem Markt beherrschte Karmela stundenlang den Film in seinem Kopf. Kopffilme waren gut, in ihnen konnte er der amerikanische Schachmeister Frank Marshall sein. Doch das, was jetzt geschah, war kein Film, sondern Wirklichkeit. Karmela, die nach Thymian und Rosmarin duftete, beugte sich über den Tisch ganz nah an sein Gesicht, schob ihm einen Salatkopf unter die Nase und sagte: »Kommen Sie heute Abend zu mir, ich möchte Ihnen etwas zeigen.«

Er entriss ihr den Salat, kramte eine Münze aus der Tasche und legte sie auf eine der Tomaten, drehte sich um, und ohne nach links und rechts zu schauen, schlug er sich durch die neugierige Menge.

Doktor Radman war mit der Obduktion fertig. Es gab wenig zu berichten: Die Mordwaffe war ein Messer ausgezeichneter Qualität, womöglich aus deutschem Stahl. Da sie unter den Netzen nicht gefunden wurde, hoffte Bulat, dass die Taucher sie aufspüren würden. Diese waren unter den neugierigen Blicken der Kinder und der Touristen ins Wasser gegangen und suchten die Bucht ab. Ein Polizist in Zivil, den er zunächst für einen Journalisten gehalten hatte und den er deshalb abwimmeln wollte, brachte ihm eine Nachricht von Dinko Despot:

Habe Kollegen Cambi getroffen und über Ihren Fall informiert. Nun werden alle drei Abteilungen zusammenrücken, um Ihren Mörder zu finden.

Mario Bulat las darin eher eine Drohung als ein Hilfsangebot.

Während im Fischerhafen die Taucher viel Aufsehen erregten, ging es im Passagierhafen ruhig zu. Karlo Cambi hatte das Gefühl, dass sich das Gespräch mit dem abweisend blickenden Kapitän des Dampfers, den auch der Chef der Sittenpolizei nur *Franjo* nannte, obwohl er eindeutig lesen konnte, dass er *Adria* hieß, ungünstig entwickelte. Die beiden Männer standen vor der Außenbordtreppe, der Polizist breitbeinig, der Kapitän stramm. Tijan, Filip Tijan, hatte er sich vorgestellt.

»Ich erzähle Ihnen nur, was ich mit eigenen Augen gesehen habe. Es waren zwei von Ihren Seemännern. Wenn Sie gestatten würden, dass ich mich auf dem Schiff umsehe ...«

»Es tut mir leid, das geht nicht. Sollten Sie mit einem Durchsuchungsbefehl kommen, müssten wir unseren Reeder in Triest einschalten. Bis die Antwort kommt, sind wir schon längst auf dem Weg nach Griechenland.«

»Das klären Sie bitte zunächst mit dem Zollamt. Wegen der einen oder anderen Nacht, die ein Seemann in netter Gesellschaft verbringt, machen wir nie Schwierigkeiten. Aber bei Geschäften mit Flüchtlingen müssen wir genauer hinschauen, da geht es um internationale Vorschriften. Es handelt sich um Menschenhandel. Hier verdient jemand viel Geld mit Ängsten, die von Schleppern geschürt werden. Wir arbeiten außerdem gerade an einem Mordfall. Sie werden nicht ablegen können.«

»Es wäre besser, Sie würden auf die deutschen *filmani* achten, denen Sie die Erlaubnis für Dreharbeiten an der Küste erteilt haben. Man findet sie mit ihren Riesenkameras an den merkwürdigsten Orten. Angeblich wollen sie Split wie Sewastopol aussehen lassen. Sewastopol! Waren Sie schon einmal in Sewastopol?« Die Stimme des Kapitäns war schroff.

»Sie versuchen abzulenken. Ich habe selbst beobachtet, wie Ihre Männer Geld von einem Boten aus der Pension *Schiller* bekommen haben. Jeder weiß, dass dort die Flüchtlinge aus dem Deutschen Reich wohnen, bevor sie ein Schiff für die Überfahrt nach Amerika finden. Einige schiffen sich nach Russland ein. Häufig ohne Papiere. Darunter können sich gesuchte Kriminelle und Terroristen befinden.«

»Im *Schiller* wohnt auch eine dieser deutschen Filmgesellschaften. Und im *Imperial* sind es sogar zwei. Wir fahren eine rein touristische Mittelmeer-Route, durch die Meerenge von Otranto bis nach Alexandria. Ich weiß nichts von Reisenden, die nach Amerika oder nach Russland wollen.«

»Sogar die Fischmarktweiber erzählen davon, wie auf hoher See Passagiere von einem Schiff auf das andere wechseln.«

»Und was hat das mit mir zu tun?«

»Es waren Ihre Seeleute, die wir gestern bei einer Geldübergabe beobachten konnten.«

»Na und? Vielleicht haben ihnen irgendwelche Passagiere über einen Boten eine noch ausstehende Geldsumme für ihre Reise geschickt? Ich werde unseren Zahlmeister fragen.«

»Nachts um drei in einer Hafenkneipe? Von der wir begründet annehmen, dass sie auch als Bordell fungiert?«

»Die Bordelle sind dank Ihrer Behörde geschlossen. Meine Leute sind auch nur Männer. Ich kann nicht jedem nachlaufen.«

»Es wäre normal, wenn auch gesetzwidrig, hätten Ihre Seemänner den Prostituierten das Geld gegeben. Aber wir haben beobachtet, wie sie das Geld von einem Mann bekommen haben. Dazu noch der Mord. Ein Mord im Hafengebiet lenkt den Verdacht auch auf Ihre Leute.«

Karlo Cambi war müde. Irgendwo hatte er gelesen, dass amerikanische Privatdetektive von den Verbrechern, die sie jagen, kaum zu unterscheiden seien. Dieselbe Lebensweise, dieselben Orte, die sie aufsuchten, derselbe Menschenschlag. Angeblich könnten sie so die Beweggründe ihrer Zielpersonen besser nachvollziehen. Auch er wurde seinen Zielpersonen immer ähnlicher. Der Zigarettenrauch, die betrunkenen Gespräche, ihr Ton, der so leicht zwischen Enthusiasmus und Gleichgültigkeit wechselte. Auf dem Höhepunkt der Nacht strotzten in einer Hafenbar alle vor Weisheit, und in der Morgendämmerung wirkten ihre Sprüche wieder hohl.

So wie die Schwätzer in den Hafenbars war auch er nicht dumm. Er wusste, dass mit dieser Luxuswanne

Flüchtlinge aus dem Deutschen Reich, die es über Prag, über Budapest oder über Triest und Venedig bis nach Split geschafft hatten, ohne Papiere nach Griechenland oder Ägypten und von dort aus weiter mit frisch ausgestellten und teuer bezahlten Pässen nach Portugal und dann nach Amerika reisten. Ihm sollte es recht sein, wenn sie diesen übelriechenden, eng gewordenen Kontinent verließen. Auch wenn er ihre Ängste reichlich übertrieben fand. Hätte er ihr Geld, dann würde auch er jetzt lieber am Hafen von New York herumschlendern. Aber es war nun mal seine Aufgabe, im Namen des jugoslawischen Königreichs Schwarzgeldtransfers, Menschenhandel und sonstige Schmuggelgeschäfte zu unterbinden.

Der Kapitän war glattrasiert und wirkte ausgeschlafen, während Karlo Cambi spürte, wie sich in der Vormittagssonne die Gerüche der letzten Nächte auf seiner Haut in eine klebrige Schmutzschicht verwandelten. Wenn er nicht so müde gewesen wäre, hätte er gegen diese Mischung aus Spott und Mitleid im Blick dieses Mannes, der mit den Wassern aller Meere gewaschen zu sein schien, protestiert.

9.

Zwei Messingglöckchen, angebracht an der Innenseite der Tür, läuteten in hellen Tönen, als zwei Männer in kurzen Hosen und kurzärmligen Hemden die Buchhandlung *Morpurgo* betraten. Sie waren mitten in einem Gespräch und wirkten so, als ob sie ihre Unterhaltung nicht unterbrechen wollten. Irena entschied sich, sie nur mit einem Kopfnicken zu begrüßen und weiter in ihrem Buch zu blättern. Sie saß auf einem hohen Stuhl hinter dem Tresen, auf dem Bücher und Zeitschriften zu ordentlichen Türmchen gestapelt waren.

»*Das Schloss im Süden*«, sagte der ältere, ein schwarzhaariger Mann, »ist ein Film eines ungarischen Kollegen, in dem es einen Film im Film gibt, so wie ein Theaterstück im Theaterstück, wie in *Hamlet*, du weißt schon, wenn Hamlet die wandernden Schauspieler dazu bringt, seinen eigenen Text darzubieten, um Claudius und Gertrude dabei beobachten zu können. Ein bravouröser kleiner Film, dem niemand viel Beachtung geschenkt hat. Ein Juwel der Filmkunst! Hier an der Adria gedreht, in Split und Umgebung.«

»Aha«, antwortete der jüngere, ein schlanker Mann mit einem strengen Seitenscheitel im blonden Haar,

»und wozu hat dieser Ungar Hamlets Trick angewandt?«

»Er heißt Géza von Bolváry. Er ist ein Meister der Leichtigkeit, von ihm können wir viel lernen. Er hat *Zwei Herzen im 3/4 Takt* gedreht, aber du bist vielleicht zu jung, um davon gehört zu haben. Mit diesem Trick führt er ein Verwechslungsspiel ein. Die erste Szene spielt am offenen Meer, auf zwei Schiffen. Eine solche Szene möchte ich in *Die Korallenprinzessin* auch einbauen.«

Die beiden Männer entschieden sich endlich, die Verkäuferin zu beachten. Sie stellten sich vor: »Victor Janson und Julius Schmidt«. Irena nannte ihren Namen und schüttelte die ausgestreckten Hände. »Ja, ich spreche Deutsch, wenn auch nicht gut«, sagte sie, aber die beiden übertrafen sich mit Komplimenten: Das habe sie so wunderbar ausgesprochen. Akzentfrei.

Der Ältere, Janson, erklärte ihr umständlich und betont langsam, dass sie wegen eines Films in Split seien, in dem die Schönheit der adriatischen Küste gewürdigt werde, was dem Tourismus in Split bestimmt zugutekomme. Am Ende sagte er: »Wir suchen Unterhaltungsliteratur für unsere Gruppe, Strandlektüre für die Schauspielerinnen, bevorzugt Schauerromane oder Liebesgeschichten, auf Deutsch selbstverständlich.«

Irena ging an den Regalen vorbei, in welchen sich die Bücher von Heinrich Mann, Oskar Maria Graf, Robert Musil, Lion Feuchtwanger und Hans Fallada aneinanderreihten, und langte nach einer Grabbelkiste, die Aldo Morpurgo, der Erbe des Gründers dieser

Buchhandlung, verächtlich als Schundecke bezeichnete. Da immer mehr Touristen nach solcher Lektüre fragten, war die Kiste gut bestückt.

Als die beiden Männer, die Hände voller Bücher in bunten Umschlägen, zum Ausgang gingen, hörte Irena, noch bevor die Glöckchen wieder ertönten, den Jüngeren sagen: »Eine gute Buchhandlung, aber der Besitzer ist ein Jude.« Sie verstand den zweiten Teil des Satzes deutlich, widerstand jedoch dem Impuls, den Baedecker über Paris nach dem Kerl zu werfen. Das Büchlein lag ganz oben auf dem Stapel mit Büchern aus und über Frankreich, den ihr Kollege Ivan Dvornik dort drapiert hatte. Es war eine französische Ausgabe, auf der Titelseite verkündete der deutsche Verlag selbstbewusst, dass diese Auflage anlässlich der Olympischen Spiele 1924 in Paris erscheine. Sie ging zur Tür, den Baedecker immer noch in der Hand, um den Männern nachzusehen, aber sie waren verschwunden.

Hinter dem Palast der Torchios, der zwischen den beiden östlichen Stadtteilen – dem aristokratischen und dem bäuerlichen – aus Ziegelsteinen und Beton errichtet worden war und wie ein Denkmal für das aufsteigende Bürgertum wirkte, erstreckte sich ein Hinterhof mit einer überdachten Terrasse, von der eine Steintreppe in den Keller führte.

Es war eine Stunde nach Mittag, und alle Türen sowie das eiserne Tor zum Hinterhof standen weit offen. Im Hof und um den Hof herum verriet emsiges Treiben, dass heute der große Liefertag war. Bauern in ihren Trachten, Händler in Sommeranzügen und mit Strohhüten, die orientalische Gewürze und *rahat-lokum* aus Sarajevo, Salami und Fleischkonserven aus Mailand oder Orangenmarmelade aus Dubrovnik lieferten, und Fischer in ihren langen Hemden pilgerten einmal in der Woche zu einer der reichsten Familien der Stadt, um von Marta, der Haushälterin, empfangen zu werden, die das Angebot begutachtete und beim Feilschen immer das letzte Wort behielt.

Auf Schubkarren warteten Scampi, Tintenfische, Oktopusse, Zahnbrassen, Kalbsschultern und Hammellenden, Käselaibe und Obstkörbe darauf, von der Haushälterin geprüft zu werden. Ihre Kommentare – »Dieser Dorade fallen ja die Augen aus, als hätte sie eine Magenverstimmung« – »Die Melonen hier riechen nach vorgestern« oder »Mit diesem Schnaps können Sie höchstens Lokusse putzen« – führten regelmäßig zu Streitereien und manchmal sogar zu Rangeleien zwischen den Händlern, weil sich der eine oder andere ein böses Lächeln nicht verkneifen konnte, darüber, dass dieses Mal ein Konkurrent von Marta aufs Korn genommen worden war. Wenn Marta sich von allen verabschiedet hatte und die Tore geschlossen wurden, nachdem Toni, der Buchhalter – ein Männlein, das im Sommer wie im Winter wie ein Totengräber in einem schwarzen Anzug herumlief –, die Bezahlung erledigt hatte, begannen die Händler, die Bauern und die Fischer über Marta herzuziehen. Neuerdings pflegte sie anstelle von lebenden frisch gerupfte Hühner zu bestellen, weshalb man unter den Lieferanten munkelte, dass die Alte nun endgültig von allen guten Geistern verlassen sei.

Marta war durchaus imstande, jedem Huhn eigenhändig den Hals umzudrehen, die Federn zu rupfen und anschließend die restlichen Borsten mit einer von ihrem Mann eigens dafür entworfenen Apparatur abzuflämmen, doch in letzter Zeit hielt sie es für praktischer, küchenfertig vorbereitete Hühner zu kaufen. So wie die Bedeutung Italiens in der Welt wuchs, so vermehrten sich die Abendgesellschaften bei den Torchios. Deshalb begann Marta sogar zu verlangen, dass die Fische vor Ort von Schuppen und Innereien befreit wurden. Der Lieferant wurde in einen der Küchenräume geführt, wo Messer und Eimer auf ihn warteten. Wenn alle Fische fertig gesäubert auf dem Tisch lagen, brachte sie dem Mann einen Schnaps. Sie war zwar imstande, hartnäckig um einen halben Dinar zu feilschen, aber sie wusste, was sich gehörte.

Heute hatte sie trotz der Aufregung über die jüngsten Vorkommnisse, in die auch die Familie Torchio verstrickt war – als ob man etwas dafür könnte, dass einen Gäste besuchten, die später tot aufgefunden wurden –, in aller Ruhe die Vorräte an Paprika, Gurken, Zucchini, Blattsalat, Frischkäse, Nüssen und Rosinen aufgefüllt. Bereits in der Früh waren Tomaten, Zwiebeln und Knoblauch geliefert worden, für eine *šalša*, die sie zu geschmortem Rindfleisch und Stampfkartoffeln reichen wollte, mit Honigmelonen, die sie zum Kühlen in den Keller bringen ließ und die es, in dünne Scheiben geschnitten, zu einer *rožata* aus zwanzig Eiern als Nachtisch geben sollte. Lucrezia hatte *rožata* neulich als *crème caramel* bezeichnet, was Marta nicht billigte.

Nun stand ihr Kriminalkommissar Bulat gegenüber, und sie musterte ihn von Kopf bis Fuß, als wäre er ein Kapaun, den jemand mitten im Sommer ohne ihr Wissen für das Weihnachtsessen bestellt hatte. Bulat hatte abgewartet, bis die letzten Lieferanten sich verabschiedet hatten, wobei ihm ihre neugierigen Blicke nicht entgangen waren. Danach hatte er die Haushälterin, die sich schweigend in das Tor gestellt hatte, begrüßt und gefragt, ob sie vielleicht in ihrer Küche ein Messer vermisse.

Der Ansturm der Deutschen auf das Hotel *Imperial* hielt an. Einige Stunden nach der Ankunft der ersten Gruppe war ein weißes Automobil vor den Augen der vier Hotelbediensteten, die den Türrahmen schmückten, langsam zum Stehen gekommen.

Frederick Achnitz trat ans Fenster der zu einem Büro umfunktionierten Abstellkammer in der ersten Etage, schob den Vorhang zur Seite und spähte nach unten.

»Um Himmels willen, Camilla!«, rief der Gast, der als erster ausgestiegen war, ohne den Pagen zu beachten, der ihm die Reisetasche abnehmen wollte. »Du kannst doch bei dieser Hitze nicht vor die Tür gehen!«

Die Jungdiva warf dem Mann ein Luftküsschen zur Begrüßung zu: »Willkommen, Herbert! Ich gehe an den Strand.«

Herbert Körner verbeugte sich galant: »Ich habe im Baedeker gelesen, dass sich die Einheimischen mit Olivenöl einreiben.«

»Ich hole schnell meine *Nivea*.«

Frederick kam sich vor wie ein Zuschauer in der Loge eines Provinztheaters. Er fragte sich, ob die beiden etwas miteinander hatten, da sie so gestelzt sprachen. Herbert Körner warf seine Tasche auf den Boden, schlenderte durch den Vorhof und trat auf die Terrasse. Trotz des Schattens der Baumkronen, die unruhige Bilder auf die Steinplatten zeichneten, war es sehr warm. Nur Werner Hinz saß an einem der Tische direkt an der Balustrade. »Körner, setzen Sie sich doch zu mir«, rief er dem Kameramann zu.

Frederick wollte erfahren, was für Nachrichten die Neuankömmlinge aus Berlin mitbrachten. Zu lange hatte er gehofft, dass sich der Nationalsozialismus von alleine erledigen würde. Das Gegenteil war der Fall, und die Gelegenheit für eine sozialistische Revolution war ebenfalls vertan. Seine Partei hatte allzu lange auf Stalin gehört. Er ging nach unten, grüßte Herbert Körner, der sich gerade mit beiden Händen auf die Balustrade stützte und in die Ferne starrte, und setzte sich in den Schatten.

»Motive, unendlich viele Motive«, sagte Körner. »Schauen Sie sich nur diese Baumallee vor der glitzernden Wasseroberfläche an! Etwas später wird hier ein Licht sein wie im Paradies.«

Werner Hinz blickte kurz in Richtung Strandpromenade: »Deswegen produzieren wir ja hier. An der Adria ist die Welt noch so wunderbar in Ordnung.« Er blickte sich um und fuhr mit gesenkter Stimme fort. »Passen Sie übrigens auf, wenn Sie mit der Lehmann zu tun haben. Ist eine Hundertfünfzigprozentige. Würde mich nicht wundern, wenn alles, was die hier aufschnappt, am nächsten Tag auf einem Schreibtisch am Wilhelmplatz landet.«

»Sie kennen mich doch, Hinz, ich bin völlig unpolitisch.« Außerdem hatte er sowieso nicht vor, mit Lehmann, der Produktionssekretärin, längere Gespräche zu führen.

»Ich weiß, ich weiß«, flüsterte Werner Hinz nun fast. »Das bin ich natürlich auch.«

»Keine Angst, ich bin hier im Dienste der Filmkunst. Ich befasse mich nur mit Licht, mit Hell und Dunkel. *Chiaroscuro*, wie der Italiener sagt.«

Alle Türen des Hotelrestaurants standen offen, drinnen wurden gerade die Tische eingedeckt. Einer der Regieassistenten erschien auf der Terrasse: »Ich brauche jetzt ein Glas Wein. Habe heute Morgen die Bauten kontrolliert, und natürlich ist die Hälfte noch nicht geliefert worden! Die jugoslawische Eisenbahn ist wahrscheinlich genauso miserabel organisiert wie alles auf dem Balkan. Wir sollten denen mal ein paar von unseren Reichsbahnleuten schicken. Südlich von Berlin-Schmöckwitz funktioniert sowieso nichts.«

»In Schmöckwitz mögen die Gartenzwerge strammstehen, aber ein Meer gibt es dort nicht«, sagte Werner Hinz.

Frederick zuckte innerlich zusammen. War Hinz so

todesmutig, weil er sich als Schauspieler in Sicherheit wähnte? Oder glaubte er, dass ihn das Gerücht, Ernst Udet, der Fliegergeneral, sei der wahre Vater seiner Tochter Dinah, unantastbar machte? Sonst hüteten sich alle davor, im Ausland ein einziges schlechtes Wort über die deutsche Heimat fallen zu lassen, weil man fürchten musste, von jemandem denunziert zu werden.

»Ich bin gespannt auf den Diokletianpalast, muss ja etwas ganz Besonderes sein. Wenngleich ich mich frage, ob diese Slawen einen echten römischen Palast überhaupt instandhalten können«, sagte der Regieassistent, dem ein Kellner ein Glas Wein auf einem Silbertablett reichte.

Frederick fragte sich, ob diesem Flegel klar war, dass ihn alle Bediensteten verstanden. Der Kellner drehte sich zu ihm um und sagte leise: »Herr Achnitz, Sie werden an der Rezeption erwartet.« Seine Worte weckten die Neugier der drei Männer, die ihn jetzt schweigend anstarrten. Werner Hinz wirkte überrascht, Herbert Körner amüsiert und jener Regieassistent, dessen Namen er nicht kannte, misstrauisch – so kam es Frederick zumindest vor. Er musste aufpassen, nicht paranoid zu werden. In der Parteischule war er darauf trainiert worden, seine Gefühle zu verbergen, aber die letzte Nacht hatte an seiner Kraft gezehrt. Er fühlte sich müde. Schweigend verließ er die Gruppe und begab sich ins Hotelgebäude.

An der Rezeption redete einer der Schauspieler auf den Portier ein: »So geht das nicht! Ich brauche sofort fließendes Wasser auf meinem Zimmer.«

Von der anderen Seite kam Agnes Straub in die Eingangshalle, auf ihrem Kopf ein Riesenhut. Auch wenn man ihr Gesicht nicht sehen konnte, hörte Frederick deutlich, wie sie sich an ihren Kollegen wandte: »Regen Sie sich nicht auf! Wenn das Wasser abgestellt ist, müssen wir halt warten.« Dann lief sie die Treppe hinauf, als machte ihr die Hitze nicht das Geringste aus. Der unzufriedene Schauspieler wandte sich an Frederick und fragte ihn, ob er – »Sie sind doch Herr Achnitz, oder nicht?« – ihm erklären könne, wieso Agnes Straub so frisch wirke, obwohl sie zusammen mit ihm angereist sei, während er noch nicht einmal seinen Koffer ausgepackt habe und jetzt nicht duschen könne. Wo sich die Straub überhaupt herumgetrieben habe, bei der Hitze, die nur Palmen und Agaven überleben?

»Sie sollten Karl Anton warnen, Achnitz! Die Straub ist nicht vertrauenswürdig, und Karl scheint das nicht zu wissen, sonst hätte er sie nicht engagiert. *Weiße Sklaven* ist kein beliebiger Film, wenn Sie verstehen, was ich meine. Der Reichsminister für Volksaufklärung und Propaganda persönlich hat ihn bestellt.«

Er wundere sich, sagte er weiter, während er Frederick musterte, als wäre ihm auch dieser verdächtig, dass Straub mit von der Partie sei. Immerhin war sie mit dem jüdischen Schlitzohr Leo Reuss liiert, der nach Amerika verschwunden sei. Oder nach Österreich. Man erzähle sich in Berlin so Einiges darüber. Reuss soll sich als Tiroler Gutsbesitzer ausgegeben haben, der gerne in seiner Freizeit schauspielere. Das müsse man sich mal vorstellen, ein Betrüger! Und Agnes Straub laufe hier herum, als ob sie von nichts wüsste. Er persönlich mische sich ja nicht gerne in die Arbeit anderer Leute ein, aber er betrachte es als seine professionell-moralische Verpflichtung, Karl Anton einen Hinweis zu geben. Und er hoffe, dass er, Achnitz, das genauso sehe.

Hatte Miro Matić vielleicht doch Recht mit seiner Behauptung, die Filmgesellschaften aus dem Deutschen Reich, die alle zur gleichen Zeit in Split waren, seien suspekt? Andererseits waren die Deutschen für ihre Sparsamkeit bekannt. Vielleicht war das ihre Art, vernünftig zu wirtschaften? Mario Bulat war froh, dass er auf dem Weg zum *Imperial* einen Besuch im Ordnungsamt gemacht hatte, wo ihm ein Beamter erklärte, was es mit diesen *filmani* auf sich hatte.

Es sei zweckmäßig, nur eine Person vor Ort zu beauftragen, die sich bei verschiedenen Produktionen um alles kümmere, so wie Frederick Achnitz. Andererseits sei es gar nicht notwendig, für die wenigen Außenaufnahmen so viele Schauspieler und Regieassistenten anreisen zu lassen.

»Ich glaube, die erholen sich bei uns. In ihrem Land gerät man schnell unter Druck«, sagte der Mann. »Viele Szenen könnten sie genauso gut zu Hause im Studio drehen. Nur Harry Piel, der für einen Film zwei Autos im Meer versenken will, der kennt keine Erholung. Er hat so lange gedrängt, bis ihm das genehmigt wurde. Wir hätten hier auf lokaler Ebene ganz anders entschieden als die Ministerialbeamten in Belgrad.« Wenn die *filmani* von Harry Piel etwas mit dem Mord zu tun hatten, war es seiner Einschätzung nach dringend notwendig, die Autos zu inspizieren, bevor sie auf dem Meeresboden landeten.

Die Filmleute, die in der Pension *Schiller* wohnten, teilten sich in zwei Gruppen: Die eine arbeite gerade an dem Film *90 Minuten Aufenthalt*, während die zweite sich erst in der Planungsphase für den Film *Der unmögliche Herr Pitt* befinde. Dazu waren noch Dokumentarfilme angekündigt, eine Art erzwungene Zugabe, ein Pflichtgeschenk an die Gastgeber.

»Laut einem neuen Gesetz ist jede fremdländische Filmgesellschaft, die bei uns drehen möchte, verpflichtet, eine Zugabe zu bringen, die die Schönheit der Adria dokumentieren soll. *Das Lied der Adria* heißt der Kulturfilm, der *Die Korallenprinzessin* begleiten wird. Er soll besonders attraktiv werden, damit die königlichen Zensurbehörden in Belgrad bei Laune bleiben. Der Regisseur heißt Hanns Beck-Gaden. Er behauptet, er sei ein Opfer der links-jüdischen Filmemacher und deshalb nie zum Zug gekommen, obwohl er ein Riesentalent sei. Unsere Zensurbehörde war nicht überzeugt, aber in Berlin war man der Meinung, dass Beck-Gaden wegen seiner Verdienste – unter anderem soll er am Marsch auf die Feldherrnhalle in München teilgenommen haben – unbedingt mit von der Partie sein muss.«

Die Kulturfilme sollten Touristen aus dem Deutschen Reich werben. Mario Bulat zweifelte daran, dass

Matić, der Kellner, darüber erfreut sein würde. Er hatte im Ordnungsamt wichtige Informationen bekommen, und jetzt legte er seine Notizen auf das Tischchen vor sich, während ihn die beiden Deutschen misstrauisch beäugten. Alle drei saßen in bequemen Sesseln hinter der Rezeption des Hotels *Imperial*. Durch das Fenster konnte man einen weinberankten Steinbogen bewundern, der das Dach der Veranda vor der benachbarten Villa trug.

»Sie sind seit zwei Monaten in Split, warum?« Mario Bulat blickte Frederick Achnitz streng an.

»Um alles für die Dreharbeiten vorzubereiten.«

»Wie muss ich mir diese Vorbereitungen vorstellen?«

»Hotelzimmer reservieren, Aufnahmeorte auswählen, Schiffe und Flugzeuge mieten, die nach dem Drehbuch benötigt werden.«

»Wie ich höre, haben Sie sich gut eingelebt.«

»Auch das stimmt.«

Achnitz antwortete immer leiser: Ja, es gehe um Spielfilme und um Kulturfilme. Bei einem Spielfilm habe es ein Problem gegeben, die Statisten hätten sich geschlagen, wofür er nichts könne. Eine Gruppe sei heute Vormittag angereist, wofür es Zeugen gebe. Ja, es stimme, er wohne in einem Zimmerchen innerhalb des Diokletianpalastes. Nein, es sei nicht feucht. Ja, er sei zufrieden. Ja, es habe einen Briefwechsel zwischen Belgrad und Berlin über die Produktion der *Korallenprinzessin* und des Kulturfilms *Lied der Adria* gegeben. In den Hauptrollen würden Schauspieler jugoslawischer Herkunft eingesetzt. Ja, er glaube, dass man im Deutschen Reich an freundschaftlichen internationalen Beziehungen interessiert sei. Ja, er habe Kontakt mit Darko Barić gehabt, da er bei ihm ein Schiff mieten wolle. Nein, dazu sei es nicht gekommen, da Herr Barić im Vergleich zur Konkurrenz zu teuer gewesen sei. Nein, er könne sich nicht vorstellen, dass irgendjemand von den deutschen Filmgesellschaften etwas mit Herrn Barić zu tun gehabt habe. Nein, er glaube nicht, dass seine Bekannte Jana Pilić irgendetwas mit Herrn Barić zu tun hatte.

Das Gespräch schlängelte sich dahin wie ein Bergfluss im Hinterland, der im Sommer zu einem Rinnsal geworden ist. Solche Flüsse brachen in einer Senkhöhle aus der Tiefe der Berge hervor, die die Stadt vor den Winden und vor der Welt schützten, denn hinter den Bergen erstreckte sich die Welt in all ihrer Unbarmherzigkeit. Der Blick in der Stadt war stets nach vorne gerichtet, zum Meer hin. Das Meer lag vor der Stadt wie ein ewiges Kaleidoskop, dessen Farbe je nach Tages- und Jahreszeit wechselte und die Stimmung in der Stadt mit seinem Farbenspiel bestimmte.

Der andere deutsche Filmemacher schien zufrieden zu sein mit dem verhüllten Widerstand, den sein Kollege Achnitz diesem dreisten jugoslawischen Polizeibeamten gegenüber leistete. Was für eine Frechheit, die Gäste aus dem Deutschen Reich so zu verhören! Auch von ihm erfuhr Mario Bulat nichts, was für seine Ermittlungen von Interesse hätte sein können. Doch während er für Frederick Achnitz eine Zuneigung empfand, war ihm dieser Schnösel einfach zuwider. Es war wie in einem Film mit zwei Schurken, von denen einer ein gutes Herz hat und der andere durch und durch verdorben ist. Aber ausgerechnet den Guten musste er bitten, ihn am nächsten Tag in seinem Büro im Polizeipräsidium aufzusuchen. An der Geschichte des jungen Mannes, der ihn anstarrte, als sähe er ein Gespenst, und dessen leicht gebräunter Teint plötzlich gelblich wirkte, stimmte etwas nicht. Er musste Frederick Achnitz noch einmal sprechen, und zwar ohne seinen arrogant schnaufenden Kollegen, der eindeutig von nichts eine Ahnung hatte.

Die Stadt vor ihm war eine geöffnete Muschel. Immer dann, wenn sich ihm Split in voller Anmut offenbarte – meistens von einem der Hügel oberhalb der Altstadt –, dachte er, dass man den Römern dankbar sein musste, weil sie an ihre Siedlung in diesen Buchten und an diesen Hügeln geglaubt hatten. Kaiser Diokletian stammte aus der Gegend und wollte hier sterben. Es war ihm nicht zu verdenken. In Rom ließ er riesige Thermen bauen und in Palmyra, am östlichen Rand des Reichs, ein Militärlager, das Ähnlichkeiten mit dem Spliter Palast hatte. Aber am Ende wollte er weder in Rom noch in Palmyra bleiben, sondern nur noch hier.

Mario Bulat wäre das alles verborgen geblieben, hätte Pjero Radman es ihm nicht erzählt. Der Arzt hatte seine historisch-archäologischen Ausführungen mit einer philosophisch-politischen Betrachtung geschlossen: »Und der Bogen, der die Frontseite des Spliter Peristyls schmückt, heißt syrischer Bogen. Die Römer hatten uns zum Zentrum der Welt gemacht, für die Österreicher waren wir das Ende der Welt. Aber in beiden Fällen war unsere Stadt ein Steinchen in einem kosmopolitischen Mosaik. Nicht wie heute, da man allenthalben die miefige nationale Enge bevorzugt. Aber vielleicht schafft unsere Epoche doch noch eine Wende. Ich vertraue Cicero, wenn er sagt: Für den Kranken besteht Hoffnung, solange er atmet. Es gibt auch Gegenbewegungen, zum Beispiel die sozialistische Internationale. Ob sie etwas gegen diese Besessenen ausrichten kann? Mussolini plustert sich auf, als wäre er ein römischer Kaiser, aber er hat die Römer nie richtig verstanden. Von diesem Österreicher, der jetzt in Berlin herumpoltert, will ich gar nicht sprechen. Na ja, hoffen wir mit Cicero: *Aegroto, dum anima est, spes est.*«

Der Weg vom Hotel *Imperial* zurück in die Stadt führte über eine Anhöhe, die nach der Familie Katalinić benannt war, die hier oberhalb des östlichen Hafenteils ihre Häuser und Gärten besaß. Eine Landzunge, von der man nach Osten und nach Westen einen offenen Ausblick genoss, Sonnenuntergänge und aufschäumende hohe Wellen betrachten konnte oder ein Meer, dessen Oberfläche glatt wie Öl war. *Dum anima est, spes est.*

Mario Bulat ging am Bahnhof vorbei, wo es nach Ruß roch. Ein Mädchen hielt ihm ein Holzbrett entgegen, auf dem mehrere Stücke *soparnik* lagen, dünne Fladen, gefüllt mit Mangold und bestreut mit Salz und Knoblauch. Er griff in die Hosentasche und kramte nach Geld, als ihn ein Mann begrüßte. Er erkannte ihn nicht sofort, was ihn ärgerte, denn das war schon der zweite Kollege, den er heute auf offener Straße übersah.

»Ach, das passiert eben, wenn man in Gedanken ist.« Karlo Cambi strich mit der Hand über seinen Dreitagebart. »Wie gut, dass wir uns treffen. Ich komme gerade von einer Unterredung mit einem Informanten aus Dubrovnik. Es geht um eine Leiche, die man dort am Strand gefunden hat. Ohne Papiere. Vermutlich ein Flüchtling, der sich mit den Schleppern auf eine Auseinandersetzung eingelassen hat. Die Leute sind manchmal sagenhaft naiv. Schaffen es über drei Grenzen und landen am Ende bei unseren Banden. Ich musste sofort an Sie denken. Darko Barić besaß Fischerboote, und diese werden eingesetzt, um Passagiere ohne Dokumente auf offenem Meer einem Ozeandampfer besteigen zu lassen.«

»Wie wurde der Mann in Dubrovnik getötet?«

»Vergiftet. In einer Hafenbar. Die Flüchtlinge von den Touristen zu unterscheiden, wird zunehmend schwer.«

»Müssen wir sie überhaupt unterscheiden?«

»Sie haben gut reden. Ich habe meine Befehle. Der Polizeipräsident drängt darauf, dass wir die Aktivitäten der Schlepper unterbinden, aber wir haben nur Vermutungen, nichts Konkretes. Die Politische Polizei hält sich zurück, alles ist bei der Sitte gelandet.«

»Und Sie jagen die Flüchtlinge? Oder nur die Fluchthelfer?«

»Ich versuche nur, den Überblick zu behalten. Es gibt Konflikte zwischen den Banden und den Helfern.

Die Helfer raten den Flüchtlingen, sich gegen die hohen Preise der Schlepper zu wehren. Ich gehe davon aus, dass sich der Tote aus Dubrovnik gewehrt hat.«

»Ich werde diese Möglichkeit im Auge behalten. Zunächst muss ich mit den Zeugen sprechen, die Darko Barić zuletzt gesehen haben.« Er machte eine Pause und sah so konzentriert auf das Stück *soparnik*, das er die ganze Zeit in der Hand hielt, als wäre es einer dieser Zeugen. Dann zeigte er mit der freien Hand um sich: »Wie schön unsere Stadt ist, *šjor* Cambi! Es wundert mich nicht, dass es Reisende gibt, die sie besichtigen wollen. Aber wie groß ist der Unterschied zwischen einer Reise und der Flucht!«

In der Nacht, in der Darko Barić ermordet wurde, hatte Irena Mario Bulat vor dem Einschlafen gefragt, ob er sich vorstellen könne, mit ihr zu verreisen.

»Wohin?«

»Einfach so, verreisen. Zum Beispiel nach Frankreich.«

»Was sollen wir in Frankreich?«

»Die Mittelmeerküste soll dort genauso schön sein wie die Atlantikküste. Wir haben gerade in der Buchhandlung neue Bücher über Paris bekommen, jemand hat sie bestellt und noch nicht abgeholt. Außerdem haben sie dort gerade die Volksfront gewählt. Es gibt sogar drei Frauen in der Regierung.«

»Ich glaube nicht, dass es am Mittelmeer eine Küste gibt, die so schön ist wie unsere.«

»Aber das kannst du doch gar nicht wissen!«

»Die ganze Welt ist auf der Flucht irgendwohin. Es ist nicht die Zeit für große Reisen.«

»Die Touristen, die derzeit nach Split kommen, sehen das anders. Außerdem sind wir historisch zu sehr mit Italienern und Österreichern verbandelt. Es kann gut sein, dass man auch Split bald verlassen müssen wird. Frankreich ist viel sicherer. Niemand würde sich trauen, Frankreich zu überfallen.«

»Wir sprechen kein Französisch.«

»Wir können es lernen.«

»Du vielleicht, ich bin zu alt dafür.«

»Wenn man dich so anschaut, wirkst du nicht alt.«

»Du siehst nicht mehr gut im Finsteren.«

»Ich kann ja tasten.«

»Um Fremdsprachen zu lernen, braucht man keine Muskeln.«

»Das ist Einstellungssache. Frankreich würde dich geistig verjüngen.«

»Wie sollte das gehen?«

»Dort lebt man ganz anders als hier.«

»Woher willst du das wissen?«

»Künstler, Schriftsteller aus der ganzen Welt versammeln sich in Paris. Es gibt viele Amerikaner dort, inzwischen auch viele Deutsche.«

»Die haben wir auch hier. Mehr als mir lieb ist.«

»Sei nicht albern!«

»*Ich* bin albern? Ist es nicht eher albern, nach Frankreich auswandern zu wollen?«

»Die Franzosen schätzen gutes Essen. Sie würden den *brudet*, den ich dir heute gekocht habe, lieben.

Hättest du geglaubt, dass man nur mit Sardellen *brudet* kochen kann?«

»Aber würdest du dort Sardellen bekommen können?«

»Du weißt wirklich nicht viel über Frankreich.«

»Und solche Tomaten?«

»Jetzt frag noch: Und solchen Wein?«

»Und solche Kapern?«

»Es waren keine Kapern in meinem *brudet.*«

»Gut, aber ohne *prošek* kann man kein *brudet* kochen, und *prošek* gibt es in Frankreich definitiv nicht, so viel weiß sogar ich.«

»Das stimmt. *Prošek* nehmen wir mit.«

»Oh ja, wir nehmen alles mit, was wir dort vermissen würden. Mindestens die ganze Stadt, wenn schon nicht ganz Dalmatien. Unsere Inseln würde ich nämlich auf jeden Fall vermissen.«

»Hast du von André Gide gehört?«

»Natürlich nicht. Und reisen mag ich auch nicht. Wozu woanders suchen, was man schon hat?«

Er hatte sich auf die Seite gedreht und behutsam seine Hand auf ihren nackten Bauch gelegt. Aber sie hatte nicht minder behutsam nach seinen Fingern gegriffen und sie sanft weggeschoben.

Das Haus, in dem Karmela wohnte, war auf eine der Bastionen gebaut. Die Reste der Militäranlagen, die überall in der Stadt zu sehen waren, ähnelten gestutzten ägyptischen Pyramiden. Es war ein Wunder, dass die Filmemacher sie noch nicht entdeckt hatten.

Der Eingang in die Bastion bildete eine Nische, die mit einem schmiedeeisernen Tor von der Straße getrennt war. Dahinter versteckte sich eine Tür aus schwerem Holz, durch die man in eine Art Korridor gelangte. Von dort führte eine schmale Steintreppe nach oben zu Karmelas Haus, das für die Passanten unsichtbar inmitten dieses hängenden Gartens stand, umrankt von Christdorn und Wildrosen. Vögel nisteten in den Zweigen der Platane, deren Wurzeln sich unter den gesamten Grundmauern und unter den umliegenden Straßen ausgebreitat hatten.

Wenn sie abends zuerst das Tor und dann die Tür hinter sich schloss, fühlte sich Karmela frei wie einer der Vögel, die mit ihr auf der Bastion wohnten. Nur wenn jemand das Tor aufbräche, könnte er zu ihr nach oben gelangen. Doch in den beiden Jahrhunderten, die das Haus ihrer Familie gehörte, hatte noch nie ein Unbefugter versucht, das Tor zu öffnen. Ein Spiegel an einem der Büsche in ihrem Garten diente ihr zur Bewachung des Eingangs. Eine Klingel gab es nicht, und so konnte sie auch niemand unangekündigt besuchen. Karmela lud auch selten jemanden zu sich ein.

Heute hatte sie eine Ausnahme gemacht. Sie hatte Wachtmeister Stjepan zu sich eingeladen, um ihm die Stelle zu zeigen, von der sie beobachtet hatte, wie Jana, das Dienstmädchen, in der Mordnacht Arm in Arm mit dem freundlichen Deutschen, der bei ihr häufig Gurken und Tomaten kaufte, aus Richtung der Kathedrale gekommen war. Das wäre natürlich noch nicht der Rede wert gewesen, wenn sie nicht auch gesehen hätte, dass kurz zuvor in gleicher Richtung die drei jungen Männer der Familie Torchio vorbeigelaufen waren. Einer von ihnen war genaugenommen der Sohn der Haushälterin Marta, die Karmela nicht mochte, da sie sich den Marktfrauen gegenüber abweisend verhielt; Mauro wurde zusammen mit den Kindern der Familie Torchio erzogen. Sicher, er hatte es nicht leicht, sich gegen Angelo und Domenico zu behaupten, und auch Lucrezia war nicht immer freundlich zu ihm, aber er war für sie eine Art Halbbruder geworden, wurde gemeinsam mit ihnen im Klavierspielen unterrichtet, besuchte wie sie das italienische Gymnasium und wusste, wie man sich zu benehmen hatte. Ob die Polizei sich dafür interessieren würde? Karmela war keine Klatschtante, sie wollte Wachtmeister Stjepan nur helfen.

Jetzt musste sie sich auf ihren Besuch vorbereiten. Sie schleppte den Gummischlauch durch den Garten und füllte die Zinnwanne, die draußen in der Sonne stand, mit Wasser, damit es bis zum späten Nachmittag schön warm werde. Bevor ihr Besuch kam, wollte sie ein Bad nehmen. Dann pflückte sie Kräuter, als wollte sie eine Lammschulter marinieren, und warf sie ins Wasser. Am Ende musste auch noch ein ganzer Rosenbusch dran glauben, bis sich die Wasseroberfläche in ein gekräuseltes Meer aus rosaroten Blüten verwandelt hatte.

10.

Mehr als hundert Jahre waren vergangen, seit Wilhelm Weber und Carl Friedrich Gauß die erste telegrafische Übertragung einer Nachricht gelang. Seitdem schwirrten die Nachrichten nur so durch die Atmosphäre, und man wusste nicht immer, ob man das gutheißen sollte oder nicht. Was hatte man davon, dass man in Split in der Zeitung lesen konnte, was die bekloppten Japaner und die noch beklopperen Chinesen in der Mandschurei trieben? Andererseits wollte man es doch wissen. In jedem Stadtviertel kannte man mindestens einen Schiffskapitän, der für eine der fremdländischen Handelsflotten angeheuert, oder eine Matrosenwitwe, die ihren Mann im Boxeraufstand verloren hatte und seitdem immer hagerer, gebeugter und griesgrämiger wurde. Manchmal beklagte sich eine: »Lebend kann man nicht unter die Erde«, der Tod habe sie vergessen.

Man wollte doch wissen, was los war in Pittsburgh und Chicago, wohin vor dem Großen Krieg viele Dalmatiner ausgewandert waren. In Filmen war zu sehen, dass in Amerika unbekannte technische Geräte in den Wohnungen herumstanden, dass man unablässig Zigaretten rauchte und fetzige Musik hörte, so dass sich nicht wenige danach sehnten, endlich auch selbst dorthin zu reisen. Von Zeit zu Zeit schickte ein Onkel telegrafisch das Geld für die Überfahrt in einem überfüllten Ozeandampfer, den man erst mit der Eisenbahn quer durch ganz Europa erreichen musste, denn das war unter Umständen billiger, als in Split an Bord zu gehen.

Es gab Menschen, die davon träumten auszuwandern und zugleich argwöhnisch die Reisenden beäugten, die in letzter Zeit durch die Gassen der Stadt schlichen. Solange sie sich nach der Überfahrt nach Palästina oder gar Amerika erkundigten, war alles in Ordnung, doch hoffentlich kämen sie nie auf die Idee, in Split zu bleiben.

Auch der Telegraf von Weber und Gauß konnte nicht alle Antworten auf die Rätsel des Daseins liefern, war er doch selbst rätselhaft. In einer der Wochenschauen, die im Sommer 1936 in den Spliter Kinos den deutschen Erfindergeist rühmten, ratterte eine enthusiastische Stimme ein Loblied auf die beiden Physiker herunter. Das schwitzende Publikum schaute verständnislos einer Induktionsspule dabei zu, wie sie hin und her hüpfte, während es auf den Beginn des Hauptfilms wartete: *Dr. Jekyll and Mister Hyde.*

Als Fredric March endlich auf der Leinwand erschien, ging ein Raunen durch den erhitzten Saal: Matić, der Kellner aus dem Kaffeehaus des Hotels *Bellevue*, sah dem amerikanischen Schauspieler zum Verwechseln ähnlich.

Goran Karaman, der ins Kino gekommen war, anstatt nach Hause zu gehen und sich auszuruhen, war gereizt. Es ärgerte ihn, dass er unter all diesen Menschen sitzen musste, und er fragte sich, ob nicht im eigenen Haus ein Raum eingerichtet werden könne, um dort Filme vorzuführen. Was für ein Gedanke! Und dennoch: Warum nicht? Oder noch besser: im kleinen Saal hinter dem Versammlungsraum der Loge, der nur als Umkleideraum diente und sonst immer leer stand. Was diese windigen Kinobesitzer konnten, die sich nur bereicherten, das konnten die Logenbrüder doch allemal.

Ein Plakat im Schaukasten vor dem Eingang hatte verkündet: *Im Deutschen Reich verboten – bei uns zu sehen!* Das versprach Spannung und gute Unterhaltung. Das Publikum verstummte, und Goran Karaman wurde Teil der Menge, die der Film sofort in ihren Bann zog. Ihm war klar, dass es sich bei der Filmkunst um Verführung handelte. Später würde er in sein Tagebuch notieren, dass der Film, den er am 7. Juli 1936 im *Eden* gesehen hatte, alle bisherigen Filme »in puncto Perspektive« übertroffen hatte:

Während Dr. Jekyll stets von außen beobachtet wurde, zwang uns die Kameraführung, in Mister Hyde hineinzuschlüpfen, und wir sahen alles mit den Augen dieses Mannes, der sich der dunklen Macht verschrieben hatte. Sind wir nicht alle zugleich gut und böse? Und wechseln sich in der Welt das Gute und das Böse nicht ab? Das Böse, besessen von der Zerstörungswut, ist schein-

bar immer stärker. Und kurzlebiger. Denn es wird am Ende stets besiegt, allerdings handelt es sich dabei nicht selten um einen Pyrrhussieg.

Goran Karaman, der in seinem Bekanntenkreis für humanistische Bildung, Aufklärung, Logik und die Wissenschaft eintrat und behauptete, die Menschheit entwickle sich fortdauernd zum Besseren, verspürte in letzter Zeit ein Unbehagen, wenn er über die Neuigkeiten aus der Welt nachdachte. Der Gedanke, dass alles gar nicht so schlimm war, sondern aufgrund der Auswahl der Nachrichten schlimm erschien, war tröstlich. Alles war nur eine Frage der Perspektive! Die Einsicht, dass man die Menschen mit der Wahl des Blickwinkels manipulieren konnte, erstaunte und beruhigte ihn zugleich. Alles nur Einbildung! Einen neuen großen Krieg würde es vielleicht vorerst doch nicht geben.

Beim Verlassen des Kinos bemerkte er, dass sich jemand dicht an ihn drängte. Als er sich umblickte, sah er Dinko Despot, den Hautpkommissar der Politischen Polizei, der ihm ein schelmisches Lächeln zuwarf, das unpassend, ja beinahe anstößig wirkte.

Dank der dichten Baumkronen der Platanenallee lag die Zagrebačka Straße, an der sich das Polizeihauptgebäude befand, den ganzen Tag im Schatten. Mario Bulat war erleichtert, als er sich dem Eingang näherte, da in seiner rechten Ferse ein Stachel steckte. Er war auf einen Seeigel getreten, als er vor einigen Tagen mit

Irena in einer Bucht nahe des Ozeanografischen Instituts gebadet hatte. Jetzt fragte er sich, wie Dinko Despot davon hatte erfahren können? Wusste dieser Mann wirklich alles, wie man unter den Kollegen munkelte?

Fran Nisiteo sprang von der Pritsche in der Untersuchungszelle auf, als er ihn erblickte. Der Kommissar stellte ein Tablett mit einer Keksdose, zwei Tassen Mokka und zwei Gläsern Wasser auf das Tischchen, das in der Mitte des Raums stand.

»Ich möchte nicht noch einmal hören, dass Sie nichts wissen«, sagte Mario Bulat.

»Ich weiß wirklich nichts«, sagte der Fischer und nahm die angebotene Tasse.

»Beschreiben Sie mir noch einmal die Situation, in der Sie die Leiche gefunden haben.«

»Ich habe Ihnen alles erzählt, *šjor* Kommissar.«

»Trotzdem. Ich möchte, dass Sie mir noch einmal alles von Anfang an erzählen. Ich helfe Ihnen: Fangen Sie beim Verlassen Ihres Hauses in Veli Varoš an.«

»Na gut«, sagte Fran Nisiteo. »Wir haben das Haus gegen viertel vor vier verlassen. So machen wir es immer, wenn wir früh zum Fischen hinausfahren, Dora und ich. Dora ist die beste Fischerin weit und breit, *šjor* Kommissar, das wird Ihnen jeder bestätigen. Fragen Sie in Veli Varoš und in Lučac nach uns, alle werden Ihnen bestätigen, dass wir anständige Leute sind. Wir sind also gegangen und haben uns nur wenig unterhalten, und wenn überhaupt, dann bestimmt leise. Wir wollten ja niemanden stören zu dieser Stunde. Ich glaube eher, dass wir uns gar nicht unterhalten haben, ich kann mich jetzt nicht mehr genau erinnern. Aber vielleicht habe ich Dora gefragt, ob sie es warm genug hat, denn es ist zwar Sommer, aber wenn wir am frühen Morgen auf dem Meer sind, kann es schon mal frisch werden. Und sie hat mir nur zugenickt, Dora redet auch sonst nicht viel. Deshalb hat uns kaum jemand hören können, wenn ich das so sagen darf. Ich meine, wenn jemand zufällig auch zu dieser Stunde draußen gewesen wäre.«

»Wer hätte denn draußen sein können?«

»Was weiß ich, andere Fischer oder ein Bäckergeselle, oder wenn jemand gerade eine Hafenkneipe verlassen hat ...«

»Aber haben Sie jemanden gesehen? Oder gehört?«

»Ja.«

»Ja?«

»Ja, aber das tut nichts zur Sache, denke ich.«

»*Šjor* Nisiteo, überlassen Sie es mir, das zu entscheiden.«

»Das ist es ja. Wenn ich es Ihnen überlasse, dann werden Sie womöglich unschuldige Menschen verdächtigen.«

»Wenn Sie nicht kooperieren wollen ...«

»Ich habe ja nicht gesagt, dass ich Ihnen nicht helfen will. Ich mache mir nur Sorgen, dass Sie die Dinge falsch verstehen könnten.«

»Halten Sie mich für blöd?«

»Nein, nein, aber die Polizei ...«

»Versuchen Sie zu vergessen, dass ich zur Polizei

gehöre. Wir unterhalten uns wie ... wie zwei Nachbarn. Was würden Sie ihrem Nachbarn von dieser Nacht erzählen?«

»Als wir die Šperun hinabgegangen sind, haben wir in der Ferne mitten auf der Riva eine Gestalt gesehen. Sie wirkte, mit Verlaub, besoffen. Es war aber sehr dunkel. Außerdem haben wir Stimmen gehört. Männer, die sich leise unterhielten. Sie waren unterwegs zu den Prokurativen.«

»Und dann sind Sie zu dem Boot gekommen, und da lag der Tote auf Ihren Fischernetzen?«

»Genauso war es, *šjor* Bulat.«

»Und dann haben Sie den Toten auf Ihren Schubkarren geladen und ihn uns direkt zur Polizeistation gebracht?«

»Nun ja, nicht direkt.«

»Nicht direkt, *šjor* Nisiteo?«

»Ich konnte ja meine Tochter nicht allein lassen!«

»Aber was haben Sie dann getan?«

»Wir sind zuerst wieder nach Hause gegangen. Damit Dora in Sicherheit ist. Ich konnte sie ja nicht im Hafen allein lassen.«

»Wie soll ich das verstehen: Sie sind mit dem Toten in ihrem Schubkarren zuerst zu sich nach Hause gegangen?«

»Es ist ja ganz nah. Wir haben uns beeilt. Dora hat kein Wort gesagt, sie hat nur den Toten im Schubkarren angeschaut. Dabei habe ich immer wieder gesagt, mein Kind, schau woanders hin!«

Aus der Sicht des Fischers war sein Verhalten logisch. Hätte er die Leiche auf den Netzen liegen gelassen und seine Tochter zunächst nach Hause begleitet, dann hätte der Mörder sie womöglich verschwinden lassen. Oder jemand hätte gesehen, wie Dora und er sich entfernten, und sie des Mordes beschuldigt. Also hatte der Fischer die Leiche mitgenommen, um sie der Polizei zu übergeben und damit seine Unschuld zu unterstreichen. Und er wusste, dass der Tote nicht lebendig werden würde, wenn er seine Tochter nicht nach Hause begleitete. Mario Bulat konnte ihn verstehen. Er stellte sich vor, wie der Fischer die Schubkarre mit dem toten Mann vor sich herschob, während seine Tochter neben ihm herlief und den Toten anstarrte. Er stellte sich die weite, menschenleere Uferpromenade vor. Die Stadt schlief, während sich die Salzkristalle unbemerkt auf sie legten. Und durch dieses Bild bewegten sich Vater und Tochter mit ihrer grauenvollen Last.

11.

Der Tag war lang gewesen. Begonnen hatte er mit der grässlichen Bescherung im Hafen, und es gab niemanden mehr in Split, der über den Mord nicht spekulierte. Zu Ende ging er mit einem farbenreichen Himmel: Der Hintergrund war leuchtend rot, an den Rändern ging er ins Gelb über, und darauf hatte Gott persönlich mit großzügigen Bewegungen gräuliche, bläuliche, violette und grüne Wolken verteilt, die schnell zerfielen. Bald würde alles nur noch rot, blau und dann schwarz sein.

Rosso di sera bel tempo si spera – Das Rot am Abend verspricht gutes Wetter. Das wusste man auch im Palazzo Torchio, wo das Essen schon abgetragen wurde und alle müde in den Sesseln hingen und durch die weit geöffneten Terrassentüren in den korallenfarbenen Himmel schauten. Die Torchios nutzten ihre nach Süden gelegene Terrasse auf der ersten Etage nur außerhalb der Sommermonate, während sie sonst grundsätzlich im Haus blieben. Angelo, Domenico und Mauro rauchten, aber niemand beschwerte sich, und niemand schickte sie in den Salon. Heute Abend erwartete man keinen Besuch.

Dass es morgen schön sein würde, konnte man auch ohne die Abendröte vorhersehen: In Split war es Anfang Juli immer schön. Die Stadt hatte sich in einer von Geologie und Klima gesegneten Bucht eingenistet, am Fuße hoher und nur von Macchia und kleinen immergrünen Bäumen bewachsenen Berge, die Winde und Wolken fernhielten. Der Stadt waren die Inseln Brač und Šolta wie zwei riesige Wellenbrecher vorgelagert, und zwischen den Küsten glitzerte das Meer, als wäre es mit Edelsteinen besetzt. Doch bald würden die Umrisse der Inseln mit dem dunklen Himmel verschmelzen.

Die Mutter von Darko Barić lag zusammengerollt auf der Ottomane in der Küche und hörte in ihren Schläfen das Wallen des Bluts. Sie konnte nicht mehr weinen, sie konnte den Namen ihres Sohnes nicht mehr rufen, sie konnte nicht mehr denken, sie konnte keinen *orahovica* mehr trinken. Und vor allem konnte sie die Nachbarinnen, die sich den ganzen Tag die Türklinke in die Hand gegeben hatten, nicht mehr ertragen. Sie wusste nur nicht, wie sie es ihnen sagen sollte. Sie konnte ihnen nur den Rücken zukehren und schweigen.

Frederick Achnitz und Agnes Straub saßen am Bačvice-Strand nebeneinander und sahen den letzten Badenden zu. Aus der Ferne betrachtet wirkten sie wie ein Liebespaar, doch hätte man sich die Szene aus der Nähe angeschaut, dann hätte man gesehen, dass die Dame, eine Blondine mit kantigem Gesicht und großen Augen, nicht mehr so jung war und dass ihr

Begleiter respektvoll Distanz hielt, während er ihr zuhörte.

Mit ihrer rechten Hand zeichnete die Schauspielerin Bilder in den Sand, die sie sofort wieder verwischte, damit sie von vorne anfangen konnte. Ja, eine gute Rolle habe man ihr gegeben, *Weiße Sklaven* sei ein widerlicher Film, was sollte man auch erwarten, wenn Goebbels persönlich am Drehbuch mitmischt. *Die Korallenprinzessin* sei nicht viel besser, nur halt weniger politisch, sie würde gerne auch in diesem Film eine Rolle bekommen. Es gefalle ihr hier in Split, aber sie befürchte, dass sie beim Minister nicht hoch im Kurs stehe, und die Regisseure seien auch nur Menschen, oder eher Feiglinge. Nein, von Leo habe sie nichts mehr gehört, er sei vermutlich in Salzburg und versuche dort, Max Reinhardt davon zu überzeugen, dass er nicht etwa ein erfahrener jüdischer Akteur aus Berlin sei, sondern ein Tiroler Bauer, der sich die Zeit mit amateurhafter Schauspielerei vertreibe. Dass er Reinhardt dazu bringen könne, ihm, einem unbekannten Tiroler, eine Rolle zu geben, daran zweifelte sie, außerdem sei Max selbst in Gefahr. Nein, sie glaube nicht, dass ihm seine Verdienste um das österreichische Theater etwas nutzen würden, wenn die Nazis auch in Österreich die Macht an sich rissen. Sie hoffe, dass es nie dazu kommen werde, Österreich erscheine ihr noch sicher. Und ja, sie sei traurig und glaube nicht, dass sie Leo je wiedersehen werde. Nein, Frederick könne ihr nicht helfen, und ja, es wäre besser, sie würden sich ab jetzt nicht mehr treffen, es könne für beide gefährlich werden.

In der Villa der Familie Zavoreo wurde vor dem Abendessen beschlossen, dass Jana nach den Kindern schauen solle, die draußen spielten, man konnte ihre Stimmen in der Ferne vernehmen. Sie solle die Kinder, so wollte es Frau Zavoreo, nicht allzu abrupt aus ihrem Spiel reißen, sondern zunächst nur hingehen und durch ihre bloße Anwesenheit ankündigen, dass es bald Zeit war, nach Hause zu kommen.

Frau Zavoreo hatte bei einem ihrer Kuraufenthalte in Italien Maria Montessori kennengelernt und war seither eine Anhängerin ihrer Lehren. Sie konnte nicht wissen, dass die italienische Ärztin gerade im Begriff war, sich auf das Exil vorzubereiten, weil ihre Schulen in Italien, Österreich und Deutschland schließen mussten. In Split kamen solche Nachrichten verzögert an, da die lokalen Journalisten nicht alles für wichtig hielten, worüber man im Ausland diskutierte. Frau Zavoreo hätte einer solchen Nachricht nicht einmal geglaubt. Damals in San Pellegrino hatte die Pädagogin der Gattin des kroatischen Ingenieurs erklärt, wie geschickt sie vorgegangen war, um Benito Mussolini von den Vorzügen ihres revolutionären Konzepts der Kindererziehung zu überzeugen. Seither verteidigte Frau Zavoreo den italienischen Duce in allen Gesprächen: Er könne doch so schlecht nicht sein, wenn er ein derart offenes Herz für Kinder habe.

Jana war angehalten, den Zwillingen höchstmögliche Autonomie in ihren Entscheidungen zu gewähren, was diese schamlos auszunutzen wussten. Jetzt wartete sie unter der Straßenlaterne am unteren Ende der abschüssigen Straße, dass die Kinder, die mit Gleichaltrigen herumtollten, sie bemerkten. Sie hatte Angst. Auf dem Boden ihres Zimmers hatte sie einen Zettel gefunden, der wahrscheinlich durch das Fenster geworfen worden war. Auf dem Zettel stand in dicht gekritzelten Zeilen: *Der Inhalt deiner beiden Körbe ist gut angekommen. Die Körbe kannst du bei mir abholen. Unser deutscher Freund muss eiligst von hier verschwinden. Die Polizei verdächtigt ihn des Mordes im Hafen. Pech ist, dass auch einige von seinen Deutschen ihm gegenüber misstrauisch geworden sind. Ich habe ihm darüber Bescheid gegeben. Halte dich fern von ihm.*

TEIL 2

1.

Das Feuilleton in der *Novo Doba* vom 8. Juli 1936 bestand aus einem einzigen Artikel:

Da die ausländischen Moden nicht immer unseren Vorstellungen von Anstand entsprechen, hat der Leiter der Sittenpolizei der Stadt Split, Herr Karlo Cambi, aus Berlin ein Versprechen übermittelt bekommen, dass es sich bei dem Lichtspiel Die Korallenprinzessin, *das ab Herbst an unserer Küste gedreht werden soll, um eine einwandfreie Produktion handele.*

Der bedauernswerte Vorfall, der sich während der Dreharbeiten zu dem Lichtspiel Weiße Sklaven. Panzerkreuzer Sewastopol *ereignet hat (diese Zeitung berichtete darüber), wird sich auf keinen Fall wiederholen. Bei allen deutschen Filmen, die aktuell in Split aufgenommen werden, handelt es sich um unterhaltsame und lehrreiche Stoffe:* 90 Minuten Aufenthalt *von Harry Piel ist eine Kriminalgeschichte, bei der Wahrheit und Gerechtigkeit obsiegen,* Weiße Sklaven *ist die Verfilmung eines Tatsachenberichts über die schlimmen Ereignisse in Sewastopol, bei denen der revolutionäre Pöbel anständige Menschen um ih-*

ren Besitz und um ihr Leben bringt, und in der Korallenprinzessin *geht es um die Arbeitsbedingungen unserer Korallentaucher. Dieser Film orientiert sich an dem Roman eines Mitbürgers aus Zadar, der derzeit in Berlin lebt. Es handelt sich um Stevo Kluić.*

In der heutigen Zeit kann unser Königreich Patrioten, die in Berlin einen guten Ruf genießen, gut gebrauchen. Kluićs internationale Kontakte sind bemerkenswert. Als Kenner der deutschen Verhältnisse hat er vor Kurzem das Buch Wege der deutschen nationalen Wiedergeburt *veröffentlicht. Gerüchte, die Stevo Kluić als deutschen Spion verunglimpfen, beruhen auf einer Schmähschrift, die vor einem Jahr in Paris veröffentlicht wurde:* Das braune Netz. *Die Tatsache, dass hinter dem Verlagshaus* Editions du Carrefours, *in dem diese paranoide Analyse der angeblichen Aktivitäten deutscher Spione in einem weltumspannenden »braunen Netz« veröffentlicht wurde, ein gewisser Willi Münzenberg steht, deutscher Kommunist und Unruhestifter, spricht Bände.*

Durch derartig subversive Gerüchte, die angebliche Kriegsvorbereitungen der Regierung von Kanzler Hitler heraufbeschwören – während sich das Deutsche Reich darauf vorbereitet, bei den Olympischen Spielen die ganze Welt als herzlicher Gastgeber willkommen zu heißen –, wird der Frieden in Europa ernsthaft gefährdet. Wir vermuten, dass daran der Auftraggeber Münzenbergs, der »Genosse« Stalin, Interesse haben könnte.

Eine schriftliche Garantie für ein einwandfreies

Drehbuch nach der Romanvorlage von Stevo Kluić ist bereits vor dem Eintreffen der Filmgesellschaft vom Berliner Filmministerium an die Adresse des Spliter Bürgermeisters gesandt worden. Darin heißt es, dass der schwedisch-deutsche Autor Harald G. Petersson das Drehbuch verfasst habe und dass es befremdlich wäre, wenn die jugoslawischen Behörden in der Geschichte über die dalmatinischen Korallentaucher und über die Liebe zweier junger Paare etwas Verwerfliches erkennen würden. Außerdem wird als Zugabe zur Korallenprinzessin *der Kulturfilm* Lied der Adria *gedreht, in dem unsere Küste und die Menschen, die an der Adria leben, vorteilhaft dargestellt werden. Der Münchener Filmemacher Hanns Beck-Gaden, der auf Heimatfilme vor alpiner Landschaft spezialisiert ist, wird sich unserer Heimat am Meer als einer Herausforderung besonderer Art stellen.*

Antonio Petrinelli setzte sich mit der Zeitung an das Tischchen in der Küche. Er musste nachdenken, und das war ein guter Ort dafür, denn später in der Apotheke würde er dafür keine Sekunde mehr Zeit haben. Wenn gerade keine Kunden da waren, die ihm alles über ihre Nierensteine, ihren Mundgeruch oder ihre Herzprobleme erzählten, hieß es Tinkturen herstellen, Salben einmischen und die Buchführung ordnen. Er musste nun alles alleine schaffen. Früher hatte seine Mutter im Hinterzimmer gesessen, Rechnungen abgeheftet und die Ein- und Ausgaben mit einem Kopierstift in das Bilanzbuch eingetragen, wobei sie dabei immer wieder die Spitze des Stifts ableckte, dass sich ihre Zunge violett färbte.

Gestern hatte er den ganzen Tag im Bett gelegen, wie Pjero es ihm geraten hatte. Am Abend hatte er sich einen Reisbrei mit viel Salz und Olivenöl gekocht und war wieder eingeschlafen. Er träumte von Körperflüssigkeiten: Sekrete, Verdauungssäfte, Lymphe, Urin, Blut, Eiter, Schweiß, Sperma. In einem Sturzbach aus Blut schwammen Fischeier, die besonders eklig waren, und es wurde ihm wieder übel. Erst nachdem er eine Tasse Kamillentee getrunken hatte, ging es ihm besser.

Die Zeitung hatte er unten an der Uferpromenade gekauft und schon dort durchgeblättert, bevor er in seinem Stammcafé den ersten Mokka trank. Er brauchte sich gar nicht zu fragen, ob jemandem aufgefallen war, dass die Apotheke ohne jede Erklärung geschlossen blieb – seit heute früh wusste er es. Denn der Zeitungsbursche stotterte regelrecht, als er ihm die Zeitung in die Hand gedrückt hatte: »Sie waren gestern den ganzen Tag fort, *šjor* Petrinelli. Passen Sie bloß auf, dass die Polizei Sie nicht verdächtigt! Wissen Sie, alle drehen durch, weil Darko Barić ermordet worden ist.«

In der Küche versuchte er, den Wirrwarr in seinem Kopf zu bändigen. Wie immer, wenn er nachdachte, begann er, Tabellen in sein Notizheft zu zeichnen. In der ersten Tabelle listete er Uhrzeiten und die dazugehörigen Fakten auf, in der zweiten die Namen der Personen und kurze Beschreibungen.

Am 6. Juli war er um 19 Uhr bei den Torchios angekommen, um 19 Uhr 10 hatte er den ersten Aperitif zu sich genommen. Er hatte die Kristallkaraffe bewundert, aus der die bernsteinfarbene Flüssigkeit in sein Glas gegossen wurde. Der Hausdiener hielt dabei die linke Hand hinter dem Rücken. Die Flügeltüren waren geöffnet, die Kerzen flackerten in den Leuchtern, und um 19 Uhr 30 wurden alle Flammen gelöscht, und die elektrische Beleuchtung wurde entzündet, damit um 19 Uhr 40 gegessen werden konnte.

Es wurde erstklassig gespeist. Luftgetrockneter Schinken, mindestens zwei Jahre alt, Schafskäse von der Insel Pag, wo die Familie Torchio einige Häuser und Weinberge besaß, schwarze Oliven, in Essig eingelegte rote Zwiebeln und weißes Brot, danach Kutteln – »ein Urgericht des einfachen Volkes«, wie Herr Torchio erklärt hatte, während er sich eine Stoffserviette um den Hals band, »das in unseren Kreisen nicht verschmäht werden sollte«. Das war mit großer Zustimmung aufgenommen worden. Allerdings wurde stattdessen für die Damen Kalbfleisch mit einer Soße aus Weißwein und Salbei serviert.

Er hatte zwischen *šjor* Pervan und *šjor* Tanfara gesessen, zwei Reedern, die sich über die Erweiterung der Insellinien und die deutsche Kriegsmarine unterhielten, als wäre er gar nicht da. Giannini, der dritte Reeder, der nur mit dem italienischen *signor* angesprochen werden wollte, was Antonio Petrinelli albern fand, tuschelte auf der gegenüberliegenden Tischseite mit einem der Söhne der Torchios, die man kaum auseinanderhalten konnte. Sie waren beide von einem besonderen Gast dieses Abends begeistert: Stevo Kluić, dem zu Ehren das Essen gegeben wurde.

Antonio Petrinelli war oft als Gast bei den Torchios, und es störte ihn nicht, dass er nie im Mittelpunkt der Einladungen stand, sondern immer andere. Häufig waren es Persönlichkeiten aus dem Spliter Kultur- und Wirtschaftsleben, nicht selten lokale Politiker, und ab und zu waren es Reisende, falls es sich um interessante Menschen handelte, die hier in der Stadt zu tun hatten.

An jenem Abend hatte Kluić über Rassenhygiene doziert, aber Petrinelli hatte nicht zugehört. Als Apotheker hatte er in seinem Berufsalltag genug mit Hygiene zu tun. Er wollte bei einem schmackhaften Abendessen nicht über Rassen und noch weniger über Hygiene nachdenken, schon gar nicht, wenn es Kutteln gab. Die Kutteln waren aus Rinder- und Kalbsmägen zubereitet, und er konnte sich nicht vorstellen, dass Marta sie nicht gründlich von unverdauten Essensresten befreit hatte. Das Waschen von Kutteln war in jedem mediterranen Haushalt, in dem die Tradition hochgehalten wurde, ein ernsthaftes Anliegen.

Jetzt bedauerte er, nicht aufmerksamer gewesen zu sein. Was war nochmal die zentrale These von diesem Kluić gewesen? Rasse war zu einem Modewort geworden – erst neulich hatten ihn zwei Kunden in seiner Apotheke zu überzeugen versucht, dass die Kroaten zu einer höheren Rasse gehörten als andere Völker, die in Jugoslawien lebten, dass sie aber nichts gegen

Italiener hätten. Und sie behaupteten, die Kroaten seien Arier wie die Deutschen. Mussolini dagegen – das hatte Antonio Petrinelli ihnen aber verschwiegen – pflegte zu sagen, die Italiener seien Arier vom mediterranen Typus. Mit der Polizei wollte er darüber natürlich nicht sprechen. Und auch nicht über Stevo Kluić, der ihm nicht sympathisch gewesen war, denn er wollte nicht über die Gäste der Familie Torchio urteilen. Er hatte außerdem das Gefühl, dass niemand außer den jungen Torchios diesem Angeber zugehört hatte.

Maestro Tijardović hatte nach dem Essen eine seiner neuesten Kompositionen vorgetragen. Danach baten Frau Torchio, ihre Tochter und ihre Schwägerin ihn, sie zu seinem Lied *Fern ist mir die Perle des Meeres, fern ist meine Stadt Split* auf dem Klavier zu begleiten. Um 23 Uhr zogen sich die Damen zurück – Antonio Petrinelli erinnerte sich, dass die Blicke, die Darko Barić und Lucrezia Torchio miteinander gewechselt hatten, verträumt wirkten –, und man begab sich in den zweiten Salonraum, um Karten zu spielen.

Alle Gäste waren zwischen 19 Uhr und 19 Uhr 30 eingetroffen. Auch die Verabschiedung dauerte ungefähr eine halbe Stunde lang: zwischen 2 Uhr 45 und 3 Uhr 15. Antonio Petrinelli hatte zu den Letzten gehört, er hatte sich immer wieder zu noch einem Glas Wein überreden lassen.

Sie hatten *trešeta* gespielt, und Darko Barić hatte sich über ihn geärgert, da er, Antonio, nicht bei der Sache gewesen war und einmal sogar *busso* gerufen hatte, obwohl er mit keinem einzigen Trumpf bedienen konnte. Seine Erinnerung verflüchtigte sich wieder, alles bewegte sich in seinem Kopf. Er konnte nicht sagen, ob er Darko Barić irgendwo unterwegs gesehen hatte. Oder jemand anderen? Einige verschwommene Bilder, die er nicht zuordnen konnte, schwirrten vor seinem inneren Auge. Er wusste auch nicht mehr, wie lange er durch die Gassen gelaufen war, bis er zum Hafen kam, wo er den Riesenfisch entdeckt hatte, von dem er jetzt wusste, dass es sich um seinen Partner beim Kartenspiel gehandelt haben musste.

Er konnte ja nichts dafür, dass er Dinge sah, die er nicht sah.

Oder dass er nicht sah, was er sah.

Ihm war übel geworden, deshalb war er nach Hause gegangen und hatte sich um 4 Uhr 30 ins Bett gelegt. Kurz vor fünf Uhr hatte er seinen Nachbarn, Hausarzt und Freund Pjero gerufen, der sofort zu ihm gekommen war: *Aegroti salus suprema lex!* Pjero – aber darüber wollte er nichts in seine Tabelle eintragen –, Pjero war gar nicht besonders um ihn besorgt gewesen. Er hatte ihm nur etwas von Kastrationsangst erzählt, das war typisch, und verschwand dann, weil ein Bote der Polizei kam, um ihn abzuholen.

Den 7. Juli hatte Antonio Petrinelli im Bett verbracht, und am nächsten Morgen war er früh aufgewacht.

Ja, das war heute, am 8. Juli, gewesen, und jetzt, um 8 Uhr 20, würde er zur Polizei gehen, um seine Geschichte zu erzählen.

2.

Die Morgenluft hatte ihre ursprüngliche Frische verloren und fühlte sich nun klebrig auf der Haut an. Nur der Blick auf die Bajamonti-Fontäne, die von Palmen umgeben einer Oase glich, täuschte ein wenig Abkühlung vor. Mario Bulat hörte dem Plätschern des Springbrunnens vor der Terrasse des Hotels *Bellevue* zu, während er den Plan für die heutigen Ermittlungen auf einer Serviette notierte. Aus allen Öffnungen der üppigen Skulptur – aus den Schlünden der mythologischen Wesen, aus den Hörnern, in die andere mythologische Wesen bliesen, und aus den Mäulern der Pferde, auf denen all diese Wesen ritten – floss Wasser oder spritzte in die Höhe.

Miro Matić brachte ihm noch einen Kaffee und fragte, ob er ihm jetzt von den Neuigkeiten aus der Zeitung berichten dürfe? Er würde gerne seine Meinung über die Lage der Dinge hören. Die Welt ticke nicht mehr richtig, auch die Engländer seien inzwischen verrückt geworden. Er habe in der Rubrik *Aus aller Welt* von den Begebenheiten um die Mitford-Schwestern gelesen, ob der Kommissar davon schon gehört habe? Es handle sich um die sechs Töchter eines englischen Lords, allesamt gutaussehend, zwei von ihnen Faschistinnen und Freundinnen von Adolf Hitler, eine Kommunistin, und eine weitere Schriftstellerin. Was es mit den beiden letzten verwöhnten Gören auf sich hatte, konnte der Kellner nicht mehr erzählen, da der Kommissar jemandem zuwinkte. Es war Ivo Tijardović.

Wie jedermann in der Stadt war auch *šjor* Matić ein Verehrer des Musikers. Er gab ihm respektvoll die Hand, rückte ihm den Stuhl zurecht, vergewisserte sich, dass er wirklich nichts wünschte, und erlaubte sich, eine Frage zu stellen.

»Sagen Sie, Maestro, Sie kennen sich doch damit aus: Reisen auch unsere Künstler in fremde Länder, so wie es diese Deutschen tun, und drehen Filme oder schreiben Bücher über diese Länder, in denen sie alles durcheinanderbringen, ohne sich um Wahrheit und Wirklichkeit zu kümmern?«

Ivo Tijardović neigte den Kopf zur Seite, um das Gesicht des Kellners besser sehen zu können, und sagte, nein, so etwas erlaube sich ein Künstler aus einem kleinen Land selten. Er selber schreibe nur über Themen, die ihn hier beträfen, selbst wenn er – wie in seiner Operette *Kleine Floramye* – die Handlung in einem fernen Land ansiedle, seien die Hauptprotagonisten die eigenen Landsleute. Und Filme drehen könne ein Künstler aus Jugoslawien sowieso nicht, zu Hause nicht und noch weniger im Ausland. Es gebe zwar Enthusiasten, die gerne einen Spielfilm drehen würden, dafür allerdings sei die heimische Volkswirtschaft nicht stark genug. Es gebe eine Verbindung zwischen

Wirtschaft und Kunst, über die er jetzt zu sprechen keine Zeit habe, aber nicht von ungefähr kämen die besten Filme aus Amerika. England und Frankreich trabten hinterher. Die Japaner versuchten ebenfalls, ins Filmgeschäft einzusteigen, bei den Sowjets und bei den Nationalsozialisten ersetze der Staat die Wirtschaft, aber dazu sei der jugoslawische Staat nicht in der Lage. Unsere Künstler seien froh, wenn sie überhaupt etwas zustande brächten. In Split sei bekannt, wie viele Schwierigkeiten er persönlich habe, seine eigenen Stücke am Theater unterzubringen. Und die ausländischen Künstler interessierten sich nicht für das, was die lokalen Künstler hier dächten und täten. Wenn man bei ihm etwa eine Komposition für einen Film bestelle, dann solle diese den Vorstellungen der Auftraggeber entsprechen und nicht Ausdruck seiner Ideen sein. So sei es nun mal, die Ausländer seien es schließlich, die bezahlten.

Jetzt wollte der Kommissar endlich ebenfalls eine Frage stellen, aber der Musiker kam ihm zuvor. Er zupfte an seinem rechten Hosenbein, streckte das Bein aus und erklärte, dass er ein Teil jener Abendgesellschaft gewesen sei, die Darko Barić vermutlich zuletzt lebend gesehen habe.

»Ich habe gestern von dem Mord erfahren.« Der Maestro hatte eine angenehme Stimme und eine direkte Art. »Leider habe ich bisher keine Zeit gefunden, Sie aufzusuchen, ich wollte das heute nachholen. Können Sie eventuell in drei Stunden ins Theater kommen? Jetzt muss ich zu einer Verabredung in der Kathedrale.«

»Darf ich Sie ein Stückchen begleiten? Ich muss auch in diese Richtung.« Der Kommissar sprach nicht weniger ernst als sein Gegenüber.

Unterwegs beschrieb Tijardović die Atmosphäre, die beim Abendessen bei den Torchios geherrscht hatte: warmherzig, aber leicht angespannt. Darko Barić habe nur Augen für Lucrezia Torchio gehabt, und das habe vielleicht nicht allen Mitgliedern der Familie gefallen. Jedenfalls war *signor* Torchio am Ende ziemlich betrunken gewesen. Leider habe ein gewisser Stevo Kluić Ehrengast des Abends gegolten. Mit ihm habe er sich nicht unterhalten, weil dieser von Rassenhygiene geschwärmt habe, und es sei ihm unmöglich, an solch einem Gespräch teilzunehmen, ohne unhöflich zu werden.

Auf dem Peristyl angekommen, blieben die beiden Männer stehen. »Ich habe ein angenehmes Abendessen erwartet, doch ich fühlte mich fehl am Platz. In etwa so, wie sich diese Skulptur hier zwischen den alten Säulen und der Sphinx fühlen muss.« Er deutete auf die riesige Bronzestatue des Bischofs von Nin.

»Nur noch eine kurze Frage, *šjor* Tijardović«, sagte Mario Bulat. »Das einstige Mausoleum des Kaisers, das unsere Kathedrale beherbergt, ist ein oktogonaler Bau – die Zahl acht hat doch bestimmt eine symbolische Bedeutung?«

»Das Oktogon steht für die Vollkommenheit des achtstrahligen Sterns. Er ist perfekt wie eine Oktave.«

Zur Polizeistation führte der Weg durch die Gassen, in denen zu dieser Stunde der süß-saure Duft von *šalša* alle anderen Gerüche verdrängte. Es war ein einfaches Gericht, das er mehr als jedes andere Essen liebte. Eine Mischung aus Hunger und Traurigkeit überkam ihn, da er sich plötzlich daran erinnerte, wie ihm seine Frau einmal gesagt hatte, das Geheimnis der guten *šalša* liege in der Zeit. Reife, süße Tomaten wurden drei, vier oder sogar fünf Stunden lang auf kleiner Flamme mit Olivenöl und Zwiebeln gedünstet, während des Kochens mit Knoblauch und Kräutern gewürzt und mit etwas *prošek*, einem süßen Wein, der aus Rosinen hergestellt wird, abgeschmeckt. Die *šalša* war demokratisch und sozial, alle liebten sie, egal ob sie zu Lammfleisch, zu Fisch, zu Nudeln, zu Reis oder bloß zu Blumenkohl gereicht wurde. Oder zu geschmortem Rindfleisch und Stampfkartoffeln, wie ihm Marta, die Haushälterin der Torchios, gestern widerwillig geantwortet hatte, als er sie fragte, zu welchen Speisen die *šalša*, die ihren Duft bis auf die Straße vor dem Palazzo Torchio verströmte, bei ihnen gegessen würde. Noch widerwilliger hatte sie ihre Messersammlung vor ihm durchsucht, um am Ende zuzugeben, dass vielleicht ein Messer fehle, vielleicht auch nicht. Mit einer Geste, die alle bösen Geister, unzulässigen Verdächtigungen und falschen Gedanken vertreiben sollte, verwies sie ihn auf das ständigen Kommen und Gehen in ihrer Küche.

Mario Bulat ging schneller, um der Altstadt mit ihrem Duft nach vor sich hin köchelnden Tomaten zu entkommen. Das Elend hatte hier mit erfinderischer Hand schräge Mauern auf die geradlinigen römischen Fundamente gesetzt, überhängende Zimmer zwischen klassische Bögen plaziert, Abwasserrohre in die kaiserlichen Gemächer gelegt. Die Armut schlich von einem Hinterhof zum anderen wie eine räudige Katze, oder sie dribbelte mit nackten Füßen kleine, harte Bälle, die die Kinder aus zusammengepressten Stofffetzen bastelten. Seit Maestro Tijardović dem Fußballklub *Hajduk* eine Operette gewidmet hatte, waren ihre Großmütter etwas großzügiger mit den Lumpen, auch wenn sie sich gewünscht hätten, dass die Engländer, die den Fußball erfunden hatten, der Teufel holte.

Der Diokletianpalast war ein Organismus, ein sich selbst immer wieder aufbauendes und zersetzendes *perpetuum mobile*, ein Wunder aus Stein, das in jeder Generation neu erfunden wurde. Die Häuschen, die zwischen die Renaissancepaläste gebaut worden waren, ähnelten Räuberhöhlen, die Paläste ihrerseits drängten sich zwischen die antiken Säulen. In diesen einstigen Prachtbauten wohnten nun Witwen verarmter Adelsgeschlechter, die unermüdlich darüber streiten konnten, welche den besseren *bakalar bianco* zubereite. Man kochte ihn zum Heiligen Abend nach alter Tradition aus eingeweichten Stockfischen, die sie mit ihren von Gicht geplagten Fingern zerlegten. Der Duft von *šalša*, die Dächer aus zusammegeklaubten Ziegeln und die in den Fenstern zwischen trocknenden Windeln gezüchteten Basilikumpflanzen feierten das Leben, das wie die Kapernpflanzen gedieh, die aus den Ritzen der alten Mauern sprossen.

Er liebte die *šalša* vielleicht noch mehr als das Gulasch bei Bartul. So wie ihm diese Gassen lieber waren als das Perystil, erst recht seit der Platz des heidnischen römischen Kaisers mit der Skulptur des Bischofs Gregor von Nin verunstaltet war. Die Skulptur war dem Sieg der Slawen über Rom gewidmet. Der Bischof hatte im 10. Jahrhundert durchgesetzt, dass die Kroaten ihre katholischen Gottesdienste in kroatischer statt in lateinischer Sprache abhalten durften.

Dafür, dass jemand frohlockte, weil er nicht Latein sprechen musste, hatte Doktor Radman nur Verachtung übrig: *Ignoramus et ignoramibus*. Irena glaubte, in der Skulptur den erwachten jugoslawischen Nationalismus zu erkennen, so hatte sie es beim Kaffee im *Bellevue* einmal ausgedrückt: »Jetzt antworten wir auf Mussolinis Mythen von der *Italianità* mit jugoslawischen Heldenmythen.« Mario Bulat wollte fragen, wer mit »wir« gemeint sei, aber der Kellner Matić war schneller gewesen: »Heldenmythen sind gepantschter Wein. Viel Zucker, viel Alkohol. Gepantschter Wein hat die Farbe von Blut, man bekommt Kopfschmerzen davon.«

Am Eingang der Polizeistation begrüßte ihn der wachhabende Polizist mit den Worten: »Der Apotheker Petrinelli wartet vor Ihrem Zimmer auf Sie.«

3.

Nachdem der Apotheker sein Büro verlassen hatte, zeichnete der Kommissar einen achtzackigen Stern, verband die Außenspitzen zu einem Oktogon und sagte zum Wachtmeister: »Ich sehe insgesamt acht Themenbereiche. Ein Oktogon ist eine perfekte, eine heilige Form. Ein sakraler Grundriss. Schauen Sie, wie die Zahl acht aussieht: Umgelegt, ist sie das Zeichen für Ewigkeit. Das nur nebenbei bemerkt. Die Acht ist vollkommen, wie eine Oktave.«

Stjepan behielt seine Gedanken über diesen Vortrag für sich, zuckte nur mit den Schultern und begann zu tippen. Er liebte seine Olivetti M1, die wie ein Maschinengewehr ratterte, wenn er auf ihre Tasten schlug. Er rühmte sich, der einzige Wachtmeister im ganzen Königreich zu sein, der das Zehnfingersystem beherrschte.

Mario Bulat sprach langsam und deutlich, wobei er nur ab und zu in seinem Notizblock blätterte:

1) Petrinelli. Ab ca. 3 Uhr betrunken. Den Toten im Hafen gesehen, aber für einen Fisch gehalten. Kein Motiv erkennbar, außer Beleidigungen beim

Kartenspiel. (»Wenn Sie mich fragen, *šjor* Bulat, dann finde ich die Sache mit dem Fisch lächerlich«, sagte der Wachtmeister.)

2) Torchio. Ein Messer aus ihrer Küche fehlt vermutlich. Lucrezia war die Verlobte des Opfers. (An dieser Stelle hörte Stjepan auf, in die Tasten zu schlagen, und sagte: »Genau, das hat mir Karmela Babić erzählt.«) Die beiden Söhne sind Sympathisanten der italienischen Faschisten und eventuell gegen die Verlobung, da der Ermordete kein Italiener, sondern Kroate war. Der Sohn der Haushälterin möglicherweise an ihrer Seite, obwohl selbst Kroate. Oder gerade deshalb gegen sie?

3) Die Freimaurer. Darko Barić wollte Freimaurer werden. Dinko Despot behauptet, dass der Notar Karaman und der Ingenieur Zavoreo zu einer obskuren Loge gehören. Die Freimaurer streben laut Despot die Weltherrschaft an. (»Na ja, ausgerechnet aus Split die Welt zu regieren!«, sagte Stjepan.) Karaman war beim Abendessen dabei; Zavoreo hat Barić mit seiner Kutsche zu den Torchios gebracht, ging aber nicht zum Essen, angeblich wg. wichtiger Geschäfte. Salvatore Torchio ist vermutlich auch Freimaurer. Gehört Maestro Tijardović auch zu dem Geheimbund?

4) Die Reeder Pervan, Tanfara und Giannini. Unzufrieden, weil Darko ein Aufsteiger in ihrem

Geschäftsbereich war. Fischerei mit Italienern? Geschäfte mit Flüchtlingen? Giannini eng mit der italienischen faschistischen Partei verbunden, Pervan eher mit den kroatischen Nationalisten.

5) Die deutschen »filmani«. Spionage? Stevo Kluić, ein Befürworter der deutschen Rassentheorien: Hat er den Roman »Die Korallenprinzessin« geschrieben, die Vorlage für das Drehbuch von Harald G. Petersson, um den Deutschen einen Vorwand zu liefern, in den Häfen und auf den Inseln herumzuschnüffeln? Ist ihnen Barić in die Quere gekommen?

6) Noch einmal die »filmani«, aber politisch von der anderen Seite: Frederick Achnitz. Wollte ein Schiff von Darko Barić mieten. Despot behauptet, Achnitz sei Kommunist. Bestand die Gefahr, dass Barić ihn an die Gestapo verrät? In jeder dieser Filmgesellschaften gibt es mindestens einen von der Geheimen Staatspolizei. Jana Pilić: Hat sie Darko Barić durch ihre Freundin Dora Nisiteo oder durch Achnitz kennengelernt?

7) Fischer Fran Nisiteo und seine Tochter Dora. Flüchtlingshilfe? Irgendein Auftrag, den der Fischer draußen auf dem Meer für Darko Barić erledigen sollte?

8) Auseinandersetzung zwischen Schlepperbanden, zu denen Darko Barić eventuell gehörte? Wofür es aber keine Beweise gibt.

»Wie sind Sie auf Ihre perfekte Zahl, auf genau acht Verdachtsmomente gekommen?« Stjepan zeigte aufrichtige Bewunderung für seinen Vorgesetzten.

»Nun ja, ich habe die Zählung angepasst«, sagte der Kommissar.

In einer der Wohnungen im Diokletianpalast trällerte eine Frauenstimme:

»Selbst wenn du der Herr deines Schiffes bist,
bist du nicht der Herr des blauen Meeres.«

Ivo Tijardovićs Auftraggeber wollten in ihrem Film weder Jazz noch Swing, sie wollten ein Volkslied.

Zusammen mit der Stimme der unsichtbaren Singenden nahm er auch eine Mischung aus Uringestank und dem Duft von angebratenen Zwiebeln wahr. Die alten Gebäude in dieser Gasse müsste man dringend mit Holzbalken stützen, sonst würden sie irgendwann samt der zwischen ihnen hängenden Wäsche einstürzen. Er hatte in allen Ausschüssen der Stadtverwaltung über die notwendigen Maßnahmen zur Sanierung des Palastes gesprochen. Leider ohne Erfolg. Die Beamten wurden nur dann aktiv, wenn sie in öffentlichen Bauaufträgen eine Chance erkannten, Geld für sich zu unterschlagen. Reparaturen an Armenhäusern gehörten nicht dazu, wie sie auch immer abweisend wirkten, wenn er über die Müllentsorgung in der Stadt zu diskutieren begann. Er wusste, dass sie seine Anwesenheit in den Ausschüssen duldeten, weil er hohes Ansehen in der Stadt genoss, aber trotzdem wollten sie nichts von dem unternehmen, was er für das Gemeinwohl als wichtig vorschlug. Die Politiker und ihre Handlanger in der Stadtverwaltung teilten die besten öffentlichen Grundstücke unter sich auf, um dort Hotels bauen zu lassen, da sie glaubten, die glänzende Zukunft des Tourismus werde erst noch kommen. Dass der Tourismus nicht gedeihen werde, wenn der Diokletianpalast zerfallen und im Müll ersticken würde, wollten sie nicht hören, und so blieb ihm nichts anderes übrig, als seine Zeichnungen – er hatte neben Musik in Wien auch Architektur studiert – an irgendwelche Protestnoten zu heften, Zeitungsartikel zu verfassen und auf bessere Zeiten zu hoffen.

Und jetzt schenkte ihm ausgerechnet eine dieser Bruchbuden die Melodie, nach der er gesucht hatte, um sie im Film von einem ganzen Frauenchor singen zu lassen. Das Lied kannte er, aber er kannte viele Lieder, und als er dieses eine hörte, wusste er: Das passt.

Es lag ein Schatten über diesem Auftrag: Die Filmmusik sollte mit Geld aus Hitlers Staat honoriert werden. Aber waren die Künstler nicht immer schon auf Diktatoren angewiesen? Lebte er, Tijardović, nicht in einer Stadt, die ein römischer Diktator erbaut hatte? »So gebet dem Kaiser, was des Kaisers ist, und Gott, was Gottes ist.« Diokletian hatte sich eingebildet, er sei ein Gott. Iovus. Jupiter. Wie hatte sich der Historiker Aurelius Victor dazu geäußert: »Zu Diocletianus schauten sie alle wie zu einem Vater oder wie zu einem mächtigen Gotte auf.«

An jenem Abend bei den Torchios hatten sich die Männer beim Kartenspielen über Diokletian unterhalten.

Der Apotheker Petrinelli hatte gesagt: »Ausgerechnet in dieser Bucht hat er seinen Palast gebaut. Er hat ihn uns Unwürdigen hinterlassen.«

Und der junge Barić hatte erwidert: »Diokletian war nicht ganz ohne. Er soll seinen Rivalen Aper mit dem Schwert durchbohrt haben.«

Worauf der Ehrengast des Abends, Stevo Kluić, gemeint hatte: »Habe ich Ihnen überhaupt erzählt, dass die deutschen Kollegen neben der *Korallenprinzessin* auch einen Kulturfilm mit dem Titel *Im Banne Kaiser Diokletians* drehen werden? Vielleicht wird der Film auch *Lied der Adria* heißen, aber mir würde Kaiser Diokletian im Titel besser gefallen. Über den Kaiser wird man sich allerdings im Kulturfilm nicht auslassen, man möchte nicht falsch verstanden werden. Es soll ein Geschenk an das Königreich Jugoslawien sein.«

4.

»Es ist etwas ganz anderes, wenn man einer großen Nation angehört statt einem Gemisch, wie wir es hier an der östlichen Adria haben. Ich möchte jetzt keinen Vortrag halten über die, mit Verlaub, Vorzüge von uns Deutschen gegenüber diesen kleinen Stämmen aus diesem Flickenteppich hier. Ich sage ja nur, was ich beobachte. Oder sind Sie da anderer Meinung?«

Joseph Krause zielte mit seiner Gabel, auf der ein Stück Lammfleisch aufgespießt war, in Richtung Frederick Achnitz.

»Na ja, ich weiß nicht ...«, sagte dieser mehr zu seinem Teller, auf dem nur noch zwei von Olivenöl grün glänzende Kartöffelchen lagen, die mit Rosmarinnadeln übersät waren.

»Haben Sie den Bettler gesehen, der im offenen Sarkophag von Kaiser Diokletian liegt? Die Dalmatiner gehen daran vorbei, und entweder lachen sie oder sie sehen gar nicht hin. Keine Ordnung und kein Anstand! Es ist ein Skandal! Ich habe mich erkundigt: Der Obdachlose wohnt in dem alten Tempel, und niemand fühlt sich zuständig. Mit Verlaub, aber das römische Kulturerbe gehört uns allen in Europa, uns zivilisierten Völkern sogar ein wenig mehr, oder etwa nicht? Und wie geht man hier damit um?«

»Wie meinen Sie das?«, fragte Achnitz seine letzte Kartoffel.

Während Achnitz' Teller fast leer war, hatte Krause das ganze Mittagessen noch vor sich liegen: Ein Stück Lammrücken, eine gegrillte Tomate, die Kartoffeln und grüne Bohnen türmten sich auf seinem Teller, und sogar zwei Brotstücke lagen noch auf dem Tellerrand. Nur den Wein hatten die beiden Männer gleichzeitig und sofort ausgetrunken. Der Kellner, der jetzt beiden nachschenkte, hatte einen schelmischen Gesichtsausdruck und bewegte leicht seine Lippen, als betete er.

Vermutlich wünschte der Kellner diesen überheblichen Teutonen zum Teufel, dachte Frederick unglücklich. Die Doppelmonarchie war zwar zerfallen, aber in der kleinen Hafenstadt, die einmal am Rande des Reichs gelegen hatte, verstanden alle Hoteliers, Gepäckträger, Kellner und Barbiere Deutsch. Joseph Krause – Frederick hätte es nicht gewundert, wenn dieser plötzlich aufgestanden wäre, vor ihm salutiert und sich als Gestapo-Mann zu erkennen gegeben hätte – war hier im Auftrag einer Filmgesellschaft, die demnächst einen Film drehen wollte, in dem Split eine Stadt an der Küste Tunesiens darstellen würde.

Was für ein Pech, dass er so unvorsichtig gewesen war und diesem Krause, vor dem ihn der Verbindungsmann gewarnt hatte, in die Falle gegangen war und dessen Vorschlag akzeptieren musste, mit ihm zu essen. Es handelte sich um den Typ Mensch, bei dem Ausreden nicht fruchteten.

Als ob er seine Gedanken gelesen hätte, stellte Joseph Krause, der mit dem Messer hantierte und sein Stück Fleisch in immer kleinere Stücke schnitt, eine neue Frage: »Was sagen Sie eigentlich zu der geplanten Aufhebung der Tausend-Mark-Sperre? Zum Glück mussten wir Filmemacher uns auf dem Weg hierher um diesen Unsinn nie kümmern. Es hat immer gereicht, den Zöllnern unsere Drehgenehmigung vorzuzeigen. Das wäre ja wohl noch schöner, wenn man mit der Unterschrift von Reichsminister Goebbels an der österreichischen Grenze nichts erreichen könnte. Aber dennoch finde ich es gut, dass Österreich jetzt näher an Deutschland gerückt ist. Die beiden Länder werden hoffentlich schnell zusammenwachsen.«

Er schien gar nicht zu erwarten, dass Frederick irgendeine seiner Fragen beantwortete. Deswegen bemühte sich dieser, so neutral wie möglich zu wirken. Ihm gelang es sogar, kurz von seinem Teller aufzublicken.

»Ich hatte viel zu tun. Die Frage des Schiffs für *Die Korallenprinzessin* ist noch nicht geregelt. Und ich muss mich noch um ein Flugzeug kümmern.« Frederick versuchte, sachlich zu klingen.

»Für den Tunesien-Film braucht Harry Piel Kamele. Vielleicht werden wir uns mit den hiesigen Eseln zufriedengeben müssen. Zum Glück gibt es hier überall Palmen.« Joseph Krause deutete mit seiner Gabel auf die Palme, die ein geripptes Muster aus Licht und

Schatten auf ihrem Tisch entstehen ließ, und schielte dabei offen feindselig auf sein Gegenüber.

Frederick wusste nicht, wie er sich aus dieser laufenden Szene herausstehlen sollte: Zwei Deutsche sitzen am 8. Juli 1936 auf der Riva von Split in einem Restaurant, es ist heiß und auf der sonst immer belebten Straße ist kaum jemand zu sehen; sie essen zu Mittag und unterhalten sich über Filme, die ihre Kollegen hier noch drehen wollen. Eine harmonische Vignette im Weltgeschehen, eine mediterrane Idylle. Der Blick auf das Meer ist verstellt von den Segeln der Schiffe, mit denen Händler aus Apulien nach einer langen Fahrt quer über die Adria hierhergekommen sind. Die Pugliesen haben Köstlichkeiten gebracht: Feigenmarmelade, Quittengelee, getrocknete Aprikosen, Törtchen mit Schokolade und Ricotta, Pferdesalami in Pfefferkruste, Schafskäse in Olivenöl, mit Peperoncini gespickt. Wenn sie alles verkauft haben, werden sie ihre Schiffe mit bosnischen Teppichen, slawonischen Holzmöbeln, geräuchertem Schinken, frischen Pflaumen und kleinen Fässern voller Schnaps beladen und sich auf den Weg zurück machen, sobald der Wind wieder günstig steht. Wäre das ein Film, würde die Kamera im Orientalischen dieser Bilder schwelgen. Sie würde die Teppichmuster zeigen und versuchen, ihre Farbenpracht durch eine geeignete Beleuchtung in verschiedenen Nuancen zwischen Weiß und Schwarz wiederzugeben. Dass Frederick Achnitz Joseph Krause nicht ausstehen kann, würde der Zuschauer nicht ahnen, denn er verriet es mit keiner Geste. Wenn Split in einem Film die russische Schwarzmeerküste, in einem anderen Tunesien und in einem dritten Lissabon darstellen konnte, dann könnte er, Frederick, wohl auch den freundlichen Landsmann von Herrn Krause mimen.

Ich wäre ein guter Schauspieler, dachte er, ich würde in dieser Szene jemanden spielen, der sehr hungrig ist, und deshalb sein Essen so schnell aufgegessen hat, und niemand könnte erraten, dass ich mich vor meinem Tischgenossen hüten muss. Eine Rückblende würde zeigen, wie ich zum ersten Mal nach Split gekommen bin und wie ich mich auf der Stelle in diese Stadt verliebt habe. Wie ich Jana kennengelernt habe. Vielleicht würde es in dem Film eine Traumsequenz geben, in der gezeigt würde, dass ich Angst vor Joseph Krause habe. Was, wenn er plant, mich zu entführen? War Berthold Jacob nicht von einem Gestapo-Agenten aus der Schweiz entführt worden? Mit KO-Tropfen niedergestreckt, wie in einem Agentenfilm. Die Nationalsozialisten hassten niemanden mehr als Pazifisten, und ein jüdischer pazifistischer Journalist, der außerdem Mitglied der Sozialistischen Arbeiterpartei Deutschlands war, war ein rotes Tuch. Aber dennoch war es unfassbar, dass man ihn im Ausland aufgespürt und nach Deutschland ins Gefängnis verschleppt hatte. Zum Glück beschwerte sich die Schweiz in scharfer Form darüber, dass sich die deutsche Regierung nicht an internationale Regeln hielt und die Hoheitsrechte anderer Länder nach Belieben verletzte. Aber er konnte sich nicht vorstellen, dass Jugoslawien ihn retten würde, wie die Schweiz Berthold Jacob.

»Ich muss jetzt nach meinem Flugzeug schauen«, sagte Frederick leiser, als er beabsichtigt hatte, und blieb sitzen. Gut so, nur keine Hektik zeigen. Die Serviette in seinem Schoß wurde unangenehm warm.

»Oh, jetzt erreichen Sie doch niemanden!«

»Ich muss zum Militärkommando.«

»Auch beim Militär werden sie jetzt alle ihren Mittagsschlaf halten. Haben Sie übrigens von dem Skandal in Dubrovnik gehört? Neulich haben dort zwei dieser jugoslawischen Piloten einer Lehrerin versprochen, mit ihren Bombern Loopings vorzuführen, sie solle um acht Uhr morgens an ihrem Fenster auf eine Überraschung warten. Und die Überraschung war gewaltig: zehn Tote und drei ausgebrannte Häuser im Stadtzentrum. Eines der Flugzeuge ist abgestürzt. Und jetzt kommt das Beste: Die hiesigen Zeitungen durften das nicht melden! In Berlin erfuhr man davon durch diesen amerikanischen Spion William Shirer, den ich schon längst des Landes verwiesen hätte. Aber mich fragt ja niemand. Naja, wenn hinter diesen Loopings nicht etwas anderes steckt! Was ich sagen wollte: Also, beim jugoslawischen Militär brauchen Sie es zu dieser Stunde nicht zu versuchen. Ich bewundere die Österreicher, die hier so lange für Ordnung sorgen mussten. Mich würde diese Arbeitsmoral wahnsinnig machen. Das Essen ist gut, aber das ist auch alles, finden Sie nicht?«

Frederick wunderte sich, wie mitteilungsfreudig Krause war. Er würde dem Verbindungsmann sagen, dass die Gestapo offensichtlich Schwächlinge und Plaudertaschen nach Jugoslawien schickte. In ihren

Augen handelte es sich wohl um eine unbedeutende Provinz.

»Sie haben Recht, seine Lebensart lässt den Süden wirtschaftlich stagnieren«, antwortete er brav und hielt dem forschenden Blick seines Gegenübers stand.

»Und jetzt haben sie auch noch einen Mord in der Stadt! Haben Sie davon gehört? Ein Mann wird mitten in der Stadt erstochen, ein anderer schleppt die Leiche durch die Gegend. Die reinste Schlamperei! Aber das ist ja nicht unsere Sache.«

Frederick Achnitz erhob sich wortlos vom Tisch, als wollte er demonstrieren, wie wenig der Mord tatsächlich mit ihnen zu tun hatte: Nur um Filme zu drehen sind wir hier.

Wie würde sich ein Filmemacher aus Hollywood jetzt verhalten? Lässig dreinschauen, sich ungezwungen verabschieden, keine Zweifel aufkommen lassen, eine Zigarre im Mund. Womöglich frech grinsen, sich an den Hut tippen, verschwinden. Ach ja, zahlen musste er noch. Ob man in Hollywood auch getrennt zahlte?

5.

Auf den Felsen über dem Meer westlich der Hafenbucht lag der Friedhof Sustipan. Die südlichen Hänge des Hügels waren mit Agaven bewachsen, den Wunderpflanzen, deren Blütenstände in ihrer Lebensspanne nur ein Mal in die Höhe schießen und dann nie wieder.

Pflanzen, so behauptete Doktor Radman immer, seien intelligentere Wesen als wir Menschen, aber wir seien nicht imstande, sie zu verstehen. Der Name *Agave* stamme übrigens vom griechischen Wort *agavos* für edel, prachtvoll oder erhaben.

Wenn es Doktor Radman nicht gegeben hätte, dann hätte Mario Bulat nicht darüber nachgedacht, woher der Name der Agave stammte und ob die einmalige Blüte des edlen Gewächses einem Menschenleben ähnelte. Zugegeben, der Vergleich drängte sich auf. Die beiden Männer pflegten an Wintersonntagen längere Spaziergänge um den Berg Marjan zu machen, und dabei dozierte Pjero Radman über dies und das (eigentlich über alles, was er sah oder was ihm in den Sinn kam). So lernte der Kommissar vieles, wenn auch unsystematisch, über Pflanzen, Tiere, Krankheiten, die Psychoanalyse oder Fremdsprachen. Einmal wurde er wegen dieser

Spaziergänge von seinem Chef ins Verhör genommen: »In der Stadt erzählt man, Herr Kommissar, dass Sie häufig mit dem Arzt ... mit dem Doktor. ... und dass die Neigungen des Arztes, wie soll ich sagen ...« – »Sie brauchen nichts zu sagen. Ich weiß, was die Klatschweiber in der Stadt erzählen. Ich versichere Ihnen, dass es sich um übles Gerede handelt.« Vorläufig war das Thema damit vom Tisch, aber es war nur eine Frage der Zeit, wann es wieder hochkommen würde. In den letzten Monaten kippte die Stimmung manchmal, die lasziven Scherze hätten zur Bedrohung werden können.

Büsche aus Rosmarin, Lorbeer, Mittelmeer-Schneeball und Myrte wuchsen um die Steinplatten und Engelskulpturen auf dem Friedhof. Katarina Bulat ruhte unter einer Pinie, die er schon vom Eingang unter allen anderen Pinien- und Zypressenbäumen ausfindig gemacht hatte. Der verwitwete Kommissar hoffte, dass man im Jenseits über ganz andere Wahrnehmungsfähigkeiten verfügte als hier auf Erden und dass Katarina im Himmel nichts von seiner Beziehung mit Irena erfahren würde. Sie wäre eifersüchtig, und er könnte ihr nicht erklären, dass es dafür keinen Grund gab: Lebte sie jetzt noch, hätte er nie etwas mit Irena angefangen. Er war ein treuer, ja eigentlich ein fantasieloser Ehemann und Liebhaber.

Da Katarina tot war, konnte er nicht von Irena lassen. Von ihren eleganten Schuhen, ihren Bemerkungen über Politik, die er später dem Kellner Matić zu dessen Verblüffung als seine eigenen verkaufte. (»Sie machen sich, *šjor* Bulat, das Altern tut Ihnen gut, es sieht so aus, als ob Sie hier und da doch noch etwas richtig verstehen.«), von ihren selbstgemachten Fischmarinaden, den gegrillten Muscheln, die sie ihm in den Mund schob, wobei sie vorsichtig ihre Finger zwischen seine Zähne legte, damit er sie ablecke, von Irena, die wie eine Wassernixe schwimmen konnte.

Auch Irena wollte zur Beerdigung kommen, zusammen mit dem Buchhändler *šjor* Morpurgo und einem weiteren Kollegen. Er fragte sich, ob sie ein Kleid statt ihrer Herrenhosen tragen würde. Katarina würde Anstoß an Irenas Kleidung nehmen, das wusste er. Als sie noch lebte, erwähnte sie die Nachbarin selten, und wenn überhaupt, dann immer mit einem ironischen Unterton: »Die Suffragette von unten.«

Katarina lag in einem bescheidenen Grab unweit der Grabstätte von Rosaria Rosso, einem Mädchen, das Opfer eines politisch-mafiösen Verbrechens geworden war. Es war um Juwelen gegangen, die ein zwielichtiger Politiker unterschlagen haben sollte, um eine Warnung an den Verlobten Rosarias, einen Anwalt, der mit dem Politiker eng zusammenarbeitete. Rosarias Vater hatte einen Kunstschmied aus Venedig beauftragt, das Grab mit Trauben aus Ranken und Blumen zu verzieren. Da ihre Mutter der Tochter kurz darauf folgte, reiste der Schmied erneut an. Es entstand ein Dickicht aus Blumen, in dem man bei genauem Hinsehen Rosen, Chrysanthemen und Dahlien ausmachen konnte.

In den englischen Kriminalromanen, die ihm Doktor Radman bei ihren Spaziergängen nacherzählte, hätte ein Polizist oder gar ein Privatdetektiv dem Geheimnis der toten Rosaria nachgeforscht. Doch in der Wirklichkeit der Polizeiarbeit gab es keinen Platz für Alleingänge, zumindest nicht im jugoslawischen Königreich, wo die Polizeikräfte mehr Zeit darauf verwendeten, jeden rebellischen Gedanken aufzuspüren und zu ersticken, als Mordfälle aufzuklären, vor allem wenn korrupte Politiker darin verwickelt waren.

Pinien, Kiefern und Zypressen machten den Friedhof zum schattigsten Platz in der ganzen Stadt. Zwischen den Bäumen, die nach Harz und Erde dufteten, konnte man das Meer sehen. Es glitzerte, wie die Verheißung einer besseren Welt. Um die offene Grabstätte der Familie Barić war bereits eine große Menschenmenge versammelt. Die trauernde Mutter krümmte sich zwischen zwei Frauen, die sie mehr trugen als stützten. Ihre Augen waren geschlossen, das blasse Gesicht schlaff, als wäre sie eingeschlafen. Der Priester, der neben ihr stand und auf sie einredete, gab bald auf, drehte sich um und begann, sich auf die letzten Worte am Grab vorzubereiten.

Nach einem Brauch, der in Split seit Urzeiten herrschte, durften die Bestatter dem Toten die Schuhe ausziehen, bevor sie den Sarg zunagelten. Der Kommissar entdeckte die schwarzen Lackschuhe an einem hageren Mann. Sie schienen ihm zu passen, denn er ging gerade leichten Schrittes um den Sarg herum, als prüfte er, ob alles in Ordnung war.

Der Apotheker, der ihm heute seine Geschichte vorgetragen hatte, während seine Hände nervös in einem

Notizbuch blätterten, war ebenso anwesend wie ihr gemeinsamer Freund Doktor Radman. *Contra vim mortis non est medicamen in hortis*, schien des Doktors ganze Haltung ausdrücken zu wollen: Gegen die Kraft des Todes ist kein Kraut gewachsen.

Nachdem ihm der Doktor einmal von dem spanischen Legionär José Millán-Astray y Terreros erzählt hatte, der den Ruf *Viva la Muerte!, Es lebe der Tod!* in das öffentliche Leben Spaniens eingeführt haben soll, hatte Bulat gesagt: »Jetzt habe ich einen Grund mehr, nie nach Spanien zu reisen!« Als hätte er das je ernsthaft in Erwägung gezogen! Inzwischen, so wusste er, skandierten auch die Faschisten in Rom bei ihren Versammlungen diesen Satz: *Viva la morte!* Es blieb einem nur zu hoffen, dass Split von dieser Mode verschont wurde. Was ihn betraf, so musste er nirgendwohin verreisen. Auch nicht nach Frankreich.

Salvatore Torchio war da, begleitet von seinen abweisend wirkenden Söhnen. Zavoreo war nirgendwo zu sehen, dafür war seine Frau gekommen. Mario Bulat strich mit der Zunge über seinen Gaumen, als wollte er den Geschmack des Lavendels loswerden. Neben ihr stand Jana, blass und mit Ringen unter den Augen, dicht hinter ihr ein unrasierter Mann, in dessen rechtem Ohr ein auffälliger Ohrring steckte. Maestro Tijardović war nicht gekommen. Dafür spähte der Notar Karaman hinter den Torchios hervor. Wie eh und je sah er unzufrieden aus. Seine schöne Gattin begleitete ihn nicht, aber das war auch kaum zu erwarten. Geld allein – und die Karamans hatten viel Geld

– bringt kein Glück, so viel stand fest. Wenn man den Gerüchten glaubte, hatte sich das Ehepaar Karaman aus politischen Gründen voneinander entfernt: Er sei Freimaurer und wolle die Welt verändern, so erzählte man in der Stadt, und sie gebe ein Vermögen aus, um jeden Tag mit ihrer italienischen Familie in Rijeka zu telefonieren.

Ansonsten war die ganze Stadt auf dem Friedhof versammelt. Als folgten sie einem Naturgesetz, bildeten die Berufsstände Gruppen, die farblich harmonierten. Die Marktverkäuferinnen waren da; aus ihrer Mitte stach Karmela Babić in ihrem schwarzen langen Rock und ihrer dunkelroten Bluse hervor, sogar ihre Wangen waren rot. Die Postboten waren in ihren grauen Uniformen mit silbernen Knöpfen gekommen. Hinter ihnen reihten sich die Fischer ein, alle mit schwarzen Krawatten.

Im Gegenlicht der Sonne zeichnete sich auch die Gestalt von Kapitän Filip Tijan ab. Mario Bulat kniff die Augen zusammen, um ihn besser sehen zu können. Früher war Tijan Direktor des Zollamts gewesen. Zur Strafe dafür, dass er an der Beerdigung von Stjepan Radić, der bei einem Attentat im Belgrader Parlament erschossen worden war, teilgenommen hatte, wurde er an das Zollamt am mazedonischen Ohridsee versetzt, wo er einmal in der Woche ein Schiff zu inspizieren hatte und sonst den ganzen Tag im Haus eines muslimischen Begs Mokka trank und rauchte. Ob solche Details wahrheitsgetreu kolportiert wurden oder ob die kollektive Scheherazade, dieses lindwurmartige, tausendstimmige Wesen, das sich durch die Gassen von Split schlängelte und zwischen Markttischen und Cafés sein Unwesen trieb, einiges hinzugedichtet hatte, war schwer einzuschätzen.

Die Totengräber schoben die schwere Steinplatte zurück an ihre Stelle, während der Priester sagte: »Wir beten für uns und alle Lebenden, besonders für den aus unserer Mitte, der als Erster dem Verstorbenen vor das Angesicht Gottes folgen wird.«

Wie eine sich langsam bewegende Filmkamera erfasste der Blick des Kommissars zuerst die geduckte Gestalt von Antonio Petrinelli, der ihm noch kleiner als sonst vorkam. Zu dessen Rechten stand jetzt nicht Doktor Radman, sondern der Buchhändler Aldo Morpurgo und neben ihm Irenas Kollege Ivan Dvornik und neben diesem wiederum, in einer eleganten schwarzen Hose und einer weißen kurzärmligen Bluse, Irena. Um den Hals hatte sie eine breite schwarze Schleife gebunden. Ihre Augen konnte Mario Bulat nicht sehen, da sie hinter einer dunklen Sonnenbrille verborgen waren.

6.

Mariella Karaman sah gut aus. Der cremefarbene Stoff ihres Sommerkleides war mit bunten Blumen verziert; es war in der Taille mit einem violetten Band gebunden. Sie sieht aus wie eine Prinzessin, dachte ihre Tochter Mina mit einer Mischung aus Stolz und Neid. Sie lief hinter der Mutter her und trug einen Turm aus ineinander gesteckten Gläsern. Den Saum des Kleides bildeten Volants, die jetzt die Rosenbüsche streiften, während die Mutter mit einem schwer beladenen Tablett über den Kiesweg ging. Auf dem Tablett standen Schälchen mit Datteln und *narancini*, gezuckerten trockenen Orangenschalenstreifen, Schokoladenkekse in einer Dose und ein Krug Limonade.

»Wo waren wir stehen geblieben?«, fragte Bruno mit vollem Mund, als Frau Karaman zurück ins Haus ging.

»Bei Jana«, antworteten die Zwillinge einstimmig.

»Meine Mama sagt, dass Jana beste Empfehlungen aus Wien hat, aber dass sie sie nicht einstellen würde, weil sie rebellisch ist«, sagte Lada.

»Unsere Jana? Nein, sie ist nicht rebellisch. Sie hat sich in einen der deutschen *filmani* verliebt«, sagte Branko.

»Also, erzählt noch mal alles, was ihr gesehen und gehört habt. Und strengt euch an, nicht dass ihr schon wieder die Hälfte vergesst!«, sagte Lovro.

»Also, das war so ...«, begann Branko.

»Unsere Köchin hat mit Jana geschimpft ...«, übernahm Krešo.

»Weil sie nachts verschwunden war ...«, fuhr Branko fort.

»Und sie solle froh sein, dass niemand davon erfahren habe«, fiel ihm Krešo ins Wort.

»Weil Mädchen ihre Ehre verlieren, wenn sie nachts ...«, sagte Branko.

»... nicht in ihrem Bett schlafen ...«, flüsterte Krešo.

»*Ajme*«, sagte Lada.

»*Ajme*«, sagte Tonka.

»Papa hat uns nur ein Mal ins Kino mitgenommen. Es war ein Film mit Shirley Temple ...«, sagte Branko.

»Das interessiert uns jetzt nicht«, fiel ihm Bruno abermals ins Wort.

»Ich wollte nur sagen, dass nicht die Filme gefährlich sind, sondern die Deutschen. Mit ihrem Hitler, du weißt schon ...« Branko wirkte beleidigt.

»Was hat jetzt Hitler damit zu tun?« Lovro platzte beinahe vor Ungeduld.

»Wer ist das?«, fragte Mina.

»Der deutsche Präsident«, antwortete Lovro genervt.

»Unsinn«, sagte Lada. »Er ist der deutsche Kanzler. Mein Papa sagt, dass er es den Russen und Engländern noch zeigen wird.«

»Was will er ihnen zeigen?«, fragte Mina.

»Das interessiert jetzt überhaupt niemanden«, sagte Lovro. »Wir wollen wissen, wohin eure Jana nachts verschwindet.«

»Wenn wir das wüssten!«, sagte Krešo eingeschnappt.

»Die Köchin meint, dass sie mit diesem Deutschen und dem Film etwas zu tun hat«, sagte Branko nachdrücklich.

»Und dass sie etwas über den Toten weiß«, ergänzte Krešo.

»Sie war in der Nacht mit ihrem Deutschen unterwegs. Als der andere ermordet wurde«, sagte Branko.

»Die haben ihn zusammen umgebracht!« Mina stieß einen nur schwach unterdrückten Schrei aus, so dass alle zusammenzuckten.

»Quietsch nicht herum wie eine dumme Gans!« Lovro sah sich um. »Branko und Krešo, ihr bekommt die Aufgabe, Jana zu beobachten. Sobald sie weg ist, soll einer von euch ihr Zimmer durchsuchen, und der andere geht ihr nach. Wir wechseln uns auf dem Beobachtungsposten vor der Villa Zavoreo ab und helfen dem, der Jana nachläuft. Wir müssen herausfinden, wer dieser Deutsche ist.«

Die Kinder legten ihre Hände aneinander und flüsterten den Schwur, den Bruno vorsagte: »Ich gelobe bei Gott, dass ich niemandem etwas verraten werde und mich mit allen mir zur Verfügung stehenden Mitteln dafür einsetze, den gemeinen Mörder zu finden.«

Als alle Kekse, Datteln und *narancini* aufgegessen und die Gläser geleert waren, vereinbarten die Kinder, wer von ihnen Wache halten und rechtzeitig melden sollte, wenn Erwachsene kämen, in welcher Reihenfolge die Wachen abgelöst werden sollten und wer sofort *penjevi* spielen durfte. Jedes Kind legte ein *penj* – einen Knopf, einen Ring, einen Kieselstein, eine Murmel, einen Zweig – in eine Stofftasche, die Mina in der Gartenlaube aufbewahrte. Lovro hielt die Tasche fest, Tonka suchte in ihr nach einem *penj*, den sie herausholte, ohne ihn zu zeigen. Sie reckte ihre geschlossene Faust in die Höhe und fragte: »Was soll, was soll dieser *penj* tun?«

Joseph Krause hielt sich dicht an den Häusern der linken Straßenseite. Von der Alten Riva mit ihren Palmen, die nutzlos waren, da sie keinen nennenswerten Schatten warfen, bis zum Hotel *Imperial* waren es nur zwanzig Minuten, doch in der Hitze kamen ihm diese wie Stunden vor.

Das Viertel, in dem das Hotel lag, erstreckte sich auf einer Anhöhe oberhalb der Bucht von Bačvice. Da hier Pinien standen, setzte er sich auf eine Bank, um zu verschnaufen. Er streckte die Arme auf der Lehne aus, in der Hoffnung, sein verschwitztes Hemd werde durchlüften.

Er hatte für Split zwar nicht viel übrig, aber er sah einiges Potenzial in dieser Bucht. Man würde diese historisch gesehen rein österreichische Küste doch nicht den Italienern überlassen! Mussolini war ein Großmaul, das man vorläufig füttern musste. Wie gut, dass Göring diesbezüglich in Belgrad vorgesprochen hatte. Zwei Mal schon. Der Führer hielt sich zurück, da er mit Mussolini gerade schönes Wetter spielte, aber er, Joseph Krause, Nachfahre einer böhmisch-deutschen Familie, durchschaute das Spielchen. Seines Erachtens war Göring ein großer Mann. Träger des Ordens Pour le Mérite. Göring würde mit Mussolini schon zurechtkommen.

Krause grinste und schaute dabei auf das in der Sonne glitzernde Meer. Schade, dass die Badenden, die dort herumsprangen und -hüpften, den Anblick störten. Soweit er es von hier erkennen konnte, waren es lauter Männer, die sich nach einem unsichtbaren Ball warfen und dabei unanständig lärmten.

Am Eingang zum Hotel *Imperial* begrüßte ihn ein Page, bevor er zur Seite trat.

»Eine Weißweinschorle?« Julius Schmidt hob sein Glas zur Begrüßung. »Ich sehe, dass dir die Hitze zu schaffen macht.«

»Die Adria ist überbewertet. Einfach zu warm. Aber hör mal zu«, Joseph Krause senkte die Stimme, »heute habe ich mit Frederick Achnitz zu Mittag gegessen. Ich traue dem Burschen nicht.«

Jutta Lehmann tauchte wie aus dem Nichts an ihrem Tisch auf. Joseph Krause sprang auf und schüttelte ihr die Hand. Ihre Augen hatten die Farbe des Berliner Himmels – blau und von einem grauen Dunstschleier durchzogen. In einem Anflug von Panik dachte Joseph Krause, dass er bestimmt übel roch und in seinem Hemd, das vom getrockneten Schweiß steif geworden war, schäbig aussehen musste.

»Ich habe Julius gerade erzählt, dass ich heute Mittag mit Achnitz an der Riva gegessen habe ... und dass er mir komisch vorkommt.«

»Inwieweit?« Die Berliner-Himmel-Augen wurden schmal.

»Ich hatte das Gefühl, mit einem Schauspieler zu sprechen« – und jetzt habe ich den Eindruck, dass ich ein Volltrottel bin. »Seine Freundin ist eine jugoslawische Kommunistin. Ich habe das aus einer zuverlässigen Quelle.«

»Sie wissen, was zu tun ist«, sagte Jutta Lehmann. »Versuchen Sie bitte, kein Aufsehen zu erregen.«

Nach der Beerdigung ging ein schweigender Kommissar neben einem schweigenden Wachtmeister zu Fuß zurück in die Stadt. Das Meer zu ihrer Rechten glitzerte geheimnisvoll, als würde es in seinen Tiefen ein Rätsel bergen, dessen Aufklärung nur ihm vorbehalten war.

Vor der Steintreppe, die zum Prokurative-Platz führt, blieben sie kurz stehen, kehrten dann aber doch um.

Šjor Matić erschien in der Tür und fragte: »Kaffee?«

»Lieber etwas Handfestes«, sagte der Kommissar.

»Kräuterschnaps, bitte. Ich hoffe, Sie haben welchen?«, sagte der Wachtmeister.

Der Kellner verschwand knurrend im Inneren. Ob er in seinen Vorräten einen Kräuterschnaps habe?! Als hätten die Herren von der Polizei *Cognac Camus* oder *Amaretto Disaronno* bestellt – und selbst damit hätte er aufwarten können. So ein *kažin*!

Er erschien mit einem Silbertablett, auf dem zwei Schnapsgläser und zwei große Gläser Wasser standen, verbeugte sich nach dem Servieren und zog sich wieder zurück. Er würde seinem Freund Bulat morgen die Meinung sagen. Hinter dem Tresen gönnte er sich selbst einen Kräuterschnaps. Er trank selten während der Arbeit, doch das musste jetzt sein.

Der Kommissar und der Wachtmeister prosteten einander wortlos zu. Der Wachtmeister hatte etwas zu berichten, er wusste nur nicht, wie er anfangen sollte. Als er gestern Abend durch jene verborgene Tür getreten war, die ihm Karmela geöffnet hatte, nachdem er die Stufen, die zwischen zwei Mauern wie in einen Felsen eingemeißelt waren, nach oben gestiegen war – sie vor ihm, eine Öllampe in der Hand –, war Stjepan von ihrem verwunschenen Garten derart überwältigt, dass er sich in der ersten Stunde da oben auf der Bastion wie ein kleiner Junge benommen hatte. Er hatte Fragen zu den Bäumen gestellt, deren Namen er nicht kannte, und er hatte versucht, auf einen der Bäume zu klettern. Wäre danach nicht geschehen, was geschehen war, dann würde er sich jetzt wegen dieser Kindereien schämen. So hatte er den ganzen Tag (und peinlicherweise auch während der Beerdigung) einzig und allein an ihre Haut gedacht. Die nach Rosen, Basilikum, Thymian, Rosmarin, Salbei, Brombeeren, Zimt, Vanille, Äpfeln, Birnen, Quitten, Aprikosen, Trauben und wieder nach Rosen, Rosen, Rosen duftete. Rosen.

»Wir haben immer noch keine heiße Spur«, sagte Mario Bulat. »Sollen wir noch einen trinken? Diese Beerdigung sitzt mir in den Knochen. Die Suche nach dem Mörder kann warten.«

Als Greta Garbo vor einigen Monaten in der Rolle der Anna Karenina die ganze Stadt in Verzückung versetzt hatte, hatte der Kommissar seinen Leuten erklärt, dass es besser gewesen wäre, einen anderen russischen Roman zu verfilmen. Dessen Hauptfigur, ein russischer General, der durch beharrliches Warten den französischen Prahlhans Napoleon besiegt habe, war sein Idol. Warten zermürbe den Gegner, lasse ihn fatale Fehler machen und in die Falle tappen. Gary Cooper solle diesen geduldigen und schlauen russischen General spielen, so hatte sein Vorschlag gelautet, den leider niemand nach Hollywood weiterleitete.

»*Šjor* Bulat, wie heißt noch einmal der Russe, Ihr Vorbild? Der es den Franzosen gezeigt hat.«

»Kutusow, er heißt Michail Kutusow. Man muss nur zu warten wissen, und die Dinge fallen einem in den Schoß wie reife Früchte.«

»Das klappt vielleicht in Russland, hier bei uns sind alle ungeduldig. In der Stadt rumort es, man glaubt, dass wir den Fall nie lösen werden. Besonders ärgerlich finden die meisten, dass wir den Fischer in Untersuchungshaft gesteckt haben.«

»Ich weiß. Aber Nisiteo soll schön bleiben, wo er ist.«

Der Kellner brachte die zweite Runde. Er blieb am Tisch stehen und sagte nichts, lächelte aber spöttisch.

»Sie glauben vermutlich auch, dass wir den Falschen festhalten, *šjor* Matić?«, sagte Mario Bulat.

»Ja. Ihr Kollege hat Recht, die ganze Stadt glaubt das«, sagte der Kellner.

»Soso. Und was erzählt man sich sonst noch?«

»In der Stadt tummeln sich deutsche Spione und Terroristen. Die Italiener jubeln wegen des Krieges in Abessinien. Die Amerikaner tanzen ohne jeden Anstand auf den Terrassen im Hafen, die nur ihretwegen bis in die Puppen geöffnet sind. Die Briten bereiten die Reise ihres verrückten Königs und seiner amerikanischen Mätresse vor, so als würden sie einen Feldzug planen; der britische Konsul war bei uns und hat behauptet, die Betten im *Bellevue* seien zu weich. Die Fälscher drucken Pässe mit königlich-jugoslawischem Wappen und hoffen, dass die Grenzkontrolleure sich von den kyrillischen Buchstaben täuschen lassen. Die Juden bezahlen in Gold, Diamanten und Uhren. Wussten Sie, dass sogar die österreichischen Kommunisten teure Uhren tragen? Die Söhne unserer anständigsten Familien werden wie Thunfische aufgeschlitzt und auf Fischernetze geworfen, während unsere Polizei nichts Besseres zu tun hat, als ausgerechnet die Fischer zu verfolgen – wieder mal typisch, immer auf die Schwächsten! Also, das erzählt man sich in der Stadt, wenn ich in aller Kürze zusammenfassen darf.«

Der Kellner war außer Atem gekommen, wirkte aber zufriedener als zuvor. Mario Bulat nickte, hob das leere Schnapsglas an sein linkes Auge, als wäre es ein Fernrohr, und richtete es auf eine Möwe, die seelenruhig vor der Terrasse auf und ab watschelte.

»Vielleicht haben wir doch schon eine Spur«, sagte Stjepan, als der Kellner wieder im Café verschwunden war.

»Ich höre«, sagte der Kommissar.

»Karmela«. Stjepan sprach ihren Namen betont gleichgültig aus. »Sie wissen schon, Karmela Babić. Sie hat mir erzählt, dass in der Mordnacht auf der Straße unter ihrer Bastion richtig was los war. Sie geht immer sehr früh schlafen, da sie morgens auf dem Feld weit hinter Dobri ihren Salat pflücken muss ... aber das tut nichts zur Sache.«

»Na sowas!«, sagte der Kommissar.

»Kurz nach drei Uhr hat sie Schritte auf der Straße gehört. Sie glaubt, Jana Pilić mit ihrem deutschen Freund und danach die drei jungen Männer der Familie Torchio erkannt zu haben.«

»Da die Babić allein auf einer der Bastionen lebt, ist sie vermutlich eine gute Beobachterin. Sie muss von oben den Überblick über ihre Umgebung behalten. Ich kannte ihren Vater. Ein rechtschaffener Mann.«

»Kurz darauf hörte sie wieder Schritte.«

»Eine wahre Nachtpromenade!«

»Es war Notar Karaman. Man erkennt ihn an seiner Körpergröße und an seinem aufrechten Gang.«

»Aha. Auch er ist also nicht direkt von der Feier bei den Torchios nach Hause gegangen?«

»Sieht so aus. Und er war nicht allein: Karmela ist

sicher, dass *šjor* Tijardović bei ihm war. Und kurz darauf nahm der Apotheker den gleichen Weg. Er ist klein und geduckt und dadurch ebenfalls leicht zu erkennen.«

»Das muss alles nichts heißen. Tijardović und Karaman wohnen im gleichen Viertel, warum sollten sie nicht zusammen nach dem Essen nach Hause gehen? Morgen bin ich mit Salvatore Torchio verabredet, er wird mir wohl erlauben, mit seinen drei Schützlingen zu sprechen. Danach suche ich den Notar in seinem Büro auf. Mit Tijardović habe ich heute gesprochen, das sollte vorerst reichen. Und *šjor* Petrinelli ist heute Abend noch einmal dran. Doktor Radman hat ihn und mich zum Abendessen eingeladen.«

»Es gibt da noch etwas. Auf dem Markt erzählt man, dass Darko Barić für den Transport der Flüchtlinge viel Geld genommen habe. Angeblich waren seine Verbindungen die einzig sicheren, weshalb auch die freiwilligen Helfer wie Dora Nisiteo auf seine Dienste zurückgreifen mussten. Ich hoffe, dass wir *šjor* Despot davon nicht sofort berichten müssen? Ich habe Karmela versprochen, dass Dora keine Schwierigkeiten bekommen wird.«

»Vermutlich weiß Despot das schon längst. Ich schlage dem Richter vor, dass wir die Untersuchungshaft für ihren Vater um einen weiteren Tag verlängern. Das wird die Tochter nervös machen, nur für den Fall, dass die beiden uns etwas verheimlichen.«

Der Kellner erschien am Tisch der beiden Polizisten in der Hand ein Tablett, auf dem zwei Tassen Mokka, eine Schale mit gebrannten Mandeln und zwei Gläser Wasser standen.

»Geht aufs Haus«, murmelte er und schielte dabei zu Mario Bulat. »Sie kennen das Sprichwort: Wer sich zu gedulden weiß, der ist schon gerettet. Unsere Italiener sagen: *Una pazienza da santo.* Aber übertreiben Sie es nicht mit Ihren russischen Methoden! Das hat vielleicht gegen Napoleon funktioniert, doch diese deutschen Terroristen sind nicht so feinfühlig.«

7.

Am Abend wagte Salvatore Torchio einen Blick in den Spiegel. Er war dick geworden. Unter seinem Gesicht bebte ein Doppelkinn, und der Bauch war auch mit einem Gürtel und unter seinem Hemd nicht mehr zu kaschieren. Vielleicht sollte er doch mit dem Schwimmen anfangen, seine Tochter lag ihm damit ständig in den Ohren. Er verwarf aber diese Möglichkeit sofort wieder, denn er würde sich in Split nur Spott aussetzen, wenn er sich so an einem der Strände zeigte. Das Schwimmen schien Schlanken vorbehalten zu sein, die es ohnehin nicht nötig hatten.

Wenn keine besonderen Gäste geladen waren, wurde im engsten Kreis der Familie gespeist, zu dem auch seine Schwester mit ihrem kroatischen Ehemann gehörte, der sich mehr für Mussolini begeisterte als alle Italiener, die Salvatore Torchio kannte, zusammen, seine Söhne leider ausgenommen. Die beiden machten ihm Sorgen. Sie verstanden sich bestens mit ihrem Onkel, obwohl sie sonst nicht viel für Kroaten, Serben und andere Slawen übrig hatten.

Dieser Schwager, den sie so schätzten, war befreundet mit Dr. iur. Ante Pavelić, einem kroatisch-nationalistischen Revolutionär, der derzeit unter dem Schutz Mussolinis in Italien weilte und über den Salvatore Torchio an seinem Tisch nicht zu sprechen erlaubte. Ein Verbot, das Angelo und Domenico häufig missachteten. Er hatte auch verboten, dass man bei Tisch über einen anderen kroatischen Revolutionär sprach – den Bolschewiken Josip Broz Tito, der als Kommunistenführer nach Russland verschwunden war und jetzt wer weiß wo sein Unwesen trieb. Vielleicht in Spanien? Sein Schwager hasste ihn. Zum Glück interessierten sich seine Söhne nicht für den Kommunisten, und der Schwager war zu gut erzogen, um sich seinen Tischregeln zu widersetzen. Gewiss, *signor* Torchio hatte immer noch die Hoffnung, dass seine Söhne ihre Jugend bald hinter sich gelassen hätten, aber je mehr Mussolini in Italien an Macht gewann, desto schwächer wurde diese Hoffnung. Domenico und Angelo schwärmten von Technik und von Waffen, von Flugzeugen und von Bomben, von schnellen Autos und Gewehren, von der Überlegenheit der italienischen Kultur, dem alten Rom und dem neuen Italien.

Er liebte seine Kinder, trotzdem waren sie ihm manchmal unheimlich. Er strich über seinen Bauch und überlegte, dass ihm eine Zigarre guttun würde. Dazu ein Gläschen Maraschino. Ein Mord konnte einen schon erschüttern.

Heute Abend wollte er alleine mit Angelo und Domenico speisen. Das war ungewöhnlich, das wussten die beiden Lümmel auch, deshalb hatten sie sich während des Mittagessens Blicke zugeworfen, nachdem er seine Einladung ausgesprochen hatte: Sie würden sich ihr Essen ausnahmsweise im Rauchsalon servieren lassen und sich dann in Ruhe unterhalten, eine reine Männerrunde.

Hätte er sie weniger liberal erzogen, würden sie ihn dann mehr respektieren? Würden sie dann nicht von Futurismus, von Faschismus und der »lateinischen Rasse« schwärmen? Sie wussten doch, dass ihm diese neuen Moden suspekt waren. Er wollte ihnen die eindrucksvollsten Stellen aus der *Göttlichen Komödie* vorlesen, sollten sie wieder mit diesem fürchterlichen Marinetti anfangen, der jetzt in Italien in aller Munde war. Oder mit dem noch schlimmeren D'Annunzio, der sich mit seiner »Eroberung« von Fiume blamiert hatte. Dass D'Annunzio ihm, dem Direktor der größten Fabrik in Dalmatien, und allen anderen Italienern, die seit eh und je hier ansässig waren, nur geschadet hatte, persönlich geschadet, das konnten sie bestimmt nicht begreifen.

Dass sich diese Kriegstreiber überhaupt erfrechten, sich Dichter zu nennen! Mit Dante hatte die italienische Nation ihre Überlegenheit gegenüber allen anderen Nationen längst bewiesen. Er verstand die jüngste Aufregung in Italien nicht. Man hatte wohl das Selbstvertrauen verloren und glaubte, sich beweisen zu müssen. Ausgerechnet in Abessinien! Als ob man den Negern Dante nahebringen konnte! Als ob diese Analphabeten in den italienischen Afrikakolonien je verstehen würden, wer Dante gewesen war! Und wenn sie es nicht verstünden, wozu brauchte man sie dann?

Er wollte mit seinen Söhnen über die Tragödie sprechen, die sich nach dem gestrigen Abendessen im Hafen abgespielt haben musste. Die Leiche des armen Mannes war auf die Fischernetze geworfen worden, wie ein toter Delphin. Es musste alles unternommen werden, damit Lucrezia nicht mit diesem Vorfall in Verbindung gebracht würde.

Marta hatte den Tisch in der Ecke neben dem einen der beiden französischen Fenster gedeckt und die langen, schmalen Fensterflügel geöffnet. Von unten waren die undeutlichen Stimmen und das Lachen der Passanten zu hören. Zu dieser Stunde kehrten die Bauern von den Feldern zurück, ihre Frauen tischten Makkaroni oder Polenta mit heißem *brudet* auf, man schnitt dicke Scheiben von den Brotlaiben und füllte Wein in Glaskaraffen, während die Kinder noch durch die Gassen liefen und die Fischer sich vor ihren Barken versammelten, um den Himmel zu begutachten und sich über den Fischfang in der bevorstehenden Nacht auszutauschen. Die Fensterläden, die tagsüber vor der Sonne schützten, wurden aufgerissen. Mit der Dunkelheit stieg vom Meer ein zarter Luftstrom auf.

Er sollte weniger Zeitung lesen. All diese Rufe nach Blut, nach Ehre, nach Tradition, nach noch mehr Blut, all das werde sich schon noch legen. Jede Jugend war stürmisch. Mit dem Fortschritt groß zu werden, der die Welt rasend schnell veränderte, war eine Herausforderung für jede neue Generation. Die Jungen lebten in schwierigen Zeiten, sie konnten ja nichts dafür. Ihre

Begehrlichkeiten wurden an allen Ecken und Enden geweckt: Kino, Radio, Autos, Flugzeuge.

Zum Hauptgang hatte er bei Marta eine Dorade mit Kartoffeln und Mangold bestellt, alles mit einer Mischung aus Olivenöl, Knoblauch und frischer Petersilie beträufelt. Sie wollte das Essen in einer halben Stunde auftragen. Zuerst die Vorspeise, dann würde er seine Söhne vorsichtig ausfragen. Er nippte mit Genuss an seinem Maraschino. Eine kleine Pause vor dem großen Gespräch.

Zum Aperitif sollte es *loza*, einen dalmatinischen Schnaps geben, der dem besten italienischen *grappa* in nichts nachstand. Doch Domenico, sein älterer Sohn, brachte Campari Soda in drei kleinen Fläschchen mit und stellte sie auf den Tisch.

»Ein Gruß aus der Heimat! *Patria nostra Italia*«, sagte Angelo und zwinkerte seinem Bruder zu.

»Gestaltet hat das Fläschchen Fortunato Depero, ein futuristischer Künstler«, sagte Domenico.

Im Domenicos Zimmer hing das *Manifest des Futurismus* an der Wand. Darin schrieb Marinetti: »Wir wollen den Krieg verherrlichen – diese einzige Hygiene der Welt –, den Militarismus, den Patriotismus, die Vernichtungstat der Anarchisten, die schönen Ideen, für die man stirbt, und die Verachtung des Weibes.« Salvatore Torchio verstand das nicht. Er verstand auch nicht, was der Krieg und diese Haltung zu Frauen mit dem schlichten Design dieses Fläschchens zu tun hatten. Er war wohl alt geworden.

»Wir wollen zuerst auf unser Gespräch anstoßen,

es ist so selten, dass wir drei unter uns sind«, sagte er, öffnete sein Fläschchen und goss die rote, schäumende Flüssigkeit derart selbstverständlich in sein Glas, als tränke er jeden Tag vor dem Abendessen Campari Soda. »Und dann wollen wir uns über die Vorkommnisse in unserer Familie unterhalten. Euch ist bekannt, dass Lucre und Darko ihre Verlobung bekannt geben wollten? Folglich gehörte Darko Barić zu unserer Familie.«

»Das sehen wir anders«, sagte Angelo.

»Angelo will sagen, dass sie noch nicht richtig verlobt waren und dass es vielleicht besser so ist«, erklärte Domenico.

»Uns tut er natürlich leid«, sagte Angelo.

»Uns tut es sehr leid, dass er gestorben ist«, sagte Domenico.

»Wir verstehen nicht, wie das passieren konnte«, sagte Angelo.

»Dass er ermordet wurde?«, fragte der Vater.

»Nein, dass sie sich verloben wollten«, sagte Angelo.

»Und dass Lucre sich in ihn verliebt hat«, sagte Domenico.

»Bevor sie ihn kennengelernt hat, hatte Lucre nur Augen für Mauro. Aber auch Mauro wäre nicht unsere Wahl gewesen«, sagte Angelo.

»Wenn du es schon wissen willst. Wir wollen ehrlich zu dir sein, *papà*«, sagte Domenico.

Salvatore Torchio spürte, dass er am liebsten mit der Faust auf den Tisch geschlagen hätte. Stattdessen sagte er: »Wer gibt euch das Recht, über das Leben eurer Schwester zu urteilen?«

»Unsere Tradition«, antwortete Angelo. »Und die heilige Mutter Kirche.«

»Wir denken, dass unsere Schwester in unsere Nation und in unseren Stand einheiraten sollte«, sagte Domenico.

»Wir wollen nur das Beste für unsere Schwester«, sagte Angelo.

Wollten seine Söhne nicht gemeinsam mit Marinetti eine neue Zukunft aufbauen, ohne zurückzublicken? Wollten sie dieses Land nicht »von dem Krebsgeschwür der Professoren, Archäologen, Fremdenführer und Antiquare befreien«, wie ihr Lieblingsfuturist sagte?

»Der Futurismus gilt nicht für Frauen, *papà*«, sagte Angelo.

»Wir wollen eine große Zukunft für Italien, *papà*. Das bedeutet, dass wir am Italienischen festhalten, und das muss in den Familien geschehen. Zum Beispiel glauben wir, dass unsere Familie in die Autoindustrie und in die Zeitungsbranche einsteigen sollte, auch zum Wohle Italiens. Solche Pläne zu entwickeln, gehört zu den Aufgaben der Männer.«

»Ich dachte, in eurer modernen Welt seien Frauen gleichberechtigt? Hat D'Annunzio das nicht sogar in der *Carta del Carnaro* geschrieben?«

»Marinetti hasst den Feminismus«, sagte Domenico. »*Die Gleichberechtigung der Geschlechter* – das hat nicht etwa D'Annunzio in die Verfassung von Fiume geschrieben, sondern Alceste de Ambris. Ein Sozialist. Das gilt also nicht. D'Annunzio hatte wenig Zeit, deshalb hat er de Ambris beauftragt«, sagte Angelo.

»Wir müssen wachsam sein und im Auge behalten, was für unsere Heimat gut ist. Wie *mamma* gerne sagt: Sonst kommen wir in Teufels Küche. Es herrscht gerade Unruhe in der Welt, und da wir nun mal in einem Gebiet leben, das durch die Adria vom italienischen Mutterland getrennt ist, müssen wir achtgeben, mit wem wir befreundet oder verwandt sind. Darauf wird es bald schon ankommen«, sagte Domenico.

»Das gilt für die ganze Familie und für die Frauen im Besonderen. Wir wollen nur das Unsere schützen«, sagte Angelo.

»Wir wollen dir nur helfen, *papà*«, sagte Domenico.

»Wir wollen mit dir über die Geschäfte sprechen, *papà*«, sagte Angelo.

Er war erleichtert. Die Geschäfte liefen gut. Er wollte sich ihre Überlegungen anhören, warum nicht? Solange sie über die Fabrik mitentscheiden wollten, würden sie nicht auf den Gedanken kommen, alles zu verkaufen, um Gedichte zu schreiben, wie Marinetti es getan hatte.

Seit einiger Zeit drängten seine Söhne darauf, eine Autofabrik aufzubauen, die man bei Bedarf zur Produktion von Panzern nutzen konnte. Kleine, wendige Panzer, die man in den Gassen der Mittelmeerstädte zum Einsatz bringen konnte. Darauf würden die Deutschen nie kommen, das musste ein italienisches Produkt werden. In der Vergangenheit sei es auf Baumaterialien angekommen, demnächst werde man Autos und Waffen benötigen, darin waren sich die Brüder einig.

»Es gibt eine Zeit des Aufbaus und eine Zeit der Zerstörung«, sagte Angelo.

»Die Weltgeschichte verläuft zyklisch«, sagte Domenico.

Nun redeten beide auf ihn ein: Man müsse die Produktionssphären wechseln! Im Großen Krieg habe der Großvater noch Pferde- und Eselswürste an beide Seiten verkauft, doch nach dem Krieg handelte er schon mit Zement, da allerorts gebaut wurde. Jetzt sei es an ihnen, etwas Neues zu entwickeln. Schön und gut, wehrte sich *signor* Torchio schwach, aber wir sind noch weit entfernt von einem neuen Krieg in Europa, Afrika zähle nicht. »Das denkst nur du, *papà*!« Seine Söhne lachten herzlich, als hätte er einen guten Witz gemacht.

Schade, dass Mauro nicht da war. Mauro war der einzige der drei Jungen, der Dante gelesen hatte. Heute hatte er ihn verleugnet und nicht zu diesem Essen eingeladen. Er hatte auch die Tochter verraten. Vielleicht war er erschöpft. Die letzten Nächte und Tage waren aufreibend gewesen. Morgen würde er darüber noch einmal nachdenken.

Inzwischen war der Hauptgang aufgetragen worden. Der Himmel über dem Meer hatte alle Register gezogen – von Blau bis Dunkelviolett – und wurde schließlich mattschwarz, besprenkelt mit hell funkelnden Sternen. Das Stimmengewirr auf der Straße unter ihnen war leiser geworden.

Morgen würde er dem Kommissar sagen, dass weder er noch irgendjemand sonst aus seiner Familie etwas wisse. Es war undenkbar, dass die Polizei auf die Idee kommen konnte, die Torchios zu belästigen. Die Torchios und alle, die unter seiner Obhut in seinem Haus lebten.

8.

Die Kinder waren im Bett, das Essen war vorbereitet, der Tisch auf der Terrasse vor dem Haus war gedeckt. Mariella Karaman hoffte, dass ihr die Müdigkeit nicht ins Gesicht geschrieben stand, sie hatte der Köchin freigegeben und alles selbst gekocht. Sie prüfte, ob das neue fliederfarbene Kleid, das an allen Rändern mit einem schwarzen Saum aus Satin eingefasst war, ihre Figur vorteilhaft zur Geltung brachte. Sie zog den Gürtel, der am Rücken zu einer Schleife gebunden war, enger zusammen, band die Schleife neu und stellte fest, dass ihre Schneiderin einmal mehr ein Wunder vollbracht hatte.

Der Gedanke war kaum zu Ende gedacht, als ihr Mann in der Tür erschien und sie aufforderte, nun endlich nach unten zu kommen. Dann verschwand er wieder, ohne ein einziges Wort über ihr Kleid verloren zu haben. Je mehr Mussolini in Italien an Bedeutung gewann, umso unfreundlicher wurde er ihr gegenüber. Inzwischen hatte wohl selbst er verstanden, dass Italien in der Weltgeschichte groß herauskommen würde! Sie für ihren Teil würde sich jedenfalls immer bemühen, *bella figura* zu machen und hier, unter den Slawen der östlichen Adriaküste, den guten italienischen Geschmack zu vertreten. Sie eilte hinter ihm her und schaltete noch schnell in allen Räumen die Lichter aus. Das Ehepaar Zavoreo war soeben eingetroffen. Die anderen waren schon da: die Ehepaare Tanfara, Giannini und Pervan, außerdem, ohne Begleitung, Filip Tijan, der rätselhafte und gut aussehende Kapitän des Luxusdampfers *Adria*.

Ein dreiarmiger Kandelaber mit Gaslichtern beleuchtete den Tisch von der rechten Seite, während die linke Seite der Terrasse in Dunkel getaucht war. Die Nachtfalter waren in Aufruhr versetzt und prasselten gegen das Glas der Lampen. »Zum Glück haben wir in diesem Sommer keine Mücken«, hörte sie ihren Mann sagen. Sie beeilte sich, die Damen zu küssen, den Herren die Hände zu schütteln und ihr strahlendes Lächeln in alle Richtungen zu verteilen.

»Die Kinder haben erzählt, dass du sie verwöhnt hast«, sagte Frau Zavoreo.

»Ach, das sind doch alles wunderbare Kinder. Ich freue mich immer, wenn sie bei uns sind.«

»Wunderbar? Da kennen Sie meinen Bengel schlecht!« Herr Giannini klang verstimmt. Er wirkte allerdings immer verstimmt, vor allem, wenn es um Laurenzio ging, wie er seinen Sohn nannte, weil er den kroatischen Namen »Lovro« nicht mochte. Er war fest davon überzeugt, dass Danica den Jungen verhätschelt und verdorben hatte. Seiner Meinung nach gab es zwei Gründe für diesen misslichen Umstand: Seine Frau war zu jung, und die jungen Dinger verstanden nicht viel von Pflicht und Ordnung; und der zweite Grund war, dass in ihren Adern unreines slawisches Blut floss. Das war ihm damals, als er um ihre Hand angehalten hatte, nicht klar gewesen, aber inzwischen hatten die Wissenschaftler in Deutschland und in Italien nachgewiesen, dass Blut bezüglich des Charakters beim Menschen keine beliebige Flüssigkeit sei. Sein Erbgut sei im Blut kodiert, so schrieben sie. Wobei er persönlich für die teutonische Philosophiererei nicht viel übrig hatte, da hielt er sich lieber an die italienischen Köpfe. Auch hier, in diesem zurückgebliebenen Jugoslawien, diesem zusammengeflickten Königreich, auf dessen politisches Überleben er nicht wetten würde, gab es immer mehr Menschen, die den neusten Erkenntnisstand der Wissenschaften schätzten. Aber diese Runde heute Abend war vielleicht nicht der Ort, an dem man darüber in Ruhe sprechen konnte.

Dass *signor* Giannini ein italienischer Nationalist war, war für Frau Karaman besonders unangenehm. Sie bedauerte, dass nicht alle italienischen Nationalisten Dichter waren, so wie D'Annunzio. Sie kannte seine Gedichte auswendig.

»Lassen wir die Kinder«, sagte Niccolò Giannini. »Was mir in den letzten Tagen aufgefallen ist, sind die vielen Deutschen in der Stadt.«

»Man fragt sich, ob der Tod jenes unglücklichen Möchtegern-Reeders etwas damit zu tun hat«, bemerkte Herr Pervan.

Mariella Karaman wünschte, dass die Männer in ihrer Umgebung ihren Frauen und ihren Kindern mehr

Liebe zeigten. Und mehr Respekt für einen Toten. Und sie wusste: Wäre der Tote der Schwiegersohn von Salvatore Torchio geworden und hätte nicht als Leiche im Hafen geendet, dann würden sich diese Reeder, die ihn als Konkurrenz gefürchtet hatten und jetzt erleichtert waren, dass er tot war, um seine Gunst schlagen.

»Ich finde diese *filmani* unerträglich«, sagte Herr Karaman. »Wohin man auch geht, begleiten einen ihre Kameras. Man fühlt sich ständig beobachtet.«

»Man fühlt sich nicht nur so, man wird tatsächlich beobachtet.« Kapitän Tijan meldete sich zu Wort.

Alle wandten sich ihm zu. Die Damen stellten jede für sich fest, dass der Mann außergewöhnlich gut aussah. So gut, dass man kaum verfolgen konnte, worüber er sprach. Und er sprach mit tiefer und angenehmer Stimme über deutsche Kameraleute, die in kleinen Booten jede Bucht filmten, über die deutsche Geheimpolizei, die nicht nur die eigenen Leute, die Touristen und die *filmani*, sondern auch seine Passagiere und die Bürger der Stadt bespitzelte. Auf die Frage von Herrn Pervan, ob es stimme, dass unter seinen Passagieren auch flüchtende Juden und Kommunisten seien, antwortete der Kapitän, von Juden wisse er nichts, er schaue seinen Kunden nicht in die Hose, um zu prüfen, ob sie beschnitten seien, und Kommunisten hätten kein Geld, um die Reise auf seinem Dampfer zu bezahlen.

Die Damen konnten nur so tun, als hätten sie gar nicht zugehört. Frau Zavoreo rettete die Situation, indem sie begann, über die Breite der Krempe der neuesten Hutmode zu diskutieren. Herr Karaman hakte sich bei Filip Tijan unter und verschwand mit ihm im dunklen Haus. Als sie nach Minuten zurückkamen, trugen sie zwei Platten voller bunter Tierfiguren, die für begeisterte Ausrufe sorgten.

»Sie sind aus Mandelteig, überzogen mit Marzipan. Und unser Marzipan färben wir nur mit Farben, die aus Obst und Gemüse gewonnen werden«, erklärte Frau Karaman.

Und so verging der Abend im Geplauder über dies und das. Alle waren sich einig, dass sich die Hausherrin bei der Zubereitung der gefüllten Tintenfische selbst übertroffen hatte. Der Wein schmeckte nach einer Mischung aus frischen Brombeeren und getrockneten Pflaumen. Es war eine außerordentliche Rebe, an der man nichts aussetzen konnte, da Herr Karaman einen der besten Winzer der Gegend zu seinen Klienten zählte. Auch wenn der Marzipan an den Zähnen kleben blieb, griffen alle Gäste nach den süßen Häppchen. Und bis zum Ende des gemütlichen Beisammenseins zeigte sich auch keine einzige Mücke.

Dora hatte es den versammelten Männern erklärt: Ihr Vater, der, wie jeder wisse, ein guter Mensch sei, habe einen Toten auf seinen Netzen gefunden und ihn aus Mitleid und in christlicher Nächstenliebe auf seiner Schubkarre zur Polizei gebracht. Er habe ihn doch nicht wie einen erschlagenen Hund oder eine krepierte Katze dort liegen lassen können! Den Toten ins

Krankenhaus zu bringen, lohnte sich nicht, so viel verstand ihr Vater vom Leben und vom Tod. Und ihn liegen zu lassen, damit ihn die Ratten fanden, das konnte er nicht. Bis er mit Hilfe zurückgekommen wäre, hätte wer weiß was passieren können. Sogar der Mörder hätte wiederkommen und die Leiche verschwinden lassen können. Ihr Vater hatte also das Beste getan, was er hatte tun können.

Natürlich habe er ihn erkannt, in Split kannten sich alle mehr oder weniger, und die Barićs besäßen Schiffe, wie hätte er als Fischer ihn dann nicht kennen können. Und jeder Fischer hatte immer eine Petroleumlampe bei sich, aber ob ihr Vater seine Lampe angezündet hatte, um den Fund auf seinen Netzen zu begutachten, wusste sie nicht mehr. Das sei aber auch nicht wichtig, wichtig sei nur, wie dieser verbrecherische Staat mit den Ärmsten umging: Anstatt dankbar zu sein und ihren Vater für seine Mühe zu entlohnen, habe man ihn verhaftet. Jetzt sei es genug! »Nur wenn wir Armen und Entrechteten uns vereinigen und erheben, werden wir etwas ändern können.«

»Dafür brauchen wir keine Kommunisten«, sagte der älteste unter den Männern, die ihr schweigend zugehört hatten. »Wir bekommen Fran auch so wieder frei.«

Die anderen nickten. Das Mädchen hatte natürlich Recht: Es war undenkbar, dass ihr Vater der Mörder war. Ausgerechnet Fran, der sich jedes Mal bekreuzigte, wenn er eine noch zappelnde Zahnbrasse mit seinem Hammer erschlagen musste. Doch was sollte man sonst tun? Den besten Fang zurück ins Meer werfen? Das täte nicht einmal ein Irrer! Fran betete zur Jungfrau Maria, während er einen Oktopus gegen die Hafenmauer klatschte. Es war unumgänglich, denn sonst war der Oktopus ungenießbar. Man musste Oktopusse noch lebend so lange schlagen, bis sie starben, damit sie weicher wurden. Während andere Fischer darüber keinen einzigen Gedanken verloren, sagte Fran: »Das sind alles Gottesgeschöpfe, und wer sind wir, dass wir sie töten?«

Die Ackerbauern, die ihren Mais und ihren Weizen ernteten und in den Kornkammern lagerten, die Obstbauern, die ihre Kirschen, Pflaumen, Pfirsiche und Feigen zu Säften, Schnäpsen und Marmeladen verarbeiteten, von den Wein- und Olivenbauern ganz zu schweigen, denn Wein und Olivenöl brauchte man für die heilige Kommunion und für die letzte Salbung – sie alle hatten es besser als die Fischer, die das Meer pflügten. Und dabei Fische, diese fremden Wesen, ernteten. Es war vor allem die Stille, mit der sie jede Qual über sich ergehen ließen, die Fran Nisiteo so beunruhigte. Diese stumme Anklage, die er in ihren erstarrten Augen zu erkennen glaubte.

9.

Die Zwillinge Zavoreo hatten gründlich gearbeitet. Sie hatten in Janas Zimmer alles auf den Kopf gestellt und dann wieder aufgeräumt. Sie hofften, dass sie nichts bemerken werde. In letzter Zeit hatte sich Jana wie ein Angsthase benommen, bei jedem Geräusch schrak sie zusammen. Wenn sie merken würde, dass jemand ihre Sachen durchwühlt hatte, bekäme sie vielleicht einen Herzinfarkt.

Immer wenn jemandem etwas Schlimmes widerfuhr, sagte ihre Mama, der bekomme bestimmt einen Herzinfarkt. So wie ihr Großvater väterlicherseits. Dieser hatte sich so darüber aufgeregt, dass die österreichischen Behörden ihm nicht erlaubten, seinen italianisierten Nachnamen Zavoreo wieder zu Zavorović zu ändern, dass man ihn tot in seinem Bett aufgefunden hatte, Urkunden mit roten und gelben Siegeln um ihn verstreut. Die Mutter hielt von ihrem Schwiegervater und seinem Namenskampf nicht viel, aber Branko und Krešo verachteten ihren Vater dafür, dass er in dieser Angelegenheit nichts weiter unternommen hatte, obwohl das österreichische Kaiserreich inzwischen zerfallen war. In ihren Augen war der Großvater ein Held, und Helden starben an Herzinfarkt. Aber das wünschten sie Jana nicht. Sie war lieb, obwohl sie merkwürdige Zettel, Postkarten, Briefe und sogar Broschüren in einem Kasten unter ihrem Bett aufbewahrte.

Da sie nichts mitnehmen wollten, hatten sie den Inhalt zweier Zettel, die im Kasten ganz oben lagen, auswendig gelernt. Branko merkte sich:

Am 8. ist bei uns in Veli Varoš um fünf Uhr Taufe, danach wird gefeiert. Religion ist das Opium des Volkes, aber sag das mal meiner Nachbarin. Ihre Mutter war meine Patin, also muss ich Patin von Paula sein. Ich hatte Rosa wg. R. Luxemburg vorgeschlagen. Mama hat ein Hochzeitskleid für mich umgenäht, das Tante Iva gehörte, die nach ihrer Hochzeit gestorben ist. Bitte kümmere dich um du weißt schon wen. Mein Vater ist immer noch im Gefängnis, ich werde verrückt. Deine D.

Und Krešo, der sich mit dem Lesen schwerer tat als sein Bruder, merkte sich:

Man beobachtet mich. Ich komme auch am 9. und am 10. nicht zum Treffen. Pass auf dich auf. D.

Als sie Lovro die Ergebnisse ihrer Nachforschung präsentierten und das auswendig Gelernte aufsagten, fragte er: »Und von ihrem deutschen Liebhaber keine Spur? Oder wart ihr zu dumm, um Briefe in deutscher Sprache auswendig zu lernen?«

Krešo blickte zu Branko, der ruhig antwortete: »Es hat keine Zettel in deutscher Sprache gegeben.«

Das stimmte nicht ganz, aber da Lovro so gemein war, wollte er ihm nicht alles verraten.

Lovro saß auf der hohen Steinmauer hinter der Kirche des Heiligen Geistes inmitten einer Reihe von Kindern, die hungrig auf den langen Tisch zu ihren Füßen schauten. Zwei Frauen in schwarzen Kleidern mit gelben Schürzen, ihre Haare mit gelben Bändern geschmückt, verteilten Teller und Gläser auf der weißen Tischdecke und streuten bunte Blüten und dunkelgrüne Rosmarinzweige dazwischen. Aus der Kirche drangen Orgelklänge.

Als später im Hof unter freiem Himmel getafelt wurde, bekamen die Kinder auf der Mauer, die einer Reihe geduldig wartender Möwen ähnelten, etwas ab: gegrillte Speckstreifen, frittierte Sardellen, in Olivenöl eingelegte Käsestücke, dünne Zwiebelringe, Tomaten und Paprika gepresst zwischen dicken Weißbrotscheiben. Ein Krug mit *bevanda* wurde den Kindern ebenfalls hinaufgereicht. Jeder der Jungen wischte sich mit dem Saum oder dem Ärmel seines Hemdes den Mund ab, bevor er den Krug ansetzte. Und jeder trank nur zwei oder drei Schlucke, damit es für alle reichte. Lovro tat es ihnen gleich, und noch immer fragte ihn niemand, was er hier wolle. Er war der einzige unter ihnen, der Ledersandalen an den Füßen hatte.

Mehrere Frauen trugen weiße Kleider, aber nur eine hielt ab und zu das Baby auf ihrem Arm und schien im Mittelpunkt des Geschehens zu stehen. Außerdem hieß sie Dora – die Botschaften auf den Zetteln in Janas Kasten waren mit D. unterschrieben. Lovro wusste nicht genau, was er von ihr erwartete, aber sie war seine einzige Spur in dem Mordfall, den er lösen wollte. Wenn er etwas auf dieser Welt liebte – neben gutem Essen und seiner Mutter –, dann waren es Detektivromane. Im italienischen Leseclub gab es Detektivromane, die gelben Hefte – *I libri gialli* –, die er verschlang. Glücklicherweise beherrschte er die Sprache. Insgeheim dankte er seinem Vater, dass er mit ihm nur Italienisch sprach, auch wenn er ihm meistens auf Kroatisch antwortete.

Auf der Mauer wurde es immer unbequemer. Der Stein war hart und kantig. Der Wein hatte ihn durstig gemacht, und die Häppchen hatten seinen Appetit angeregt. Auch die Plätzchen, Mandeln und Feigen, die verteilt worden waren, machten niemanden satt. Über ihren Köpfen flitzten die ersten Schwalben hin und her, und die Kinder wurden unruhig. Bald würde die Sonne untergehen, aber niemand dort unten machte Anstalten, ihnen noch etwas zu essen zu geben. Einer nach dem anderen rutschten sie auf der anderen Seite von der Mauer und verschwanden in den Gassen.

Das Baby in der Wiege, die man aus einem der Häuser geholt und in dem Hof aufgestellt hatte, quengelte. Seine Mutter küsste und umarmte die Gäste, strich einem Mann, der seine Hände an ihre Hüften zu legen versuchte, über die Wange. Sie sagte: »Du sollst nicht zu lange bleiben«, sagte dann in alle Richtungen: »Danke, danke, dass ihr gekommen seid, danke, das war eine schöne Taufe, ich danke euch«, nahm ihr Kind aus der Wiege und verließ zusammen mit Dora das Fest.

Er folgte den beiden Frauen und hörte, wie Dora erklärte, was sie alles unternahm, um ihren Vater aus dem Gefängnis zu bekommen. Aber die Polizei sei stur und glaube nicht, dass sie den Toten in jener Nacht nur gefunden hätten. Als sich die beiden Frauen auf einem dunklen Platz voneinander verabschiedeten, bevor jede in ihrem eigenen Hauseingang verschwand, spürte er, dass er nicht allein war. Von einer Wand löste sich die Gestalt eines Mannes, der es so eilig hatte, Veli Varoš zu verlassen, dass er den verblüfften Detektiv beinahe umgerannt hätte.

Franz Schiller hatte seine Villa in der Bucht an der Südseite des Bergs Marjan beim Kartenspiel verloren, so dass seine Erben nur noch als Geschäftsführer und nicht mehr als Besitzer der Pension fungierten. Sie konnten sich nicht beklagen: Für diesen Sommer waren sie ausgebucht. Zudem sollten einige Szenen des Films *Die Korallenprinzessin* noch im späten Herbst in der Pension gedreht werden, was bedeutete, dass die Saison in diesem Jahr länger dauerte.

Durch die weit geöffneten Glastüren konnte man auf der Terrasse Gäste in Korbsesseln sitzen sehen. Sie nippten an ihrem *prošek* und beobachteten das Spektakel zu ihrer Rechten: Die rötliche Sonne glitt vom

Himmel herab ins Meer. Bald danach wurde es dunkel, als hätte Gott die Lichter gelöscht.

Es waren zwei tschechische Gäste, die sich im Foyer der Pension *Schiller* am Flügel abwechselten, um die Stimmung anzukurbeln. Sie spielten deutsche, ungarische und tschechische Schlager. Eine Frau um die dreißig mit rot geschminktem Mund und kurzen schwarzen Haaren lehnte am Flügel und sang mit geschlossenen Augen, die sie zwischen den einzelnen Schlagern nur öffnete, um den Gästen zuzulächeln. An den Stellen, wo ihr die Worte fehlten, summte sie, aber immer fand sich jemand von den anderen Gästen, der die fehlende Stelle ergänzen konnte.

Als einer der Klavierspieler zu dem Tango-Schlager *Dunkler Sonntag* ansetzte, verstummte sie. Sie lebe seit einiger Zeit in Budapest, erklärte sie auf Deutsch, als der Pianist zu spielen aufhörte und sie fragend ansah, und dort sei das Lied seit drei Monaten verboten. Mehrere Menschen hätten Selbstmord zu seinen Klängen verübt, so etwas wolle sie nicht singen. Sie musiziere heute Abend aus reinem Vergnügen, und es freue sie, dass viele Gäste mitsingen würden – man sei ja heute dank des Rundfunks auf der ganzen Welt mit denselben Liedern vertraut –, aber dieses Lied, nein, das wolle sie auf keinen Fall singen.

Eine andere Frau sagte: »Neunzehn, neunzehn Menschen haben sich in Ungarn deswegen umgebracht, es war wie eine Seuche. Wir fürchteten uns in Budapest vor nichts mehr als vor den Sonntagen.«

Plötzlich rollten Tränen über die verschwitzten

Wangen, hier und da schluchzte jemand. Ein englisches Ehepaar blickte verloren um sich, jemand versuchte, das Gesagte für sie aus dem Deutschen zu übersetzen, und die englische Dame notierte den Titel des Liedes in ihr Notizbuch. Ein Kellner eilte zu der Sängerin, ein Glas Weißwein auf dem Silbertablett. Sie langte nach dem Glas und prostete den anderen im Saal zu, was Jubel auslöste. Alle hoben ihre Gläser.

Der Pianist begann mit einem Csárdás. Ein begeistertes Klatschen löste das Tuscheln und Brummeln ab, die neunzehn Selbstmörder gingen im Beifall unter. Die Sängerin nahm einen großen Schluck. Ihr Lippenstift hinterließ auf dem Glas eine Spur, die an frisches Blut erinnerte. Sie sang nicht mehr, aber ihr Körper pulsierte mit kaum sichtbaren Bewegungen im Rhythmus der Musik. Es sah so aus, als sänge sie jetzt, nachdem ihr Mund verstummt war, mit ihrem Körper.

Ein Mann, der eine Zigarette in der rechten Hand hielt, als wäre sie eine Pistole, betrat den Raum; auf den Schultern trug er ein elegantes schwarzes Abendcape, das helle Seidenfutter schimmerte im Gehen zwischen seinen Beinen. Mit der linken Hand schlug er den Takt des ungarischen Tanzes. Harry Piel, der berühmte deutsche Regisseur, Drehbuchautor, Schauspieler, Zauberer, Abenteurer, Frauenheld, Mitglied der NSDAP – diese Information hatte in der Depesche gestanden, die sein Kommen in der Pension ankündigte – war also da. Erneut Klatschen, Jubel. Piel verbeugte sich in alle Richtungen.

Die Brüder Schiller waren entzückt. Sie waren beide begeisterte Kinogänger, und Piel war für sie ein Genie, ein Held ihrer Zeit, ein Houdini des Lichtspiels. Ein Mann der Tat, der sich Informationen über das Sprengen von Häusern und Brücken verschaffte, um sie für Szenen in seinen Filmen zu nutzen, weshalb man ihn den »Dynamit-Regisseur« nannte. Er kämpfte höchstselbst mit Raubtieren, um die Spannung zu erhöhen. Wenn seine Filme in Split gezeigt wurden, gingen die Brüder Schiller mehrmals ins Kino. Es waren keine Kaskadeure, es war Piel persönlich, der in diesen Filmen auf Züge sprang, mit dem Motorrad eine Treppe hinunterraste und mit einem Rennwagen über Bergstraßen fuhr. Und nicht nur, dass dieser großartige Filmemacher seinen aktuellen Film in Split drehte, er hatte angeblich noch einiges vor mit dieser Stadt.

Die Brüder waren nicht naiv. Ihnen waren Gäste, die mit Depeschen aus Berliner Ministerien angekündigt wurden, und die Mitglieder der regierenden Partei im Deutschen Reich waren, durchaus suspekt. Etwa Joseph Krause, der mit der Vorhut von Harry Piel angereist war und sich scheinbar beiläufig nach anderen Gästen und sogar nach Einwohnern der Stadt erkundigte. Neulich versuchte er, sie über die Buchhändlerin Irena Ugrin auszufragen, die donnerstags die Bestellungen für die Strandlektüre in die Pension lieferte, über Dora Nisiteo, die manchmal mit ihrem Boot vor der Pension hielt und den Köchen Scampi, Muscheln oder Fische zeigte, und schließlich über Jana Pilić, die sonntags mit der Familie Zavoreo auf eine Tasse heißer Schokolade zu kommen pflegte. Oder der Kameramann Fritz von Friedl, gebürtig aus Böhmen wie ihr Vater, der für die Außenaufnahmen des Films *90 Minuten Aufenthalt* von Harry Piel zuständig war. Über ihn hieß es im Schreiben des Ministeriums nur lapidar: *Wichtige Person, da für die bevorstehenden Aufnahmen bei den Olympischen Spielen in Berlin von Frau Riefenstahl verpflichtet.* Als ob ihn in der Bucht vor ihrem Haus Haie fressen oder Wirbelstürme forttragen könnten. Und als ob sie auf den Gast aufpassen sollten, damit ihm nichts zustieß. Zum Glück wirkte der Mann vernünftig. Er widmete sich vollständig seiner Aufgabe, ansonsten schien er sich weder für Politik noch für irgendwelche Abenteuer zu interessieren.

Aber Harry Piel war anders. Sein Film *Der Geheimagent* war im Deutschen Reich verboten, weshalb die Brüder Schiller zu wissen glaubten, dass seine NSDAP-Mitgliedschaft nur Tarnung war. Sie konnten den großen Künstler gut verstehen. Nicht einmal den Hoteliers war es heutzutage möglich, die Politik gänzlich zu ignorieren. Zum Beispiel die lokale Politik hier in der Stadt – von ihr war es abhängig, ob die Gasleitungen bis zu ihrer Pension gelegt würden und ob die Stadt endlich eine Busverbindung von der Riva über das Westufer bis zur Kašjuni-Bucht einrichten würde, damit ihre Gäste nicht zu Fuß gehen oder teure Taxis in Anspruch nehmen mussten. Man hatte sich als Hotelier mit der Stadtverwaltung gut zu stellen und bis nach Belgrad gute Miene zum bösen Spiel zu machen. Warum sollte man dann von einem Filmemacher erwarten, dass er sich den politischen Verhältnissen nicht anpasst, egal wie schlecht diese waren? Und welche Politik war denn schon gut?

Die junge Frau sang wieder, und der ganze Saal sang mit: *Wenn die Sonne hinter den Dächern versinkt*. Dabei war die Sonne längst hinter dem Horizont im Meer versunken.

Der Abend war ein Erfolg. Das Haus war voll, obwohl die Schillers wegen des Ansturms der Flüchtlinge und der *filmani* die Preise gewaltig erhöht hatten. So gut durften die Geschäfte ruhig immer laufen! Vielleicht würden sie es dann in fünf Jahren schaffen, ihre Villa zurückzukaufen. Das war ihr Plan, von dem nur der stellvertretende Bürgermeister etwas wusste. Dafür durfte er, so oft er wollte, Zimmer Nr. 41 mit eigenem Eingang kostenfrei nutzen. Diskretion garantiert. Diskretion war die Zauberformel des Hotelgewerbes.

Die beiden Geschäftsführer gönnten sich zum Abschluss des Tages eine Flasche gekühlten gelben Muskat. Er mundete süß und fruchtig und schmeckte nach Holunder und Rosinen.

TEIL 3

1.

Die ganze Nacht hatten die Grillen ihre Flügel aneinandergerieben, damit auch der Letzte in der Stadt mitbekam, dass die Temperatur gestiegen war. Die vier Pagen des Hotels *Imperial* nutzten die frühe Stunde, um ihren Kaffee auf der großen Terrasse einzunehmen, bevor die ersten Gäste zum Frühstück erschienen. Zum Glück war das Hotel so gut wie ausschließlich mit Deutschen belegt, die ihrem Ruf zum Trotz lange schliefen, was die Pagen zwar ganz eigennützig begrüßten, aber zugleich missbilligten. Von wegen fleißig und ordentlich! Die deutschen Gäste machten alles falsch. Am Morgen schliefen sie lange und versäumten die schönsten Stunden. Wenn normale Menschen schon längst im Meer gebadet hatten – zumindest diejenigen, die es sich leisten konnten –, lagen diese Teutonen noch immer im Bett. Die deutschen Touristen begaben sich genauso wie die deutschen Filmleute erst gegen Mittag zum Strand, wenn sich alle normalen Menschen ins Haus zurückzuziehen pflegten. Sie frühstückten, wenn normale Menschen ihr Essen zubereiteten, und aßen zu Mittag, wenn normale Menschen in verdunkelten Zimmern einen Nachmittagsschlaf hielten. Sie öffneten tagsüber die Fenster, als ob man der Hitze auf diesem Weg entkommen könnte! Ihr Kanzler Hitler sagte in seinen Reden Sätze, die man auch hierzulande in den Zeitungen lesen konnte: »Das deutsche Volk braucht keine besonderen Beihilfen zu seiner Lebensbehauptung. Es will nur keine schlechteren Chancen besitzen, als sie auch anderen Völkern gegeben sind.« Nach Meinung der vier Pagen sollte das deutsche Volk zunächst einmal lernen, wie ein geregelter Tagesablauf in einer Stadt am Mittelmeer aussah.

Auch wenn ihre Löhne bescheiden waren, kamen sich die Pagen in diesen Morgenstunden auf der Hotelterrasse privilegiert vor. Sie würden mit niemandem tauschen wollen – weder mit den Fischern noch mit den Metzgern, auch nicht mit den Hafenarbeitern oder mit den Polizisten, von denen es hieß, dass sie zurzeit gefährlich lebten, weil sie immer wieder mit Steinen beworfen wurden, wenn sie sich in die Gassen der Fischer- und Arbeiterviertel wagten. Nicht einmal ihre Kollegen, die Pagen auf der *Franjo*, hatten es so gut wie sie hier im *Imperial*. Auf hoher See konnte man morgens keine Zeitungen lesen, und es war bestimmt kein Vergnügen, bei etwas höherem Wellengang darauf achtgeben zu müssen, dass keiner der vornehmen Gäste über Bord ging.

Der Beruf eines Hotelpagen basierte auf den edelsten Tugenden: Diskretion, Pünktlichkeit, Zuverlässigkeit, Aufmerksamkeit. Zur Belohnung bekam man einen Einblick in eine weltmännische Lebensart, ohne dafür die eigene Stadt verlassen zu müssen, und Split war die schönste Stadt auf der ganzen Welt. Denn warum sollten diese Männer von Welt sonst hierherkommen? Iván Petrovich zum Beispiel, der gut aussehende Schauspieler, der ihnen erzählt hatte, wie glücklich er sei, dass *Die Korallenprinzessin* hier an der Adria gedreht werden könne.

Die vier Pagen waren von Iván Petrovich begeistert. Er hatte in Prag und in Belgrad studiert, in Paris gelebt, in Hollywood Filme gedreht, und jetzt versäumte er an keinem einzigen Tag, nach dem Frühstück einen kurzen Plausch mit ihnen zu halten. Ein wahrer Gentleman! Gestern noch war er dazugestoßen, als sie den Kaffee schon ausgetrunken und die Zeitungslektüre beendet hatten. Er bekam mit, dass sie über die kolportierten Kriegsvorbereitungen in Deutschland diskutierten, und sagte: »Das sind Gerüchte. Niemand ist so verrückt, nach den Erfahrungen des Großen Krieges einen neuen Krieg zu wollen. Unvorstellbar! Sicher, Mussolini kämpft gerade in Afrika, aber wer weiß schon, wieso und warum. Er wird seine Gründe haben. Die Menschheit ist lernfähig, vor allem in Europa. Mit jedem Jahrhundert ist man ein Stück vorangeschritten. Vor hundert Jahren hatten wir auf den Straßen nur Petroleumlampen, dann kam die Gasbeleuchtung, und jetzt wird auch hier in Split mit elektrischem Strom alles hell, mit sauberem Licht, das die ganze Welt unserem Landsmann Nikola Tesla zu verdanken hat.«

Die Pagen hörten sich den ersten Teil seiner Ausführungen zurückhaltend an, beim letzten Teil stimmten sie ihm lebhaft zu. Heute früh drehte sich das Gespräch der Pagen um den Mord im Hafen. Ein Mord war nicht gut für den Tourismus. Man bemühe sich, richte Fremdenzimmer ein, nehme Kredite auf, um Restaurants und Hotels auf europäisches Niveau zu bringen, bezahle Werbung in ausländischen Journalen, organisiere Schiffstouren, stelle die archäologischen Fundstücke aus, und jetzt so etwas! Der Mord hatte die Sorglosigkeit des Sommers gestört, die Leichtigkeit. Der Mord hatte die Unbeschwertheit getrübt, mit der man sich an den Stränden bewegte.

Während die Pagen auf Iván Petrovich warteten, erwachte am anderen Ende der Stadt Mario Bulat und fragte sich, wo er sei. Er war gestern zum Abendessen bei Doktor Radman gewesen, und da er sehr müde geworden war, war er im Gästezimmer eingeschlafen. Die Wände des Zimmers waren mit Olivenholz ausgekleidet. Der Raum öffnete sich zu der von einer Bougainvillea überdachten Terrasse. Über dem Bett hing ein Ölbild, das die Krone einer Riesenpalme aus der Vogelperspektive zeigte, darunter ahnte man Barken im Wasser.

Er stand auf, um die Bücherregale an der linken und die Vitrine mit Schätzen und Schmuckstücken an der rechten Wand zu inspizieren: Münzen aus römischer Zeit, Krummsäbel aus der osmanischen Epoche mit eingravierten Koransuren, winzige, mit Ornamenten geschmückte Tiere aus Elfenbein, Kelche aus Gold, byzantinische Kreuze aus blassrosafarbenen Korallen, umgeben von Ikonen mit oder ohne silbernem Oklad. Auf einer Onyxplatte feierten Figurinen mit großen Bäuchen die Fruchtbarkeit, dazwischen lagen Ohrringe, Armbänder und Knöpfe aus Bronze und Kupfer.

Auf dem Tisch lag ein Zettel: *Guten Morgen! Hoffentlich haben Sie gut geschlafen? Ein Kollege aus dem Krankenhaus ist gerade bei mir, er sagt, das Messer, das die Taucher gefunden haben, sei bestimmt die Mordwaffe. Die Breite der Wunden, die er für die Dokumentation beschrieben hat, entspricht genau der Breite der Klinge.* Qui quaerit, invenit. *Wir müssen jetzt los. Ziehen Sie einfach die Tür hinter sich zu. Bis bald.*

2.

Die Stimmen, die Lovro geweckt hatten, klangen aufgeregt. Er schlich auf Zehenspitzen zu der halbgeöffneten Wohnzimmertür. Eine der Stimmen gehörte seinem Vater, der erklärte, warum er vom Vorsitzenden des Nationalen Finanzverbands der Italiener in Split nichts halte. »Eine korrupte Saufnase ist er«, wiederholte sein Vater, und es hörte sich an wie eine Drohung.

»Dann schon lieber der alte Torchio, der wohl demnächst kandidieren will, wie ich gehört habe.«

»Ach, deshalb hat Salvatore *Domani* gekauft«, sagte eine andere Stimme.

Nein, nein, beides sei unwahr, erklärte eine dritte, etwas näselnde Stimme. Der Sprecher war ein Italiener aus Italien, keiner von den lokalen Italienern, die einen erkennbaren Dialekt sprachen. Weder habe sich Salvatore Torchio entschieden, für den Vorsitz des Finanzverbands zu kandidieren, noch habe er eine Zeitung gekauft, sagte er. Allerdings seien seine beiden Söhne mit großem Engagement dabei, im politischen und kulturellen Leben der Italiener in Split mitzumischen, und das sei auch gut so, wenn man ihn frage.

Domenico Torchio habe 49% und Angelo Torchio 51% der Zeitung *Domani* gekauft. Er persönlich habe das Geschäft abgewickelt, dafür sei er aus Florenz angereist.

Also, wenn man heutzutage im politischen Sinne über die Torchios rede, dann spreche man über die Söhne, erklärte die näselnde Stimme langsam und deutlich. Salvatore Torchio mache Geschäfte, gute Geschäfte, selbstverständlich, Italiener seien ja die besten Geschäftsmänner. Der Alte veranstalte außerdem Dinner, die des englischen Königs würdig seien, das alles sei sehr schön. Er sei zudem ein Mann von stupender Bildung, lese Dante, wie unsereins irgendeinen Groschenroman lese, aber trotz alledem habe er mit Politik nichts am Hut. Das habe der alte Herr klugerweise seinen Söhnen überlassen, und diese seien große Mussolini-Anhänger, das müsse man unmissverständlich sagen. Die jungen Herren hätten ein politisches Profil, das hier in der Stadt nicht immer mit Wohlwollen gesehen werde, wie er gehört habe. Er persönlich sei nach Split gekommen, nicht nur um das Geschäft mit der Zeitung abzuschließen, sondern auch um für die Faschistische Partei Italiens Mitglieder zu werben. Und dabei seien ihm die beiden Torchio-Söhne eine große Hilfe gewesen.

»Oh, der gute alte Torchio. Also kandidiert einer seiner beiden Söhne? Welcher denn, Angelo oder Domenico?« Die Stimme seines Vaters war milder geworden, was Lovro wunderte. Sein Vater hatte noch nie über irgendeinen Sohn, vor allem nicht über seinen eigenen, etwas Freundliches gesagt. Warum war er ausgerechnet von den jungen Torchios so begeistert?

Es sei Angelo, sagte die Stimme, die dann, nach einigem Zögern, hinzufügte, dass für Angelo der Finanzverband der Italiener im Moment aber zweitrangig sei, da die beiden Brüder aktuell dringende sozialpolitische Aufgaben zu erledigen hätten. Er müsse sie nun ins Vertrauen ziehen, aber es sei wichtig, dass sie ihm versprächen, nichts von dem, was sie nun hörten, weiterzuverbreiten.

Lovro hielt den Atem an, so dass er beinahe ohnmächtig wurde, und hörte seinen Vater brummen: »Seien Sie nicht albern, *signor* Sandrelli.«

Sandrelli schien dieser Satz zu überzeugen, denn er holte sofort aus, und es sprudelte förmlich aus ihm heraus. Er berichtete, die Torchio-Brüder würden einen faschistischen Aufstand organisieren, denn ihr zukünftiger Schwager sei ermordet worden, *un signor Baricce o Baricco*, und die jugoslawische Polizei erweise sich als völlig unfähig. Man würde die beiden nicht einmal dazu befragen, niemand würde mit ihnen sprechen. Sie aber wüssten, dass der Mord gemeinsam von Flüchtlingen und Kommunisten verübt worden sei, die es auf die Schiffe von *signore* Baricce abgesehen hätten. Angelo und Domenico Torchio würden deshalb das Gesetz in die eigenen Hände nehmen, sie würden einen Aufstand organisieren. Dem Treiben der Flüchtlinge und ihrer linken Helfer müsse ein Ende gesetzt werden, sonst sei es um die Ordnung und den sozialen Frieden in dieser Stadt geschehen. Bei ihrer Protestaktion würden sie Mussolini um Schutz anrufen, wenn notwendig, auch um bewaffneten Schutz.

Jetzt wurde im Wohnzimmer geschwiegen. Nur die große Pendeluhr schlug wie gewöhnlich, ein Geräusch, das Lovros Mutter nicht ausstehen konnte, weshalb sie sich nie im Wohnzimmer aufhielt. Lovro fragte sich, wohin sie eigentlich verschwunden war. Er war hungrig, aber es sah nicht so aus, als ob in der Küche hinter seinem Rücken irgendjemand das Frühstück zubereitete.

Er hörte seinen Vater sagen: »Das sind interessante Aspekte. Der Tote war Kroate, wissen Sie. Und wenn Sie jetzt sagen, dass man die Flüchtlinge und die Kommunisten genauer unter die Lupe nehmen solle, verstehe ich das. Der Getötete wollte im Reeder-Geschäft aufsteigen und im Flüchtlingsgeschäft mitmischen, typisch für einen Parvenü. Es stimmt, dass er ein Auge auf Lucrezia Torchio geworfen hatte, aber ich halte es nicht für ausgemacht, dass die Familie damit einverstanden gewesen wäre. Wie auch immer, die staatliche Ordnung ist wichtig, und wir können uns auf das aktuelle System offensichtlich nicht verlassen. Wenn wir diesen Aufstand unterstützen können, sind wir dabei.«

Lovro schlich zurück in sein Zimmer, als die Herren begannen, sich zu verabschieden. Er wusste nicht, was er mit diesen Informationen anfangen sollte, aber er tröstete sich damit, dass auch die Detektive in den *gialli* immer erst am Ende alles verstanden. Und das Ende seines Falles war noch nicht in Sicht.

3.

Alle in der Stadt sprachen über den Mord, allerdings gab es keine brauchbaren Hinweise. Trotzdem hielt es der Polizeipräsident nicht für notwendig, der Mordkommission weitere Beamte zur Verfügung zu stellen, und so waren Mario Bulat und Stjepan Perić immer noch allein mit dem Fall befasst. Die Ankündigung von Dinko Despot, seine Agenten würden sich umhören, versprach wenig Gutes, aber sogar von dieser Seite war nichts Neues zu hören.

Karlo Cambi hatte Mario Bulat den Bericht über den Mord in Dubrovnik zukommen lassen, in dem es hieß, dass die Polizei in einer kleinen Pension außerhalb der Altstadt den Reisepass des in einer Hafenbar vergifteten Mannes gefunden habe. Im Pass sei ein ordentliches *Palästinensisches Zertifikat* des Palästina-Büros aus Zagreb eingetragen gewesen; es sei unverständlich, warum sich der Flüchtling nicht nach Sušak oder nach Split, von wo man sich üblicherweise nach Palästina einschiffe, sondern nach Dubrovnik begeben habe.

Die Kollegen von der Sitte in Dubrovnik schreiben, dass sie sich zum Profil des Flüchtlings noch äußern wollen, bisher seien jedoch keine sittenwidrigen Verhaltens-

weisen des Toten bekannt – und wenn man mich fragt, wird man auch nichts finden, diese Leute haben auf ihrer Flucht andere Sorgen, hatte Karlo Cambi mit Bleistift am Rande des Berichts vermerkt.

Während man über den Tod von Darko Barić laut sprach, wenn auch nur in Andeutungen, wurde ein anderes Thema vorsichtiger behandelt: Am Vortag waren 28 Personen zu hohen Gefängnisstrafen verurteilt worden, »nur weil sie die Macht der Kapitalisten, Banken, Könige und Großgrundbesitzer brechen wollten«, wie einer der Männer vor Gericht trotzig gesagt hatte. Die Verhafteten waren zwischen 16 und 32 Jahre alt. Die Verwandten und Freunde der Verhafteten sowie ihre Parteigenossen versammelten sich in den Hinterzimmern und planten neben konkreter Hilfe, die schnell organisiert werden musste, da man mit Folter und Hunger im Gefängnis rechnete, nichts weniger als eine Weltrevolution.

Außerdem hatten Unbekannte Antonio Petrinelli im Hof hinter der Apotheke verprügelt. Mehr als die aufgeplatzte Lippe, das geschwollene Auge und eine geprellte Rippe schmerzten ihn die Beleidigungen, die lange in seinem Kopf nachhallten. Neue Zeiten seien angebrochen, der Wille des Volkes nach einem ordentlichen Staat werde sich nun erfüllen. Sie wollten ab jetzt die Sittsamkeit in der Stadt in ihre Hände nehmen, hatten seine Peiniger gesagt, als er auf dem Boden lag, er und sein Freund und alle ihnen ähnliche Missgeburten sollten sich das merken. Sie brüllten nicht, sie waren ruhig und leise, und sie sprachen abwechselnd im lokalen italienischen und im lokalen kroatischen Dialekt. Bis unter die Augen hatten sie ihre Gesichter mit schwarzen Tüchern verhüllt, und so schnell, wie sie über ihn gekommen waren, waren sie wieder verschwunden.

Antonio Petrinelli dachte nicht daran, das Schild *Wegen Krankheit geschlossen* an der Apothekentür anzubringen, sondern ging ins Krankenhaus, ohne nach links und nach rechts zu schauen und ohne die verwunderten Blicke der Passanten zu beachten. Er grüßte den Portier nicht, sagte nur: »Zu Doktor Radman«, und entgegen allen bürokratischen Gepflogenheiten, die in der Stadt im Allgemeinen und im Krankenhaus im Besonderen herrschten, stellte der Portier keine weiteren Fragen, sondern holte sofort den Arzt.

Pjero untersuchte ihn, legte ihm seine Hände an die schmerzende Rippe – »Nur diese Verletzung ist ernsthaft, alles andere ist nicht so schlimm« –, wusch die Blutspuren von seinem Gesicht und Hals, hielt ein Glas Whiskey an seine geschwollenen Lippen. Eine Flasche Whiskey für besonders schwierige Fälle hatte er immer in seinem Schrank. Antonio schwieg.

Auch die geschwätzige Stadt schwieg. Wusste sie etwas?

Sie wusste immer alles, auch wenn sie das Wissen nicht unbedingt korrekt wiedergab. Aber dass etwas vorgefallen war, konnte man aus einer Reihe neuer Sätze schließen, die das zottelige Ungeheuer mit tausend Zungen jenen über den Mord an Darko Barić hinzufügte:

»Wie man in den Wald ruft …«

oder:

»Wozu wurden die Bordelle geschlossen, wenn in dieser Stadt niemand auf den Anstand achtet?«

oder:

»Geld und Bildung schützen einen nicht vor Laster, genau das Gegenteil ist der Fall!«

und:

»Wer sich nicht an Gottes Gesetze hält, muss sich nicht wundern.«

Es war schwierig geworden, Haltung zu bewahren, aber auch in der größten Verwirrung musste man essen, und zwar erst recht keine schnell angefertigten Mehlspeisen, keine Reste von gestern oder mit gekochten Eiern, Schinken, Käse und sauren Gurken belegte Brote. Eine solche Nachlässigkeit würde bedeuten, dass man vor dem Unglück kapitulierte und der Verzweiflung erlaubte, sich auszubreiten.

Außerdem war Waschtag. Um der Dienerschaft deutlich zu verstehen zu geben, wie viel Wert sie auf die Einhaltung der Regeln in dieser Situation legte, in die die Familie Torchio ohne eigenes Verschulden geraten war, betonte Marta, dass sie heute in der Küche helfende Hände brauchen werde und dass die Wäsche wie gewöhnlich ausgekocht und dann auf der obersten Terrasse des Hauses in der Sonne aufgehängt werden müsse. Dabei sei darauf zu achten, auf den hinteren Treppen keinen Lärm zu machen.

Sie hatte natürlich bemerkt, dass die Hemden, die

Mauro, Domenico und Angelo in jener Nacht getragen hatten, in der Darko Barić ermordet worden war, nicht in den Wäschekörben lagen. Vermutlich lagen sie zerknäult auf dem Boden in ihren Zimmern. Die jungen Männer hatten sich schon vor Jahren verbeten, dass man ihre Zimmer aufräumte, es sei denn, sie erlaubten es ausdrücklich, was spätestens vor jedem Großputz im Herbst oder im Frühjahr geschah. Aber jetzt war Sommer, und sie wollte nicht wissen, wie es dort aussah. Die Jungen würden ihre Wäsche erst dann hinaustragen, wenn sie nichts mehr zum Anziehen hätten.

Sie trug ein dunkelgrünes Kleid, eine Eigenkreation aus Wildseide, die Herr Torchio ihr aus Ancona mitgebracht hatte. Es war ihr liebstes Kleidungsstück. Das hatte sie von Frau Torchio gelernt: Wenn es einem schlecht ging, dann musste man sich herausputzen. Man wusste immer, wann der Familiensegen schief hing: wenn Frau Torchio mit ihrer dicksten Perlenkette um den Hals erschien. So wollte auch Marta den heutigen Tag angehen – mit Würde und mit Ruhe. Der Polizist, der sie neulich so unverschämt nach dem Messer gefragt hatte, würde heute im Büro von Herrn Torchio vorsprechen, und wie sie ihn kannte, war er imstande, den unmanierlichen Mann zum Essen einzuladen. Sie wollte darauf vorbereitet sein.

Für das Menü hatte sie Lucrezias Lieblingsspeisen ausgewählt, in der Hoffnung, das Mädchen zur Vernunft zu bringen. Seit der tragischen Nachricht hatte Lucre ihr Zimmer nicht verlassen und alle Mahlzeiten unberührt zurückgeschickt, doch Marta wusste, dass der Hunger irgendwann kam. Sie wollte persönlich die Tomaten für die Suppe sortieren, das Panieren der Hähnchenschenkel und die Zubereitung der Beilagen überwachen und den Teig für das Plundergebäck mit Vanille-Rum-Füllung und Zuckerglasur eigenhändig anrühren. Zwei Wassermelonen lagen, in gleichförmige Würfel geschnitten, in Glasschalen auf Eis, das gestern Abend geliefert worden war.

Noch etwas bereitete Marta Sorgen. An jenem Abend, als Lucre Darko Barić so angehimmelt hatte, dass dieser in alle Richtungen strahlte, hatte sie gespürt, dass ihr Sohn litt. Marta machte sich nichts vor. Darko Barić war groß und muskulös, er hatte ein hübsches Gesicht. Selbstverständlich wusste sie aus eigener Lebenserfahrung, dass es in einer gelungenen Ehe nicht auf das Aussehen des Mannes ankommt, aber sie konnte verstehen, warum sich Lucrezia in ihn verliebt hatte. Sie konnte aber auch verstehen, dass sich jemand in Lucrezia verliebte. Die Schönheit der Frau war für eine gute Ehe wichtiger, aber auch gefährlich.

Sie presste die Lippen zusammen und atmete einmal tief durch die Nase. Ob sich ihr Sohn jetzt Hoffnungen machte?

In der Nähe des Herdes, der mit Holz befeuert wurde, war es heiß. Herr Torchio hatte zwar mehrmals damit gedroht, dass er einen elektrischen Herd aus Deutschland bestellen werde, doch Marta hatte das erfolgreich zu verhindern gewusst. Sie wendete die mit Mehl bestäubten Hühnerschenkel in der Eiermasse und gab sie in die Schüssel mit Paniermehl. Das Öl in der großen Pfanne begann Bläschen zu bilden, und sie legte gleichzeitig zwei Fleischstücke hinein, die mit einem Zischen begrüßt wurden.

4.

»Soll einer die Deutschen verstehen! Ich meine die, welche zu uns kommen und hier Filme drehen.«

Mit diesen Worten hatte Irena Marios Büro betreten. Ihr Erscheinen machte ihn nervös, aber er bemühte sich, es ihr nicht zu zeigen. Sie fragte nicht, wo er übernachtet habe, setzte sich bequem hin, zündete sich eine Zigarette an und bat um ein Glas Wasser.

»Sie sind so einfallslos. Drehen hier Filme mit Inhalten, die weder mit ihnen noch mit den Einheimischen etwas zu tun haben. Dabei liegen in Split die Themen buchstäblich auf der Straße. Oder gar darunter.«

»Ich verstehe nicht ganz«, sagte Mario Bulat.

»Nehmen wir Kaiser Diokletian. Niemand weiß, wo, wann und wie er gestorben ist, aber eine Legende besagt, dass er sich im Alter von seiner Frau und seiner Tochter verraten gefühlt habe. Beide waren zum Christentum übergetreten, sie glaubten nicht mehr, dass Jupiter der höchste Gott und er der Sohn Jupiters sei. Diokletian ist deshalb verrückt geworden. Er irrte einsam durch den Palast und stürzte sich am Ende ins Meer. Ist das nicht ein idealer Filmstoff? Der Tod des Herrschers, der die Christen verfolgte und eines Tages mit ansehen muss, wie seine geliebte Tochter Valeria sich bekreuzigt? Eine Art König Lear, aber in mediterraner Variante. Und dann noch der Schatz!«

»Der Schatz?«

»Bevor er sich ins Meer stürzte, hatte Diokletian seinen Schatz vergraben. Wir laufen vielleicht gerade darauf herum. Kiloweise Gold, Perlen dick wie Weintrauben, Rubine, Smaragde. Ich glaube, das würde dem Publikum gefallen.«

Er musste nun wirklich los. Sie sprang auf und trippelte neben ihm die Treppe des Polizeigebäudes hinab.

Nur einige Meter von der Buchhandlung *Morpurgo* befand sich das Eiserne Tor des Palastes, bekannt auch als das »Westliche Tor«, Porta Occidentalis, das seit dem Mittelalter immer geöffnet war und deshalb auch Porta Franca genannt wurde, das »Offene Tor«. Aus dem Tor drangen Töne zu ihnen herüber, eine *klapa* hatte sich dort versammelt und ein mehrstimmiges Lied angestimmt. Um die *klapa* hatte sich bereits ein Halbkreis gebildet, und immer mehr Menschen strömten herbei. Mario Bulat wollte sich verabschieden, aber Irena bat ihn, mit ihr kurz in das Magazin hinter der Buchhandlung zu kommen, dort könnte sie ihm ungestört etwas erzählen.

»Jana Pilić war heute früh bei mir, eigentlich hat sie an deiner Tür geklopft, aber du warst nicht da.«

»Ich habe bei Doktor Radman übernachtet.«

»Ihr Freund Frederick Achnitz ist in Gefahr. Er hat ihr erzählt, dass neulich in der Schweiz ein Agent verurteilt wurde, weil er im Aufrag der Gestapo den Journalisten Berthold Jacob entführt und nach Deutschland verschleppt hatte. Der Journalist hatte Glück, dass sich die Schweizer für ihn einsetzten, er kam wieder frei. Achnitz ist Kommunist mit einem besonderen internationalen Auftrag, der mit uns hier nichts zu tun hat. Deshalb wird er sich verstecken, bevor er Split verlassen kann. Er hätte heute zu dir kommen müssen, aber Jana Pilić bittet dich, ihn nicht mehr vorzuladen. Ich soll dir von ihr ausrichten, dass er unschuldig ist. In der Mordnacht waren die beiden zusammen, und sie haben bestimmt niemanden getötet. Und ich glaube ihr, Mario.«

Seine Frau hatte sich nie in seine Ermittlungen eingemischt. Aber in Irenas Stimme lag eine Dringlichkeit, die ihn stutzig machte, deshalb sagte er nichts. Es konnte sein, dass Miro Matić mit seinem Misstrauen den deutschen Touristen gegenüber Recht hatte. Befanden sich unter ihnen Agenten, die bereit waren, politische Gegner zu entführen oder sogar zu töten? Und was hatte all das mit dem Fall Barić zu tun? Natürlich konnte er einem wichtigen Zeugen nicht erlauben, dass er ihm über zwei Frauen irgendwelche Botschaften ausrichten ließ, um danach zu verschwinden. Er musste Frederick Achnitz finden. Darüber wollte er mit Irena jedoch nicht diskutieren.

Es war in der Tat schade, dass deutsche Filmemacher in Split nur nach Kulissen suchten. Irena hatte recht, hier könnten sie Stoffe finden, in denen sie die eigene Wirklichkeit erkennen würden. Diokletian ließ den heiligen Dujam, einen Märtyrer aus Antiochien, vor den Toren der Stadt enthaupten. Heute liegen Dujams Knochen im Mausoleum, das der Kaiser für sich gebaut hatte, während seine eigenen Knochen verschollen sind, genauso wie sein Schatz. Das Grab, das Diokletian für sich selbst hatte bauen lassen, war zu einer dem heiligen Dujam gewidmeten Kathedrale geworden.

Die Apotheke blieb geschlossen. Antonio Petrinelli stand im hinteren Raum und mischte eine Tinktur an. Die Holzregale mit den beschrifteten Porzellangefäßen und der Boden aus braun, hellblau, grün und weiß bemalten Fayencefliesen wirkten auf ihn beruhigend.

Sollte er von hier fortgehen? Aber wohin? Er hatte genug Geld, sowohl in diversen Verstecken hier in der Apotheke und zu Hause als auch auf der Bank. Genauer gesagt, auf mehreren Banken, eine davon in Italien und eine in der Schweiz, sicher ist sicher. Er war der einzige Erbe einer ganzen Dynastie von Apothekern – es wäre leichtsinnig gewesen, wenn er all diese Ersparnisse einer jugoslawischen Bank anvertraut hätte. Der Gedanke an seine Konten war beruhigend.

Bis auf seine schmerzende Rippe, die aufgerissene Lippe und das geschwollene Auge war alles wieder in Ordnung. Mehr oder weniger. Pjero hatte ihn unbedingt im Krankenhaus behalten oder mit ihm nach Hause gehen wollen, aber er hatte behauptet, dass er zu tun habe und auf jeden Fall zurück in die Apotheke gehen müsse. Er hatte das Gefühl, wenn er das jetzt nicht sofort tue, werde er seine eigene Apotheke nie mehr betreten können. Unterwegs blieb er bei jedem kurz stehen, der ihn merkwürdig ansah oder direkt fragte, was vorgefallen sei. Er sagte jedes Mal klar und deutlich: »Ich bin gestolpert«, antwortete auf keine weiteren Fragen und setzte seinen Weg fort. Beim Aufschließen der Apotheke zitterten seine Hände. Er fühlte sich erschöpft und war doch ein wenig stolz auf sich selbst.

Seine Mutter fehlte ihm. Wenn sie jetzt in der Apotheke wäre, er am Stehpult im Hinterzimmer, in dem sein Labor untergebracht war, sie im Ledersessel im Durchgang zwischen Labor und Verkaufsraum, dann würde er sie fragen, ob er Kommissar Bulat noch einmal aufsuchen sollte. Denn die Stimmen seiner Peiniger hatten ihn an die Vorkommnisse in der Mordnacht erinnert. Es waren nicht die gleichen Stimmen, aber es war der gleiche Tonfall: etwas Rohes und Brachiales hatte in diesen Stimmen vibriert. Der Schmerz und die Angst hatten Lücken in seinem Vergessen aufgerissen.

Er hatte in der Mordnacht direkt nach Angelo und Domenico und ihrem Ziehbruder Mauro den Palast der Torchios verlassen. Die drei wollten noch einen kleinen Spaziergang machen, so hatten sie es *signor* Torchio gesagt, der sich kaum auf den Beinen halten konnte und ihnen nur scherzhaft mit dem Zeigefinger gedroht hatte. Er war sich ziemlich sicher, dass sie ihn nicht bemerkt hatten, er hatte Gummisohlen an seinen Schuhen – das war eine andere Geschichte, die der Kommissar vielleicht nicht hören wollen würde, aber er würde auch das erwähnen, denn er hatte genügend amerikanische Filme gesehen, um zu wissen, dass Mordermittler auf alles achten, und es war nicht glaubwürdig, dass einer wie er, Antonio Petrinelli, zum Abendessen bei Salvatore Torchio Schuhe mit Gummisohlen trug. Es gehörte sich selbstverständlich nicht, seine besten Schuhe, die er zum Anzug trug, mit Gummi zu besohlen, aber er war einmal gefährlich ausgerutscht, und deshalb hatte seine Mutter bei einem Schuster in Italien, der diesen Auftrag nur widerwillig annahm, ihn dann aber nach allen Regeln der Kunst ausführte, alle seine Schuhe neu besohlen lassen, und weil er danach nie einen Grund gehabt hatte, neue Schuhe zu kaufen – er war der Ansicht, dass seine Schuhbestände bis an sein Lebensende reichen würden, selbst wenn er das hohe Alter seiner Mutter überträfe –, waren nun alle seine Schuhe mit Gummisohlen versehen, was schließlich niemand bemerkte, auch weil er nie tanzte, dazu wäre es tatsächlich unumgänglich gewesen, Schuhe mit Ledersohlen anzuziehen.

Er war also geräuschlos hinter den drei Männern, die sich unterhielten, hergelaufen. Sie redeten schnell, und es klang nicht nach Geheimnissen, sondern wie eine ganz gewöhnliche Unterhaltung bei einem Spaziergang. Er hatte nicht den Eindruck, etwas zu hören, was nicht für ihn bestimmt war. Und schließlich hatte er auch nicht zugehört, die Worte erreichten ihn ganz von allein. Er hörte sie, ließ sie in seinem vom Wein leicht gewordenen Kopf herumschwirren und vergaß sie dann wieder. Bis zu dem Überfall, bei dem er nach Pjeros Worten Glück gehabt hatte.

Naja, wenn das Glück war!

Aber die Rippe war nicht gebrochen, und sie tat schon etwas weniger weh.

Er beschriftete das Fläschchen mit der Tinktur, holte ein leeres Blatt Papier hervor und begann, in einer Liste die Gesprächsfetzen aufzuschreiben, wobei er die Stimmen mit X, Y und Z bezeichnete, da er sie nicht genau zuordnen konnte:

X: Das glaube ich nicht.
Y: Auch wenn du es nicht glaubst.
Z: Wer kann das schon glauben.
X: Sie hätte es bemerkt.
Y: Frauen merken nichts.
Z: Sie ist nur eine Frau.
X: Barić trifft sich mit einer Fischerstochter? Barić trifft sich wirklich mit einer Fischerstochter?
Y: Denkst du, dass wir dich anlügen?
Z: Denkst du, dass wir lügen?
X: Nein, aber das glaube ich trotzdem nicht.
Y: Du solltest es aber glauben.

Er wartete auf die Stimme seiner Mutter. Aber die Mutter schwieg. Wie sollte sie auch nicht schweigen, sie war tot. Er dagegen lebte. Auch wenn seine Lippe brannte und sein Auge verschlossen war, er lebte. Er versuchte, sich vorzustellen, was sie sagen würde.

Vermutlich würde sie ihm sagen, dass er gegen die Torchios keine Chance habe. Vermutlich würde sie ihm sagen, dass Mord eine Todsünde sei. Vermutlich würde sie ihm sagen, dass seine Geschichte über die Gummisohlen deutlich zu lang und uninteressant sei. Und unglaubwürdig sei sie auch, würde sie vermutlich sagen. Genauso unglaubwürdig wie die Geschichte mit dem Stolpern. Lass doch diese Geschichten, mein Sohn! Vermutlich würde sie ihm raten, weder nach Italien zu gehen noch hier zu bleiben. Wozu hast du ein Konto in der Schweiz, mein Sohn? Vermutlich würde sie ihm sagen, dass er sich doch noch einmal alles gut durch den Kopf gehen lassen solle, diese Apotheke sei seit vielen Generationen im Besitz der Familie. Vermutlich würde sie ihm am Ende raten, ein aufrichtiger Mann und gleichzeitig vorsichtig zu sein.

Aus der Tiefe des Hauses strömte der Duft nach Fisch in Weißweinsud, nach Lorbeer, Knoblauch und Petersilie. Kommissar Bulats Magen fühlte sich an wie ein Seeigel. Seit gestern Abend hatte er nichts mehr gegessen. Wie immer, wenn er hungrig war, beschlichen ihn Erscheinungen: Der Boden aus Carrara-Marmor erinnerte ihn an das Fleisch aus den Schwänzen gegrillter Scampi.

Der Hunger hatte sich bereits während des Gesprächs mit Salvatore Torchio gemeldet. Dem Kommissar war in den Sinn gekommen, dass auch er einmal in den Genuss von Herrn Torchios Gastfreundschaft kommen könnte. Er hatte das sogar plötzlich gehofft, und sein Hunger war noch stärker geworden, doch Herr Torchio hatte sich entrüstet gezeigt, als Bulat ihn bat, mit den anderen Familienmitgliedern sprechen zu dürfen, so dass der Kommissar am Ende hungrig abziehen musste. Er würde sich für die Befragung eine neue Strategie einfallen lassen müssen. Dafür wollte er sofort an einer anderen schwierigen Stelle wieder ansetzen: im Salon der Familie Zavoreo, wo er vor zwei Tagen eine vergleichbare Niederlage hatte einstecken müssen.

Während er wartete – er hoffte, dass Jana kommen werde, sodass er sie nach ihrem Besuch und dem Gespräch mit Irena befragen konnte, doch sie erschien nicht, es gab keinen Kaffee und keine Lavendelkekse für ihn, nur zwei neugierig blickende Jungen, beide mit runden Brillen auf der Nase, die ihn ins Wohnzimmer geführt hatten –, während er also wartete, zwang er sich, an den Generalfeldmarschall der russischen Armee Michail Illarionowitsch Kutusow zu denken, der, so zumindest wollte es Lew Tolstoi wissen, mit seiner zermürbenden Taktik Napoleon Bonaparte besiegt hatte.

Mario Bulat fand das Portrait von Kutusow in *Krieg und Frieden* glaubwürdig und stritt darüber mit Irena, die es als pure Fiktion eines patriarchalischen, großrussischen Patrioten und Vielschreibers abtat. Sie hatte mehr für Napoleon übrig, das war typisch für eine Frau und typisch für jemanden aus Split. Hier waren alle verrückt nach Napoleon, die schönste Straße der Stadt hieß nach seinem Maréchal Auguste-Frédéric-Louis Viesse de Marmont, ab 1809 Herzog von Ragusa, heute Dubrovnik.

Auch wenn Irena Franzosen lieber waren als Russen, hätte er jedem geraten, sich vor den Russen in Acht zu nehmen, denn sie beherrschten die Kunst des Wartens. Womöglich übte man das in Sibirien. Der Duft in diesem Haus machte ihm klar, dass er allzu sehr Dalmatiner war und allzu wenig Russe. Er konnte Frost und Hunger überhaupt nicht ausstehen. Dafür wollte er zumindest versuchen, ein Meister des Wartens zu werden. Er begann mit Atemübungen und versuchte, einen Punkt auf dem Boden zu fixieren. Als die Tür aufging, wurde der Duft von Fisch, Lorbeer und Wein noch intensiver, und Ingenieur Zavoreo betrat den Raum.

»Gibt es noch etwas, womit ich Ihnen helfen könnte?«, fragte er und setzte sich in einen Sessel dem Kommissar gegenüber.

»Ehrlich gesagt – ja«, antwortete Mario Bulat.

»Sie wollen wissen, worüber Darko Barić und ich bei unserer gemeinsamen Kutschfahrt gesprochen haben?«

»Sie sagen es.«

»Kann ich mit Ihrer Diskretion rechnen?«

»Soweit es mit dem Mord nichts zu tun hat«, antwortete Mario Bulat.

»Es hat nichts mit dem Mord zu tun. Ich wollte Darko Barić um Geld bitten. Nur als Leihgabe zur Überbrückung eines kurzfristigen Engpasses. Wissen Sie, meine Frau und meine Kinder wollen auf unsere traditionellen Urlaube in San Pellegrino nicht verzichten. *Grand Hotel*, Therme, herrliche Wälder, das Essen ist sensationell, das ganze Register, köstlich, aber auch kostspielig: Risotti, Polenta, Pilze, Wild, Rinderschmorbraten ..., sie können es sich vorstellen. Ich habe mir angewöhnt, dort im Casino etwas Zerstreuung zu suchen, nichts Großes, kleine Einsätze, fast bieder, wie ich meine. Letztes Mal hatte ich eine Pechsträhne. Um meine Geschäftspartner in Split, die eher bodenständig sind, und auch meine Gattin nicht unnötig zu beunruhigen, wollte ich mit Darko Barić über die Möglichkeit eines Kredits sprechen. Als unverheirateter junger Mann mit aufstrebenden Geschäften sollte er über einige Barschaft verfügen, dachte ich. Ich hätte es Ihnen sofort erzählt, aber Sie kamen mit Anschuldigungen hierher ...«

»Anschuldigungen?«

»Die Mutter des Opfers konnte nicht wissen, dass ich nicht zu dem Abendessen gegangen bin. Sie haben mir am Anfang nicht geglaubt, deshalb war ich verärgert.«

»Das habe ich bemerkt.«

»Außerdem war unser Dienstmädchen zugegen. Ich wollte meine Angelegenheiten nicht vor ihr ausbreiten. Es ist nicht so, dass ich keine Mittel hätte, Herr Kommissar, aber wenn ich eine große Summe in bar abhebe, dann fällt das auf. Ich wollte sie Darko Barić in Raten zurückzahlen. Er war übrigens einverstanden. Sie können mich getrost von Ihrer Liste der Verdächtigen streichen.« Er wurde ernst und sagte: »Der arme junge Mann! Er war dabei, einer Vereinigung beizutreten, in der auch ich Mitglied bin. Aber das ist eine andere Geschichte.«

»Ich frage mich nur ..., ob ich mit ihrem Dienstmädchen sprechen dürfte?«

»Mit Jana Pilić? Sie ist mit Dora Nisiteo befreundet, deren Vater Sie in Untersuchungshaft halten. Jana kümmert sich gerade um ihre Freundin, wir haben ihr selbstverständlich freigegeben.«

»Und diese Vereinigung, handelt es sich dabei zufällig um den Bund der Freimaurer?«

»Ich versuche, Ihre Frage auf eine neutrale Art zu beantworten, Herr Kommissar: Die Freimaurer folgen den Idealen von Freiheit, Gleichheit, Brüderlichkeit, Toleranz und Humanität. Sie werden verstehen, dass sie es heutzutage nicht leicht haben.« Er schwieg eine Weile, stand auf, streckte seine Hand aus und sagte: »Wenn Sie erlauben, meine Geschäfte warten auf mich.«

Und wieder drehte er eine Pirouette auf dem glänzenden Boden. Seine Schuhsohlen machten einen leisen, lustvollen Seufzer, dann verschwand er aus dem Salon, in dem ein sehr junges Dienstmädchen erschien, das anbot, den Herrn Kommissar bis zur Tür zu begleiten.

5.

Bei *Bartul* war es voll und laut wie immer. Es war die Zeit des echten, großen Mittagessens am frühen Nachmittag, nicht der *marenda,* des kleinen Imbisses am Vormittag. Die Dämpfe der Speisen stiegen den Gästen von den Tellern direkt in die geröteten Gesichter, während sie lärmten und gestikulierten, nicht selten mit vollem Mund. Die Weinkaraffen wanderten von Hand zu Hand, um anschließend, übersät mit fettigen Fingerabdrücken, Herrn Bartul, der unermüdlich um die Tische kreiste, zum Nachfüllen überreicht zu werden.

Mario Bulat erblickte Karlo Cambi, der ihm ein Zeichen gab, dass neben ihm noch ein Stuhl frei war. Um den Tisch drängten sich Männer, die sich als Matrosen des Kreuzfahrtdampfers *Kraljica Marija,* Königin Maria, vorstellten. Einer schob den beiden Polizeibeamten ein Faltblatt zu und grinste: »Falls Sie je so viel Geld haben sollten, meine Herren Polizisten.« Mario Bulat murmelte etwas, was sich wie »Nie wieder eine Schiffsreise« anhörte, studierte das Faltblatt, aber dennoch konzentriert, um seinen Hunger zu verdrängen. Seine Bestellung hatte er schon abgegeben: »Das, was am schnellsten geht!«, und eine der vielen Cousinen von Herrn Bartul, die zwischen den Tischen herumschwirrten, hatte geantwortet: »Sie werden es nicht bereuen. *Dolce garbo*! Mit Innereien von einem Lamm, das noch gestern auf einer Wiese im Hinterland herumgesprungen ist.«

Der süß-saure Geschmack der schokoladenfarbenen Soße, dazu goldfarbene Polenta, was brauchte man mehr? Nur noch ein Glas Rotwein von angenehmer Kellertemperatur – man munkelte, Bartul habe einen heimlichen Durchgang von seiner Räuberhöhle zu den Kellern des Diokletian geschlagen –, dazu eine dicke Scheibe Weißbrot, die Mario Bulat zunächst nicht in die Soße, sondern in den Wein tunkte. Er liebte es, wie geschickt Irena mit den Fingern einen Fisch auseinanderzupfte oder kleine Bällchen aus Reis formte. Von ihr hatte er gelernt, viel freier mit dem Essen umzugehen. Seine Mutter und seine verstorbene Frau hatten ihn immer ermahnt, sich bei Tisch gesittet zu benehmen, und nachdem er den Wein mit Brot gegessen hatte, nahm er brav Messer und Gabel in die Hände. Er war bei seiner Suche nach dem Mörder von Darko Barić nicht viel weiter als gestern, doch mit jedem Bissen und mit jedem Schluck wurde sein Gefühl der Aussöhnung mit dem eigenen Dasein intensiver.

Bei *Bartul* konnte man zu der Erkenntnis kommen, wie der Weltfrieden zu erreichen sei: Nicht an den Konferenztischen des Völkerbunds in Genf und nicht durch die Regierungen in Paris und London, die nicht genau wussten, wie sie mit ihren Gegenspielern in Rom, Madrid, Berlin und Moskau umgehen und was sie überhaupt von ihnen halten sollten. Für den Weltfrieden brauchte man Orte wie diese Taverne, in der mancher Gast vor Ehrfurcht erstarrte, wenn die Köche vor ihm die Deckel von den Töpfen nahmen: »Hier haben wir eine *pašticada*, einen Rinderbraten, und hier sehen Sie den *tingul* aus Hühnerfleisch, ein Gericht, das Magen- und Herzkranke heilt, und hier Bällchen aus gehacktem Lammfleisch, die wir nur im Sommer anbieten.« Die gesättigten Männer – es waren vor allem Männer, die Kriege anzettelten – würden von dem guten Essen eingelullt, wie im Mutterschoß, und der Mutterschoß ist ein Ort der Friedfertigkeit. So hatte ihm Doktor Radman die Lehre von Sigmund Freud einmal in verkürzter Version erklärt.

Auch die Matrosen wirkten satt und zufrieden und schwärmten nun von ihrem Schiff. In der Werbebroschüre stand, dass der Jugoslawische Lloyd den Luxusdampfer *Königin Maria* 1930 von der Reederei Royal Mail Steam Packet in London gekauft habe; das Schiff sei 1906 in Belfast gebaut worden und habe unter dem Namen *Araguaya* zwischen Southampton und Lateinamerika verkehrt. Die Umbenennung war von höchster Stelle genehmigt worden; man benannte zwar alles nach den Mitgliedern der jugoslawischen königlichen Familie, aber dennoch musste man sie um Erlaubnis bitten. Königin Maria war die Witwe des ermordeten Königs, und Mario Bulat fragte sich, ob es nicht ein schlechtes Omen sei, ein Schiff nach ihr zu benennen. Ein weiteres Luxusschiff, das regelmäßig im Hafen von Split bewundert werden konnte, war ebenfalls in England ausrangiert und von der Jugoslawischen Lloyd gekauft worden. Es trug den Namen *Prinzessin Olga*, nach der Ehefrau des Prinzregenten Paul Karađorđević.

Das Faltblatt verkündete: *Noch nie haben Sie das Mittelmeer auf diese Art erlebt! Historische Städte, malerische Häfen, bezaubernde Inseln, und dazwischen das blaue Meer. Wir haben Platz für 365 Passagiere, und zwar nur in Kabinen der Ersten Klasse, andere Klassen gibt es bei uns nicht. Bei uns wird Komfort großgeschrieben. In unseren Salons spielen jeden Abend verschiedene Musikgruppen, in einem Salon werden Filme vorgeführt, es gibt ein Schwimmbad und eine Bibliothek – buchen Sie und überzeugen Sie sich selbst!*

Als sich die Seeleute verabschiedeten, sah ihnen Karlo Cambi sehnsüchtig nach: »Ich hätte Matrose werden sollen. Noch besser Kapitän, wie Filip Tijan. Kennen Sie den eigentlich?«, sagte er.

»Ich kenne ihn nicht persönlich, aber ich habe Freunde, die behaupten, er sei in Ordnung. Mich persönlich bekommen Sie nie und nimmer auf so ein Schiff. *Šjor* Cambi, Sie haben mich vor dem sicheren Hungertod bewahrt. Was für ein Glück, dass bei Ihnen am Tisch noch ein Platz frei war!«

»Gut, dass Sie Ihre Sprache wiedergefunden haben. Ich dachte schon, Sie würden an ihrem *dolce garbo* ersticken.«

»Habe ich so gierig gegessen?«

»Ach was, kein Problem. Es mag sein, dass Kapitän Tijan in Ordnung ist, aber er ist trotzdem unverschämt.

Ich komme gegen diesen Mann einfach nicht an. Aber mir kann es egal sein, ich werde ohnehin auswandern. Sie sind der Erste, dem ich das anvertraue. Nach Amerika, dort lebt ein Cousin meiner Mutter, der keine Kinder hat. Er möchte mich in sein Geschäft in Chicago einführen. Das vorgezogene Erbe, wissen Sie.«

Mario Bulat war nicht überrascht. Seit er ihn kannte, wirkte Karlo Cambi auf ihn, als wäre er nicht wirklich da.

Er fragte nur: »Was für ein Geschäft?«

»Damenbekleidung«, antwortete sein Kollege. Als wollte er zeigen, dass er trotz seiner Auswanderungspläne ein zuverlässiger Ordnungshüter war, fügte er hinzu: »Übrigens, ich habe Filip Tijan nur erwähnt, weil ich immer noch glaube, dass Ihr Fall etwas mit den Flüchtlingen und den Flüchtlingshelfern zu tun haben könnte. Befragen Sie den alten Nisiteo genauer. Es ist nur eine Vermutung.«

»Lassen Sie uns Kaffee bestellen. Und einen Nachtisch. Und erzählen Sie mir bitte alles, was Sie wissen.«

Bei *Bartul* gab es nur ein Dessert, die Spliter Torte, und diesen Umstand empfanden die Stammgäste als völlig angemessen. Niemand von ihnen hätte je etwas anderes bestellt, auch wenn es etwas anderes gegeben hätte. Denn die Spliter Torte war ein Glanzpunkt der lokalen gastronomischen Kunst. Das Biskuit war aus Eiweiß, Datteln, Feigen, Rosinen, Walnüssen und Mandeln, die Crème aus Eigelb, Orangen und Butter. Man kaufte dafür die beste Butter, die von den Bäuerinnen aus dem Hinterland in Holzfässern nach Split transportiert und auf dem Markt wie eine unvergleichliche Kostbarkeit angepriesen wurde. Die Touristen ahnten nicht, dass man in der verrauchten Taverne eine Torte bekommen konnte, die jeder Konditorei in Budapest oder in Wien zur Ehre gereicht hätte. Die einheimischen Stammgäste hatten nichts dagegen, und auch Bartul selbst unternahm kaum etwas, um seine Torte anzupreisen. Es war schon so schwierig genug, die notwendige Menge an Butter aufzutreiben. Während Mario Bulat überzeugt war, dass diese Torte ein ultimativer Beitrag zum Weltfrieden hätte sein können, stocherte Karlo Cambi lustlos darin herum. Seine Gedanken wanderten über weite Meere.

»Aus Split fahren selten Schiffe direkt nach New York, deswegen werden die Flüchtlinge, die es eilig haben, zuerst nach Griechenland, nach Ägypten oder nach Frankreich geschickt, von wo sie dann nach Überseeverbindungen Ausschau halten. Ihre Abteilung hat doch sicher auch das Umlaufschreiben erhalten, in dem es heißt, dass die französischen Hafenbehörden telegrafisch die Pässe prüfen, die wir hier angeblich ausgestellt haben. Die Franzosen machen viele Probleme, winken aber am Ende alle durch. Bei den Griechen herrscht Chaos. In Ägypten verwalten die Engländer den Schiffsverkehr; sie sind unnachgiebig und schicken Leute mit solchen Papieren häufig retour, was bedeutet, dass sich die Flüchtlinge nach Süditalien oder nach Griechenland durchschlagen und von dort weiterzukommen versuchen. Die Nisiteos haben vermutlich mit Darko Barić Geschäfte gemacht. Allerdings war Barić wohl der Einzige, der dabei etwas verdiente. Die Nisiteos haben Geld gesammelt, um seine Dienste bezahlen zu können. Einer der Spender ist Ihr Freund Doktor Radman. Wir haben erfahren, dass Barić teurer und teurer wurde, und es kann sein, dass die Helfer den Kopf verloren haben, weil die Flüchtlinge in irgendwelchen Verstecken warten und ihrerseits Druck machen. Der alte Nisiteo tut alles, was seine Tochter will.«

6.

Am Nachmittag herrschte Kopfschmerzwetter. Von der Erde waren heiße Luftschwaden aufgestiegen, die die Sonne verhüllten, wenngleich man am Himmel immer noch keine Wolke entdecken konnte.

Seit April habe man keine Wolke mehr gesehen, jammerten die Frauen, die vor ihren stickigen Hauseingängen in der Altstadt standen und versuchten, die Wetterlage in dem schmalen Ausschnitt des Himmels, den man oberhalb ihrer Gasse erblicken konnte, zu deuten. Einige banden sich Tücher um den Kopf und wühlten in den Schubladen nach Pulvern und Wurzeln, die sie von Doktor Radman hatten. Andere schworen auf einen Wunderheiler aus Bosnien, der durch Handauflegen Nierensteine, Krebsleiden, Magengeschwüre und schwache Herzen heilte, der aber leider nie da war, wenn man ihn brauchte. Es war klar, dass sie heute Abend nichts dünsten, kochen, braten, grillen, frittieren würden wie sonst an jedem Abend. Ihre Familien würden mit etwas Milch, kalter Polenta vom Mittag oder mit einem Stück Käse, ein Paar Tomaten, Olivenöl und Brot vorliebnehmen müssen.

Weniger erfahrene und optimistisch veranlagte

Menschen hofften, dass es am Abend regnen werde, während die Kundigen, die jeden Wind zu benennen wussten – *Jugo, Bura, Maeštral, Lebić, Tramuntana, Levant, Oštro* und *Pulenat* –, nur das Gesicht verzogen und den Kopf schüttelten: »Noch nicht, noch nicht.«

Plötzlich stank die gesamte Altstadt: Durch die Küchenfenster drang der Geruch nach altem Fisch, die Wände müffelten modrig, die Straßenecken stanken erbärmlich nach dem Urin von Männern und Katzen, sogar die frische Wäsche an den Leinen zwischen den Häusern dunstete unangenehm nach der Lauge, in der sie zuvor gelegen hatte. Jetzt konnte sie in der schwülen Luft kaum trocknen.

Frederick Achnitz reichte ein Blick auf sein Bett und das Tischchen daneben, um zu erkennen, dass jemand in seinem Zimmer gewesen war und seine Sachen durchwühlt hatte. Die Luft fühlte sich wie warme Watte an. Mit Mühe gelangte er zu dem Fenster hinter dem Bett und riss es auf. Erst jetzt wurde ihm bewusst, wie unerträglich es hier nach Zigarettenstummeln stank. Der Rauch der vergangenen Tage war in die Wände eingezogen.

Er stand verschwitzt da, und plötzlich wurde ihm kalt. Im Krug neben der Waschschüssel war noch etwas Wasser. Er bespritzte sich damit und trocknete sich mit einem klammen Tuch ab. Seine Haut war immer noch klebrig, und er fror noch stärker als zuvor.

Auch in seinem Kleiderschrank herrschte Durcheinander. Man hatte gar nicht erst versucht, die Spuren zu verwischen. Mit zitternden Händen zog er ein

Hemd aus dem Haufen, der sich auf dem Boden des Schranks gebildet hatte, nachdem alle Hemden von den Kleiderbügeln heruntergerissen worden waren. Dann setzte er sich auf das Bett, holte seinen Tabak hervor und drehte sich eine Zigarette, glücklich, dass er sich an ihr werde festhalten können. Sosehr der kalte Rauch stank, so wunderbar roch die Zigarette, als er den ersten Zug nahm.

Er musste diese Wohnung sofort verlassen und womöglich heute schon aus der Stadt verschwinden. Zum Glück hatte er alle seine Dokumente in einer Abstellkammer im Hotel *Imperial* versteckt. Dort unter den Bodendielen befanden sich auch die verschlüsselten Daten zu den Kontaktleuten in Barcelona, seine Kameras und sein einziges Paar fester Schuhe. Er hoffte, dass die Pagen Jana erlauben würden, alles zu packen, denn er selbst konnte sich im Hotel nicht mehr blicken lassen.

Er stopfte seine Siebensachen in seinen Pappkoffer, dessen Innenboden aufgeschlitzt war. Von der Zigarette, die er zwischen die Lippen presste, rieselte warme Asche auf die zerknäulte Kleidung.

Goran Karaman lehnte am Fensterbrett seines Büros. Rechts von ihm, irgendwo hinter dem Dach der *Kuća Nakić*, eines prachtvollen dreistöckigen Gebäudes im Stil der Wiener Secession, war gerade die Sonne untergegangen. Von überall stiegen Schwalben empor, als wollten sie mit ihren Schnäbeln den unsichtbaren Vorhang zwischen Tag und Nacht aufreißen. Er dachte an Janus, den zweiköpfigen Gott, den Gott der Übergänge, den man in Dalmatien während der Herrschaft der Römer besonders verehrt hatte. Die Häuserfassaden, die die *Pjaca* säumten, schimmerten in einem blassen, kühlen Licht. Er sah wieder nach oben. Lilafarbene Wolken verwandelten den Himmel in Lavendelfelder – ob es wohl regnen würde? Die Schwalben waren verschwunden.

Statt zum Essen nach Hause zu gehen, hatte er sich im Büro ein Glas *prošek* genehmigt und dazu geröstete Mandeln und salzigen Zwieback geknabbert. Seine Frau bereitete ihn einmal pro Monat in großen Mengen nach einem Rezept ihrer italienischen Familie zu. Er verwahrte diese Kostbarkeiten in einer Blechdose. Es war das Beste, was sie von ihrer Familie mitbekommen hatte – diese raffinierten Rezepte, nach denen in Rijeka oder, wie sie sagte: in Fiume, gekocht und gebacken wurde. Die Italiener seien *un popolo di poeti di artisti di eroi di santi di pensatori di scienziati di navigatori di trasmigratori* – »ein Volk der Dichter, der Künstler, der Helden, der Heiligen, der Denker, der Wissenschaftler, der Seeleute, der Wandernden«, das hatte Mussolini behauptet, als er erklärte, warum das begnadete und begabte italienische Volk in einen Krieg gegen Abessinien ziehen solle. Seine Frau glaubte fest an das, was Mussolini sagte. Der Duce hatte in seiner Aufzählung die Köche vergessen, und wenn man Goran Karaman fragte, waren ausgerechnet sie die größten italienischen Künstler überhaupt.

Im Haus der Familie Nisiteo war es warm und stickig. Die Dämmerung schlich durch die Gassen von Veli Varoš, feuchte Schwaden stiegen aus den Wänden der Häuser und von den Straßen auf. Selbst die Möwen saßen nicht wie sonst zu dieser Stunde in Reihen auf der Hafenmauer, sondern schwankten unsicher über den Decks der Fischerboote. Das Meer stank nach getrockneten Algen, nach toten Krebsen, nach feuchten Federn, nach verdorbenen Muscheln, nach sterbenden Fischen, nach sich zersetzendem Plankton, nach dem Holz der Bootswracks, die im Fischerhafen vor sich hin faulten.

In Veli Varoš, der zwischen dem Hafen und dem Marjan eingeklemmten Siedlung westlich des Diokletianpalasts, kauerten die Steinhütten wie Hühner in einem allzu engen Stall. Am Rand des Viertels ragten einige Häuser aus den Felsen. Sie ähnelten Eremitenzellen, aber aus ihren Fenstern konnte man das Meer sehen, und hinter ihnen führte eine neu angelegte Treppe aus weißem Stein zur Bergspitze. Die anderen Häuser standen so dicht aneinander, dass es hier nur im Winter, wenn die kalte Bora wehte, genügend Luft zum Atmen gab. Wenn sich jedoch, so wie heute Abend, ein Wärmeschleier über Split legte, wurde es beschwerlich. In den Durchgängen roch es nicht mehr nach Petersilie, Rosmarin oder Basilikum, sondern nach ranzigem Fett und verkochtem Kohl. Die schmalen, steilen Straßen boten in Veli Varoš kaum Platz für zwei Menschen nebeneinander, und dennoch sah man auf jeder noch so winzigen Terrasse und auf jeder Außentreppe Blumentöpfe – heute ließen die Blumen ihre Köpfe allerdings hängen. Sogar die Kinderstimmen waren verstummt.

Wachtmeister Stjepan war am frühen Abend im Keller des Polizeigebäudes erschienen, hatte die Tür der Zelle geöffnet und dem Fischer Fran mitgeteilt, dass er frei sei und gehen könne. Er hatte ihm auch gesagt: »Passen Sie auf Ihre Tochter auf. Es kann sein, dass der Mörder annimmt, dass sie mit dem Ermordeten eine Liebesbeziehung hatte. Fragen Sie mich nicht, was das bedeutet, denn das kann ich Ihnen nicht erklären. Und fragen Sie mich auch nicht, von wem ich das habe, denn das darf ich Ihnen nicht sagen. Kommissar Bulat lässt Sie übrigens grüßen.«

Der Vater, der in Begleitung anderer Fischer nach Hause zurückgekommen war, hatte einen Seesack mit seinen Habseligkeiten auf den Boden abgestellt, seine Frau umarmt und seiner Tochter diese Informationen zugeflüstert, dann ging er wieder aus dem Haus. Er wollte im Hof mit den Nachbarn etwas trinken. Man musste seine Freilassung feiern, auch wenn die stickige Luft gerade alles zu erdrücken drohte. Er wollte sich bei den Fischern bedanken. Sie hatten seinetwegen fast das Gefängnis gestürmt, sie hatten das Polizeigebäude belagert, und vielleicht wäre ein Unglück passiert, hätte die Polizei ihn nicht endlich freigelassen.

Nun lag Dora im Bett, lauschte den Stimmen im Hof, machte die Augen zu und hoffte, einschlafen zu können. Ihre Mutter saß am Rand des Bettes und beobachtete sie misstrauisch. Sie ahnte, dass irgendetwas nicht in Ordnung war. Sie war nervös durch das Haus gelaufen, und nun saß sie an Doras Bett und wollte mit ihr reden. Die Tochter murmelte, sie sei müde. »Dann bist du krank«, stellte die Mutter fest und eilte zum Herd, um einen Tee aus getrockneten Kräutern zu kochen, eine Mischung, die Doktor Radman zusammengestellt hatte und die gegen jede plötzliche Schwäche helfen sollte. Die Wirkung wurde verstärkt, wenn man dem Tee einen Schuss Kräuterschnaps beimischte. Niemand in der Familie traute sich, der Mutter zu widersprechen. Gut, dann eben Tee mit Schnaps. Danach würde sie bestimmt schnell einschlafen.

Darko Barić war in jener Nacht nicht am vereinbarten Treffpunkt erschienen. Der Vater und sie hatten ihn schließlich gefunden. Sein zusammengekauerter Körper in der Schubkarre, Vaters panisch flüsternde Stimme: »Alles wird gut, Kleines, alles wird gut, schau nicht hin, Kleines! Lauf, meine Dora, lauf, mein Engel, Papa wird das alles regeln. Lauf und schweig, mein Fischlein, schweig wie ein Fisch, Dora, die Fische sind weise, deswegen schweigen sie. Wir Menschen plappern zu viel, wir schwatzen und quatschen, du mein Kind sollst einfach nur schweigen.« Aber nichts wurde gut, denn nachdem der Vater im Gefängnis gelandet war, hatte sie es gerade einmal geschafft, den Menschen, die in den Gängen des Aquädukts auf sie warteten, Lebensmittel zukommen zu lassen. Aber wie ihre Reise weiterging, konnte sie ihnen nicht sagen.

Damit Kaiser Diokletian immer frisches Wasser in seinem Palast hatte, ließ er eine neun Kilometer lange Leitung bauen, um es von der Quelle des Jadro in die Stadt zu bringen. Monumentale Steinbögen standen vor den Toren der Stadt, in der Stadt selbst verliefen die Kanäle unter der Erde. Erst vor einigen Jahren war eine moderne Wasserversorgung eingerichtet worden, doch die Einwohner zweifelten daran, dass die neuen Kanäle und Röhren genauso lange halten würden wie jene, die Diokletian hatte bauen lassen und die nun nur noch dem Abfließen des Wassers bei heftigeren Regenfällen dienten – und als Netz aus Geheimgängen, von denen nur sehr wenige Menschen in Split etwas wussten. Eigentlich nur die Partei, wie die Genossen behaupteten, aber das war unwahrscheinlich. Dora fragte sich, ob die Kriminellen und, vor allem, ob die Leute von der Geheimpolizei davon wussten. Bisher gab es keine Anzeichen dafür, aber die Genossen hatten noch nicht alle Gänge erkunden können.

Der Eingang in das Netz aus Kanälen befand sich im Keller eines Hauses am Rand der Stadt. Das war ein günstiger Ausgangspunkt; man musste zwar streckenweise durch Wasser waten, aber man konnte schnell bis zum Hafen gelangen, ohne bemerkt zu werden. Auf diesem Weg hatte sie immer wieder Flüchtlinge in die Stadt geschleust, die Angst hatten, von deutschen Spitzeln oder von der königlich-jugoslawischen Polizei entdeckt zu werden, weil sie keine gültigen Pässe hatten oder weil ihr Aufenthaltsvisum abgelaufen war. Darko Barić hatte sie dann übernommen und mit einem seiner Boote zu dem nächsten Schiff gebracht, das im Hafen von Hvar oder Vis wartete. Sie bekamen dort frisch gedruckte Dokumente und wurden in eine der Innenkabinen geführt, die sie die ganze Fahrt über nicht verlassen durften. Was weiter mit ihnen geschah, erfuhr Dora nicht. Sie hatte genug damit zu tun, Geld zusammenzubekommen, um Darko Barić zu bezahlen. Doktor Radman spendete viel. Auch der Notar Karaman, der sich immer so verhielt, als wäre ihm die ganze Angelegenheit peinlich.

Sie wusste nicht, wer Darko Barić ersetzen konnte. Die Partei hatte noch nichts organisiert, und niemand hatte ihr sagen können, wie es weitergehen sollte. Vielleicht würde man die Menschen aus den unterirdischen Gängen in Familien aufnehmen, aber bei ihnen zu Hause gab es keinen Platz. Außerdem standen sie unter Beobachtung.

Der Mörder glaubte also, dass Darko ihr Liebhaber gewesen sei? Unsinn! Er hätte sich doch nie für eine Fischerin interessiert, nicht einmal, wenn er sie in ihrem weißen Kleid gesehen hätte. Jetzt lag er tot auf dem Friedhof, und sogar seine glänzenden Schuhe hatte man ihm vermutlich abgenommen. Es wäre schade um die guten Schuhe, das haben sich die Totengräber bestimmt auch gedacht.

Sie wollte seine Schuhe genauso wie seine leblosen Augen vergessen. Den schmerzverzerrten, eingefrorenen Krampf um seinen Mund. Sie wollte nur schlafen, schlafen und hoffte, dass in der Nacht der Regen diesen teigigen Druck von der Stadt spülen werde.

Es war spät am Abend, aber ein Arzt ist immer auf unangemeldete Besuche vorbereitet. Pjero Radman trug kein Hemd mit Manschettenknöpfen, keine Fliege und keine lange Hose wie gewöhnlich, sondern eine Art Nachthemd, und er war barfuß. So ungezwungen gekleidet hatte Jana ihn noch nie gesehen. Sie stammelte ein verschämtes »Guten Abend« und sagte nichts weiter. Frederick, der einige Treppenstufen unter ihr stand, war nicht zu sehen, aber der Rauch seiner Zigarette verriet ihn.

»Junger Mann, so viel zu rauchen ist nicht gesund«, sagte der Doktor auf Deutsch. »Kommen Sie, so kommen Sie doch! Ich rauche sogar eine mit Ihnen. Allerdings ist das nicht dasselbe. *Duo quum faciunt idem, non est idem.*«

Später, während Jana ihm den Grund ihres Besuchs erklärte, rauchte der Doktor tatsächlich eine Zigarette. Er schenkte ihnen Whiskey ein und sagte zu Frederick: »Bei uns in Dalmatien schwört man auf die einheimischen Schnäpse, aber glauben Sie mir, ein Whiskey ist manchmal unvermeidlich, das habe ich in englischer Gefangenschaft gelernt. Jedem das Seine, *suum cuique*, aber die Schotten und die Iren können was. Das hier ist ein irischer. In Ihrem Zustand brauchen Sie einen Whiskey, das rate ich Ihnen als Arzt.«

Nachdem er für die beiden schnell etwas zu essen gerichtet hatte, sagte der Doktor, dass er jetzt zu seinem Nachbarn gehe und dass dieser ihn brauche, weil er einige Platzwunden und eine geprellte Rippe habe, die er verarzten müsse. Er werde die ganze Nacht in der Nachbarwohnung verbringen, und dass sie sich hier bei ihm gerne wie zu Hause fühlen dürften, soweit das möglich sei.

Das Gästezimmer war wie ein Museum. Innerhalb der Glasvitrine, in der Schmuckstücke, Kelche und Ikonen ausgestellt lagen, gab es Nischen, die noch einmal gesondert verglast waren. In ihnen saßen Zikaden aus Ton in verschiedenen Größen, das Modell eines Nierenpaars aus angelaufenem Silber, ein Totenkopf aus Porzellan und ein weiterer, der echt wirkte, und ein Skulpturenpaar aus Gips – »Das sind Ecclesia und Synagoga«, Frederick erkannte sie, da er als Kind ihre Bilder in der Herz-Jesu-Kirche am Prenzlauer Berg gesehen hatte, Synagoga mit verbundenen Augen, einer vom Kopf gestürzten Krone und mit abgeknickter Lanze in der Hand, Ecclesias Haupt gekrönt und von einem Heiligenschein umgeben, in der Linken ein Kreuz, in der Rechten ein Kelch. Jana staunte. Sie schwiegen eine Weile, dann fragte sie Frederick, ob er glaube, dass der Arzt sehr reich sei, wenn er eine solche Sammlung habe, und ob er denke, dass reiche Menschen anständig sein könnten, und ob er glaube, dass Doktor Radman ein Antisemit sei. »Nein«, sagte Frederick, »er ist ein Kunstsammler.« Sie schwieg und fragte dann, ob er, Frederick, wisse, dass es in Russland Menschen gebe, die der Zeit vor der Revolution nachtrauerten. Sie hatte in Wien eine geflüchtete russische Gräfin kennengelernt. Damals sei sie so vom Kommunismus begeistert gewesen, bereit zum Kampf für ihre eigene Gleichberechtigung, dass sie sich beim

Anblick der Löcher in den Schuhen der Gräfin nichts gedacht habe.

Frederick antwortete nicht darauf, sagte aber, dass die Geschichte der Menschheit voller merkwürdiger Episoden sei und dass es nur eine Frage der Zeit sei, bis man das Hitler-Regime entlarvt und abgeschüttelt habe, wie eine weitere solche Episode. Und dass er aus Barcelona bald zurückkommen werde, oder sie werde ihm nachreisen, und dass alles, wirklich alles gut werden würde.

7.

Die Nacht war ohne Sterne, was durchweg als schlechtes Zeichen gedeutet wurde. Etwas Dichtes, Düsteres, Dumpfes entwickelte sich zwischen Himmel und Erde.

Auch wenn die Zeitungen meldeten, dass es in naher Zukunft wohl keinen Krieg in Europa geben werde, verband man in der kleinen Stadt an der Ostküste der Adria die Erscheinungen der Natur immer mit dem Zustand der Welt. Regen werde es geben, das spüre man doch, aber keine Naturkatastrophe und noch weniger einen Krieg, wagten einige der angesehenen Herren der Freimaurerloge von Split bei der eilig einberufenen Sitzung zu prognostizieren. Eine wirkliche Gefahr gehe sowieso nur von den Italienern aus, und diese waren in Abessinien beschäftigt, oder von den Spaniern, aber die waren mit sich selbst beschäftigt, oder von den Russen, die gerade dabei waren, Konterrevolutionäre in den eigenen Reihen aufzuspüren und damit alle Hände voll zu tun hatten, oder von den Deutschen, die sich fleißig, wie es sich für Deutsche gehörte, auf die Olympischen Spiele vorbereiteten – es werde also alles beim Alten bleiben, niemand werde ausgerechnet jetzt einen Krieg vom

Zaun brechen. Wir Freimaurer sollten uns des eigenen Verstandes bedienen und nicht auf die Unkenrufe der Marktweiber hören. Seien die vielen Deutschen, die hier in Split ein und aus gingen, Filme drehten und ihre Stars und Diven mitbrachten, die man dann an den Stränden und in den Cafés bewundern durfe, nicht gerade der Beweis dafür, dass ihr Führer nichts im Schilde führe?

»Ich bitte Sie, verehrte Brüder: Hilde Sessak, ein süßes Teufelchen, unsere Slowenin Ita Rina, die vor sieben Jahren in dem Stummfilm *Erotikon* ganz Europa in Erregung versetzt hat, Camilla Horn, das blonde Wunder, der Murnau sogar die Rolle des Gretchens im *Faust* anvertraut hat, von den männlichen Filmgrößen ganz zu schweigen, ich sage nur: Harry Piel und Eduard von Winterstein! Welche Ehre für unsere Stadt! Der Großmeister hat vorgeschlagen, dass wir unser eigenes Kino organisieren, und ich neige dazu, dem zuzustimmen. Aber zunächst möchte ich die geschätzte Versammlung fragen: Würden wirklich all diese deutschen Filmgrößen an unseren Stränden sitzen, wenn sie auch nur vermuteten, dass ihr Land einen Krieg vorbereitet? Würden sie dann nicht auch Maestro Tijardović warnen? Immerhin arbeitet er ja mit ihnen zusammen.«

Der Großmeister Goran Karaman war anderer Meinung. Mit seinen Händen, die in weißen Handschuhen steckten, wischte er sich die Schweißtropfen von der Stirn. Sein Haar war nass, und unter dem leichten Sommeranzug kämpfte sich sein Herz mit solcher

Mühe ab, als hätte er bei dieser Hitze ein Bärenfell an. Sein Hals war trocken, er wünschte sich ein Glas kalten Weißwein. Jede Kraft war aus ihm gewichen, und so sprach er nicht über das, worüber er sich dringend mit der Loge beraten wollte – über den jüdischen Bruder aus Lübeck, der eigentlich aus Odessa stammte, sich jedoch vor einigen Jahren in Lübeck niedergelassen hatte, als Großhändler für Tee. Ein Pechvogel, der auf der Flucht von der einen Verfolgung in die nächste geraten war. Er hatte Goran Karaman um Hilfe gebeten, und dieser wollte für ihn eine Überfahrt nach New York organisieren. Er hatte mit Darko Barić darüber verhandeln wollen, aber der Mörder war ihm zuvorgekommen. Es war jammerschade, nicht nur für den Teegroßhändler, sondern auch für die Loge, dass dieser junge Mann hatte sterben müssen.

Wobei man wieder beim Thema der eilig einberufenen Sitzung war. Niemand wusste etwas über den Mord. Auch Goran Karaman wusste nichts. Er hatte ihn vorausgesehen, zwar nicht konkret, aber dass es in der Stadt, in der es immer unruhiger wurde, zu irgendeiner blutigen Tat kommen würde, war vorauszusehen gewesen. Und jetzt musste er eine andere Lösung für den Teehändler finden. Dieser wartete in der Pension *Schiller* auf eine Nachricht von ihm, aber er konnte ihm noch nichts melden.

Kapitän Filip Tijan hatte ihm ein vages Versprechen gegeben: »Ich werde mich darum kümmern, *šjor* Notar, aber wäre es nicht ratsam, dass Sie es über Ihre familiären Verbindungen in Rijeka versuchen? Denn bei uns ist es beinahe unmöglich, gefälschte Papiere auf einen italienischen Namen ausstellen zu lassen. Außerdem verlassen die Schiffe aus Rijeka italienisches Gebiet und nicht jugoslawisches, wie aus Split oder aus Sušak, wenn Sie verstehen, was ich meine.«

Er verstand nicht, wollte aber nicht seine Frau um einen Gefallen bitten – und noch weniger ihre faschistischen Verwandten, die im Grunde nichts gegen Juden hatten, solange diese zugaben, dass die Italiener die edelste Rasse auf der Welt waren. Diese Verwandten waren ihm immer schon zuwider gewesen. Wie sollte er jetzt mit einer solchen Bitte an sie herantreten!

Der Großmeister konnte es kaum abwarten, wieder nach Hause zu kommen. Er würde sich in der Dunkelheit in den Garten setzen, vielleicht würde er sogar draußen schlafen. Nicht einmal die von den Brüdern getroffene Entscheidung, einen Filmprojektor für den Raum hinter der Loge anzuschaffen, hatte ihn aufmuntern können.

So optimistisch wie einige der Logenbrüder waren in der Stadt nicht viele. Man verließ sich lieber auf die bewährten Methoden, die man bei drohendem Unheil und bösen Vorahnungen anwendete – man flüsterte Gebete: Heiliger Antonius, erhöre uns, Heiliger Franziskus, stehe uns bei, Liebfrauen aller Art – vom Berge Karmel, von Pojišan, von Sinj, Unsere Liebe Frau der Gesundheit –, erhöret uns! Aber wie üblich wusste man nicht, ob die Heiligen Notiz von den Menschen nahmen.

Luft zum Atmen gab es in der Stadt nur noch in den Parks und in den Gärten, wo einige Familien aus den ärmeren Vierteln bis spät abends ausharrten und ihre Kinder auf den Bänken schlafen ließen.

Ursprünglich zum einen Teil als Militärlager angelegt und zum anderen als Wohnstätte des Kaisers, die sein künftiges Grab, ein Wohnhaus für alle Zeiten und der Stellung eines Sohnes Jupiters angemessen, umfasste, war der Diokletianpalast ein Bau ohne Gärten. Diese befanden sich außerhalb der Mauern, und da die Stadt um den Palast herum wuchs, so wurden auch diese Gärten immer weiter an die Ränder gedrängt.

Es waren vor allem Nutzgärten. Einer Legende zufolge kurierte der Kaiser seinen Rheumatismus in den Schwefelquellen, die hier aus dem Boden sprudelten, und er vertraute der Heilkraft des hiesigen Blattgemüses. Deshalb züchtete er höchstpersönlich irgendwo zwischen Salona und der Quelle des Jadro nordwestlich von seinem Palast Kohl. Nachdem er sich von seinem Thron zurückgezogen hatte, geriet das von ihm eingeführte Herrschaftsmodell der Tetrarchie in eine Krise – jede Herrschaft gerät irgendwann in eine Krise, aber selten sind die Herrscher so weise, sich rechtzeitig zurückzuziehen. Als man Diokletian anflehte, die Macht wieder zu übernehmen, antwortete er: »Hättet ihr nur einmal meinen Kohl probiert, dann würdet ihr von solchen törichten Gedanken ablassen.«

Mario Bulat, der nackt neben der unruhig schlafenden und ebenfalls unbekleideten Irena auf dem verschwitzten Laken in ihrem Zimmer lag, sehnte sich nach der kühlen Luft in den Gärten am Jadro. Er fragte sich, ob man in einem Film über Diokletian nur den einsamen Alten zeigen sollte, der durch die leeren Gemächer irrt, an den Bögen der südlichen Fenster seines Palastes vorbei, ohne das Meer zu sehen, oder nicht auch den Kaiser als Gärtner, mit einem Kohlkopf anstelle des Reichsapfels in der Hand.

Die Kamera zoomt zuerst auf seine gespreizten, rheumageplagten Finger, die den Kohlkopf umklammern, dann auf seinen sachte schmatzenden Mund. Er hat vergessen, dass er ein römischer Kaiser gewesen ist, er hat vergessen, dass er der Sohn Jupiters ist, dessen Zeichen der Erdball war. Er hat vergessen, dass er einmal an die Weltherrschaft geglaubt hat. Er schätzt bedächtig das Gewicht seiner Ernte ein und spürt dem Geschmack der mit gehacktem Lammfleisch, Rosinen und Reis gefüllten und mit Garum gewürzten Kohlblätter nach. Nein, einen solchen Film würden die deutschen *filmani* nicht drehen wollen.

Als die ersten Ziergärten in Split entstanden, mit Zypressen, weißen und gelben Rosen, Palmen und verschiedenen Bougainvillea-Arten – etwa der Garten der Villa von Kamilo Tončić, dem Architekten, der die Wiener Secession nach Split gebracht und die Bewohner der Stadt derart in Erstaunen versetzt hatte, dass sie mit ihren offenen Mündern und schockverzerrten Gesichtern den Figuren an der Fassade der Schwefeltherme ähnelten, die er entworfen hatte –, änderte sich auch der ewig pragmatische Geist der Hafenstadt. Eine Pflanze nur wegen ihrer Schönheit wachsen zu lassen, war neu. Mit den Palmen, die auf der Riva anstelle der Maulbeerbäume gepflanzt wurden, öffnete man sich dem Luxus, der nutzlosen, sich selbst genügenden Schönheit. Während die Maulbeerbäume an Schulhöfe irgendwo in der österreichischen, ungarischen oder bulgarischen Provinz erinnerten, brachten die Palmen einen Hauch von französischer Riviera nach Split. Die ewigen Nörgler sagten: »Wir haben es nicht nötig, die Franzosen nachzuahmen, und wer nicht weiß, dass unsere Stadt schöner ist als Nizza, dem ist nicht zu helfen.« Aber auch sie gewöhnten sich an die Palmen.

Karmela, die Marktfrau, und Wachtmeister Stjepan merkten überhaupt nicht, wie schwer die Luft auf der Stadt lastete. Sie saßen beide in der Zinnwanne mitten in Karmelas Garten im lauwarmen Wasser.

»Du hast Fran Nisiteo freigelassen?

»Jawohl. Ich persönlich.« Dem Wachtmeister war das Thema unangenehm.

»Dein Chef hat also eingesehen, dass er mit dem Mord nichts zu tun hat? Das hat aber gedauert.«

Karmelas Stimme klang klar und nüchtern. Stjepan traute sich nicht, nach ihrer Hand zu greifen, die auf dem Wannenrand lag. Zum Glück war es so dunkel, dass er ihre Haut kaum sehen konnte, aber die Bilder, die vor seinem inneren Auge aufwirbelten, ließen ihn erzittern.

»Fran Nisiteo hat mit dem Mord nichts direkt zu tun. Aber irgendeine Verbindung gibt es da, wir wissen nur noch nicht, welche.«

»Wie bitte?« Sie war überrascht. Er nahm seinen ganzen Mut zusammen und legte seine Hand auf die ihre.

»Der Kommissar fragt sich, ob der Mörder die Treffen zwischen Dora und Darko nicht falsch gedeutet hat. Wir wissen, dass die beiden sich wegen der Flüchtlinge getroffen haben, und zwar immer nachts. Aber kannte zum Beispiel seine Verlobte den wahren Grund für diese Treffen?«

»Ihr glaubt doch hoffentlich nicht, dass Lucrezia Torchio ihren Verlobten umgebracht hat!« Karmela schob seine Hand weg und setzte sich aufrecht in die Wanne, so dass er die Umrisse ihres nackten Oberkörpers sah.

»Nein, sie verdächtigen wir nicht. Aber ihre Brüder.«

»Hm«, sagte Karmela, »da könnte etwas dran sein. Ihre beiden leiblichen Brüder? Und ihren Ziehbruder, den Sohn der Haushälterin?«

»Es ist ja nur eine Vermutung. Der Kommissar vertraut auf seine Taktik und wartet und hofft, dass irgendjemand irgendwann einen Fehler machen wird.«

Während Karmela das Gemüse für ihren Marktstand außerhalb der Stadt anbaute und deshalb morgens früh aufstehen musste, wuchsen hier oben, für Passanten nicht zu sehen und nur zu ihrer eigenen Freude, Rosen mit saftigen Blütenblättern, Frauenminze, Sand-Strohblume und Weinraute, Rosmarin und Salbei. Die Mandeln, das Johannisbrot, Kirschen, Quitten, Zitronen, Feigen, Granatäpfel und was sonst hier gedieh, verkaufte sie nicht. Sie legte sie ein, verschenkte sie, kochte Marmelade daraus oder ließ die Vögel sich an den Früchten sattfressen. Wachtmeister Stjepan, der zwar Tomaten von Paprika und Auberginen von Zucchini unterscheiden und herausschmecken konnte, ob er eine Pflaume oder einen Pfirsich aß, verstand gleichwohl nicht viel von Pflanzen. In dieser Nacht glaubte er, ihren Geheimnissen endgültig auf die Spur gekommen zu sein.

8.

Der 10. Juli 1936 schlich sich in die ermattete Stadt. In der Stunde zwischen Nacht und Tag erreichte die Temperatur den niedrigsten Stand, das Meer geriet in Bewegung, das dunkle Seegras begann zu wogen, die Steckmuscheln, hell wie blasses Gold, schnappten mit ihren breiten Schlünden nach Plankton. Es sah aus, als würden sie lautlos lachen. Erst als die Sonne ihren Aufstieg begann, überfielen die Träume die Schlafenden. Später konnte sich niemand an etwas erinnern.

Antonio Petrinelli erinnerte sich nicht, dass er davon geträumt hatte, wie Angelo, Domenico und Mauro Martas Küche durchwühlten, um ein Messer zu finden, wobei Angelo und Domenico unablässig auf Mauro einredeten, er möge die Ehre seiner Ziehschwester retten. Und er erinnerte sich nicht, dass er im Traum in dieser Küche auf dem Boden gesessen hatte, umgeben von Fläschchen aus seiner Apotheke, beide Hände schützend auf den Hinterkopf gelegt, während jemand ein Stuhlbein auf seinen Rippen zerbrach.

Dinko Despot erinnerte sich nicht, dass er im Traum den Lehren einer Gruppe orthodoxer russischer Priester zugestimmt hatte, die mit ihren tiefen

Stimmen davon sprachen, dass alles Übel von den Juden und Freimaurern komme, er könne sich davon überzeugen, wenn er die *Protokolle der Weisen von Zion* gründlich studiere. Er rief: »Das habe ich doch!«, aber sie hörten ihm nicht zu, sie sprachen weiter: »Auch wenn wir mit euch verbohrten papistischen Schismatikern niemals einer Meinung sein können, so sind wir doch christlich genug, um euch vor dem Teufelswerk zu warnen. Wenn euch unser Schicksal nicht Warnung genug ist, dann ist euer Geist noch abgestumpfter, als wir geglaubt haben. Seht genau hin: Unsere Bärte sind grau, unsere Mäntel sind zerrissen, unsere Kamilawken und Mitren liegen im Staub, unsere Märtyrer sind im Himmel, unsere Geflüchteten sind über die ganze Welt verstreut. Stalin hat unsere Kirchen zu Magazinen gemacht. Das Gold unserer Kuppeln – und unsere Kirchen waren schöner als die euren – ließ er einschmelzen, um Zähne für die Parteibonzen daraus zu machen. Aber jetzt krepieren viele dieser Bonzen in seinen Lagern, und unser Gold ist das Einzige an ihnen, das nicht verfaulen wird. Unsere serbisch-orthodoxen Brüder kümmern sich nicht genug um diese Gefahren, da sie berauscht davon sind, dass eine serbische Dynastie den Thron eures Landes eingenommen hat. Sie kämpfen nicht einmal dafür, dass das Land den Namen Königreich Serbien trägt, wie es sich gehören würde, nein, sie haben sich unter dem Einfluss der französischen und englischen Freimaurer auf den Namen Jugoslawien verständigt, genauso wie die Kommunisten den heiligen Namen

Russlands hinter dem Namen Sowjetunion verstecken. Aber wir werden keine Ruhe geben, bis der Geist der Weisen von Zion gebrochen ist. An euch Katholiken ist es zu entscheiden, ob ihr dem Weg eines eurer klügsten Männer folgen wollt: Henri Roger Gougenot des Mousseaux (in seinem Traum konnte Dinko Despot diesen Namen aussprechen), dessen Buch ihr in eurer gottverlassenen Provinz in der Übersetzung von Alfred Rosenberg lesen könnt, falls ihr des Französischen nicht mächtig seid: *Der Jude, das Judentum und die Verjudung der christlichen Völker*, so heißt die Schrift. Lesen muss der Christ, wenn er sich gegen die Gefahren unserer Zeit wappnen will! Alles ist in den Büchern niedergeschrieben, man muss nur die richtigen Bücher finden. Was nicht leicht ist, denn unsere Literatur und unsere Philosophie sind vom Liberalismus vergiftet. Die Weiber verlangen das Wahlrecht, kümmern sich nicht mehr um die fromme christliche Erziehung ihrer Kinder. In Russland gehen sie in die Fabriken, um zu arbeiten. Das haben sie nun von ihren Rechten! Die Juden haben die Freimaurerei in die Welt gebracht, den Liberalismus und den Kosmopolitismus, den Atheismus und den Kommunismus, nur um die Christen zu verführen und sie mit angeblich freiem Denken von ihrem Glauben abzubringen, während sie unnachgiebig wie eh und je am Talmud festhalten. Und das Schlimmste: Es ist ihnen gelungen, viele unserer Priester und Gläubigen zu überzeugen, dass das Übel nicht von ihnen kommt, sondern durch Ungerechtigkeiten in der Gesellschaft, durch die Machtbestrebungen Einzelner – sie behaupten, dass Stalin kein Jude sei, als ob das überhaupt von Belang wäre! Und sie behaupten, letztlich sei das Übel in der Psychologie des Menschen begründet. Allein das Wort! Psychologie, auch so eine jüdische Erfindung!«

Dinko Despot hatte nach dem Aufwachen Schmerzen im Nacken, sosehr hatte er im Schlaf dazu genickt. Aber er konnte sich nicht daran erinnern, er führte die Schmerzen darauf zurück, dass er wegen der Hitze sein Kopfkissen aus dem Bett geschleudert hatte. Er fragte sich nur, warum er frühmorgens an Marko Marulić denken musste, den Renaissance-Gelehrten aus Split, der – und als wahrer Kroate war man stolz auf diese Tatsache – zu Beginn des 16. Jahrhunderts den Begriff *psychologia* in einer seiner Schriften geprägt haben soll. Eine Schrift, die wie viele andere aus diesen Provinzen verschollen war. Und er fragte sich, warum er überhaupt an Schriften und Bücher denken musste. Ich sollte mehr lesen, aber ich habe zu viel zu tun, dachte er unglücklich.

Irena Ugrin konnte sich später nicht erinnern, dass sie im Traum gedacht hatte, wie zärtlich Mario Bulat manchmal in seiner Hilflosigkeit wirkte und wie sehr sie seine Bereitschaft mochte, sich auf Neues einzulassen, die hartnäckige Geduld, mit der er seinem Beruf nachging und die sich mit einem gesunden Stoizismus paarte. Denn ständig war etwas nicht möglich, ständig standen höhere Interessen der Wahrheit im Wege. Deshalb wurde er mit jedem Fall resignierter, melancholischer und auch klüger als zuvor. Sie konnte sich später nicht erinnern, wie sie im Traum bedauert hatte, dass sie ihm bald sagen werde, dass sie trotz seiner Arme und seines kräftigen Oberkörpers, seiner leicht gebeugten Haltung und seines schnellen Gangs mit dem viel jüngeren Ivan Dvornik, einem Kollegen aus der Buchhandlung, der ihr die Werke Rilkes nahegebracht hatte, nach Paris gehen werde. In Split würde sie ersticken. Diese Stadt ließ einen nicht atmen, nicht nur wegen der Hitze, sondern eigentlich immer. All die Augen hinter den Fensterläden, das Geflüster in den Gassen, all die *redikuli*, die Menschen, die man an langen Wintertagen aus Langeweile verspottete und die krank und hungrig in irgendwelchen ungelüfteten Kammern starben und erst bei ihren Beerdigungen, die als Massenereignisse inszeniert wurden, zu ihrer Würde zurückfanden. Man weinte ihnen mehr nach als den eigenen Eltern. Plötzlich wurden aus syphilitischen Prostituierten Heilige, Alkoholiker, die in ihrer Trunkenheit aussprachen, was alle heimlich dachten, Propheten, und ausgediente Soldaten ohne Obdach Helden. Irena mochte die hiesigen Männer nicht, die über Frauen abschätzig sprachen, die Priester, die gegen Bildung wetterten, die Nationalisten aller Art: die kroatischen, die serbischen, die jugoslawischen, die italienischen, die sich alle darin einig waren, dass die Frauen vor allem Kinder zum Ruhme der jeweiligen Nation gebären sollten. Sie glaubte Ivan, dass in Paris alles anders sei. Die dort regierende Volksfront war wohl die einzige Regierung, die man in Europa derzeit ertragen konnte. Es sah so aus, als würden die Franzosen sogar die Olympischen Spiele in Berlin boykottieren und die Volksolympiade in Barcelona unterstützen. Sie musste einfach nach Paris! Irena konnte sich nicht mehr erinnern, dass sie in der Morgendämmerung im Traum zu ihm gesagt hatte: »Und außerdem liebst du immer noch deine Frau! Aber ich will, dass du nur mich liebst.« Hätte sie sich an diese Worte erinnert, dann hätte sie sich geschämt.

Mladen Zavoreo konnte sich am Morgen nicht erinnern, dass er von den Nächten geträumt hatte, in denen das Casinò Municipale di San Pellegrino noch geöffnet war. Die Kinder waren damals noch so klein, dass ihn die Familie bei seinen Reisen nach Italien nicht begleitete. Wie jung und flink er damals noch war! Er hatte ein Zimmer im *Grand Hotel* gemietet, keine königliche Suite, aber teuer genug, er hatte gute Geschäfte gemacht. Nach neuester italienischer Mode gekleidet, begab er sich am Abend ins Casino. Er hatte mit größter Sorgfalt alles an seinem Äußeren getilgt, was ihn als Kroaten verraten hätte – seine Landsleute wurden hier belächelt oder argwöhnisch beobachtet, egal wie viel Geld sie verprassten. Von allen Slawen wurden nur die Russen noch immer respektvoll gegrüßt, auch wenn sie jetzt als Exilanten kamen und nicht mehr als Entourage der Zarenfamilie. Im Casino hatte eine beinahe barocke Pracht geherrscht: Bronze, Gold und Silber, Plüsch, Marmor und Onyx, Treppen, Skulpturen, Teppiche und Lampen, Fenster und Wände, alles glänzte, leuchtete, lockte und verführte. Mit einem Glas aus dünnem Kristall in der Hand ging er auf Spiegel zu, die ihn feierten. Er liebte sich selbst und das Leben in diesen kürzesten aller Augenblicke. Alles war Jubel, Kitzel, Genuss. Vergessen das mühsame, langweilige Studium in Wien, vergessen die öden Winterabende in Split, wenn er mit einem Gefühl der Beklemmung von einer Bucht zur anderen lief, nur um die Innenstadt zu umgehen. Vergessen der Mundgeruch seines Vaters, der dem Gesicht seines Sohnes immer sehr nahe kam, während er in einem fort Lebensweisheiten, Versprechungen, Drohungen und Mahnungen von sich gab. An den Lippen des Vaters bildeten sich manchmal Bläschen aus Spucke, und der Sohn fragte sich bisweilen, ob es nicht besser gewesen wäre, das ganze Erbe auszuschlagen und mit dem erstbesten Schiff den Heimathafen für immer hinter sich zu lassen. Als der Vater starb, kam sich der Sohn wie ein gebrochener Mensch vor. Am besten erholte er sich davon in einem Kurort mit Casino. Allerdings durfte das Casino keine billige Nachahmung sein, wie es heute leider üblich war. Es musste ein Haus aus der Belle Époque sein, wie man es auch noch in Baden-Baden oder in Monte-Carlo fand. Wobei er sich an beiden Orten fremd fühlte, in San Pellegrino dagegen wie zu Hause. Es war nur eine Frage der Zeit, bis das große Casino wieder öffnen würde. Bis dahin vergnügte er sich anderweitig. Außerdem waren es inzwischen Familienausflüge geworden. Alles war anders geworden. Im Traum liebte er seine Frau wieder, sie war ihm nicht mehr langweilig. Er wünschte sich, sie wäre bei ihm und würde ihn so sehen, wie er sich in den üppig gerahmten Spiegeln im Licht der Kronleuchter des Casinò Municipale sah.

Agnes Straub erinnerte sich am Morgen nicht mehr daran, dass sie in ihrem Zimmer im Hotel *Imperial* – als politisch suspekte Nebenrolle hatte sie kein Zimmer mit Meerblick, was sich bei der Hitze als Vorteil erwies, denn die Zimmer zum Norden waren kühler – noch kurz zuvor von ihrer Zeit als Theaterdirektorin in Berlin geträumt hatte. Sie war die erste und bisher einzige Frau, die es gewagt hatte, ein privates Theater zu leiten, das *Agnes-Straub-Theater am Kurfürstendamm*. Die Hoffnung war vergeblich gewesen, dass Leo in einem privaten Theater das Arbeitsverbot für jüdische Schauspieler umgehen konnte. Aber nicht das war es, was sie im Traum bewegt hatte. Und auch nicht die Sorge, was er jetzt in ihrem Haus in Österreich machte – er hatte sich falsche Dokumente verschafft, einen Bart wachsen lassen, diesen mit Wasserstoffsuperoxyd blondieren und sich dann um eine Stelle an einem der Wiener Theater bemühen wollen, um dann zu behaupten, dass er ein Bauer sei, der das Theater liebe und beim Melken der Kühe Hamlets Monologe probe, was sie dermaßen verrückt fand, dass es ihr die Sprache verschlug. Aber so war Leo, und sie hatte ihm dieses Vorhaben nicht ausreden können. Im Traum zeigten ihr einige Kollegen die kalte Schulter, nachdem sie wegen ihrer Beziehung zu Leo in Ungnade gefallen war. Sie taten so, als hätten sie nicht bemerkt, dass er nicht mehr da war. Leo war im Spätherbst 1935 endgültig aus Berlin verschwunden, sie arbeitete weiter, ohne ihn je wieder zu erwähnen. Aber auch niemand sonst erwähnte ihn. Die gemeinsamen Freunde fragten nicht nach ihm, die Kollegen erkundigten sich nicht, wo er sei und wie es ihm gehe. Als hätte es ihn nie gegeben! Als gäbe es keinen Leo Reuss, einen Menschen mit Talenten, Leidenschaften, Freuden, Schmerzen, Sorgen und Nöten. Einst war es für jeden Theaterdirektor eine Ehre gewesen, sie an seinem Haus zu wissen, denn sie füllte die Säle wie kaum eine andere Theaterschauspielerin. Jetzt musste sie auf jedes Wort achten. Die Rolle, die ihr Karl Anton in den *Weißen Sklaven* angeboten hatte, war ihre Rettung: Sie war weit entfernt von Berlin. Die Reise nach Split war ein Geschenk, hier atmete sie freier, auch wenn in dieser Nacht niemand gut Luft bekam. Sie verdiente ein anständiges Honorar und spielte sogar eine passende Rolle: Als Hafenwirtin versteckte sie den schwer verwundeten Gouverneur von Sewastopol und seine Tochter vor dem ehemaligen Hausdiener, der im Zuge der Revolution zum neuen Machthaber der Stadt geworden war und die Tochter des Gouverneurs für sich beanspruchte. Es war ein scheußlicher Streifen! Noch im Traum fragte sie sich, wieso sich die Nazis in diesen russischen Revolutionären nicht selbst erkannten? Wieso verstand niemand von ihnen, dass sie das eigene Tun auf ihre Gegner projizierten? Aber vor allem fragte sie sich, warum sich ihre Kollegen duckten, anstatt gegen die Verfolgung jüdischer Schauspieler zu protestieren. Wie einfach war es, jede Anständigkeit, jede Solidarität auszuschalten? Wie lange hatten die Nazis dafür gebraucht? Nur drei Jahre. Die Mutigsten und die Besten waren eingesperrt oder geflüchtet. Glaubten die Nazis wirklich, dass sie durch Einführung ihrer eigenen Kriterien das Wesen der Kunst verändern konnten? Dass man mit Macht darüber entscheiden konnte, was als Kunst zu gelten habe? An all diese Fragen aus ihrem Traum erinnerte sie sich nach dem Aufwachen nicht mehr. Und es war für sie sicher besser so.

Joseph Krause erinnerte sich nicht, wie er Jutta Lehmann in seinem Traum mit sicherer Stimme und ohne sich zu räuspern in gehobener Sprache und dennoch lässig-elegant erklärt hatte, warum jetzt endlich die Stunde der national gesinnten Künstler gekommen sei, der heimatverbundenen Künstler, die mit beiden Beinen auf der heimischen Scholle standen und die Geschichte der eigenen Sippe und des eigenen Blutes künstlerisch bearbeiteten. Bisher seien die dekadenten, der Heimat entfremdeten Künstler, die spöttisch über ihre eigene Herkunft herziehenden Denker im Vorteil gewesen, die Ironiker, die Satiriker, die Spottdrosseln, die allen anständigen Menschen den Spaß am Leben verdarben, weil sie alles und alle ihrem pervertierten kritischen Denken unterwarfen, die Nestbeschmutzer, die Zweifler, die ihre eigenen Schwächen zur Schau stellten, anstatt der Jugend und dem Volk heroisches Vorbild zu sein, die schamlosen Modernisten, die alles Klassische verwarfen, um ihre angebliche Originalität auf die Spitze zu treiben. So dozierte er, und er untermauerte seine Behauptungen mit Zitaten aus Büchern, mit Verweisen auf Bilder und Beschreibungen von Theater- und Filmszenen, während sie ihm ernst zunickte und ihn mit ihren blaugrauen Augen liebevoll-bewundernd anblickte. Als sie ihn fragte, wieso er sich in Fragen der Kunst und des Geistes so gut auskenne, zögerte er keinen Augenblick und antwortete unumwunden, dass auch er ein Studium der Theater- und Filmkunst angestrebt hatte, dass man ihm aber keine Chance gegeben habe, da in der Systemzeit Juden, Bolschewiken, Alkoholiker und sogar Frauen bekanntlich bevorzugt wurden. Doch er habe sich selbstständig weitergebildet, und dank seiner frühen Mitgliedschaft in der NSDAP sei ihm sofort nach Gründung der Gestapo die Möglichkeit eröffnet worden, sich zu beweisen. Ihr bewundernder Blick entging ihm nicht. Als er ihr erzählte, was er im Zimmer von Frederick Achnitz alles entdeckt hatte – nichts als schmutziges Geschirr, Zigarettenasche, dreckige Wäsche und eine Pappschachtel voller Tabak – und wie er ihn zu überführen beabsichtigte (er hatte einen ausgeklügelten Entführungsplan ersonnen, bei dem er auch ihre Hilfe benötigen würde), wachte er auf. Wie sehr er sich auch bemühte, sich an diesen Traum zu erinnern, der ihn aufgewühlt und glücklich gemacht hatte, es wollte ihm nicht gelingen. In seinem Kopf war nichts als eine blau-graue Wolke zurückgeblieben, die unter den Sonnenstrahlen, die in sein Zimmer fielen, zu unzähligen Tröpfchen zerstob.

TEIL 4

1.

Sommer in Split haben die Eigenschaft, den Menschen das Gefühl von Ewigkeit vorzugaukeln. So war es auch im Jahr 1936. Die Tage glichen einer dem anderen, und die hohen Temperaturen dehnten die Zeit, als zählte jede Stunde tausend Minuten, jede Minute tausend Sekunden. Der Kalender war außer Kraft gesetzt, kaum jemand wusste noch, welcher Tag gerade war. Nicht einmal die Zeitungen boten Zuversicht, da ihre Leser, benommen von der Hitze, schon am nächsten Tag nicht mehr sagen konnten, ob die Nachrichten zu einem Heute, zu einem Gestern oder Vorgestern gehörten.

Die Nachrichten krankten an der gleichen Unverbindlichkeit, an der auch das Zeitgefühl der Leser krankte. So zum Beispiel die folgende Nachricht, die man in der *Novo doba* lesen konnte:

> ***Paris.*** *– Die französische Volksfront-Regierung hat ihre früheren Aussagen, dass sich französische Sportler aufgrund der vermeintlichen Judenfeindlichkeit in Deutschland nicht an den Olympischen Spielen in Berlin, sondern an der alternativen Volksolympiade in*

Barcelona beteiligen werden, revidiert. Es wird nun den Athleten und Sportverbänden die gleiche finanzielle Unterstützung in Aussicht gestellt, unabhängig davon, für welche der beiden Olympiaden sie sich entscheiden. Am 9. Juli stimmten im Parlament in Paris alle Rechtsparteien für eine Beteiligung Frankreichs an der Sommerolympiade in Berlin, während sich die Linksparteien enthielten.

Allein die Priester gaben der Zeit eine Ordnung: Das Kirchenjahr sorgte für die letzte Gewissheit, dass auch dieser Sommer einmal vorbei sein würde. Die Frauen der Fischer und Bauern beteten ihre Rosenkränze während der Frühmesse, als wollten sie damit verkünden: Habt Geduld, Rettung naht! Allerdings zeigten sich am Himmel noch immer keine Wolken. Wenn die Sonne im Zenit stand, glaubten die Menschen, sie würde sich direkt in ihr Hirn einbrennen. Ihre Lebensfreude schlug um in Wut. Man sah Vulkane.

Die Hitze hatte despotische Züge, die Menschen waren ihr untertan. Die einen ließen es über sich ergehen, stöhnten und lagen regungslos in abgedunkelten Zimmern und zählten die Stunden. Die anderen rebellierten. Sie warfen sich ins Meer. Sie schwammen wie besessen, tauchten ihre Köpfe unter das Wasser und lagen später erschöpft am Ufer, aber die Abkühlung war nur vorübergehend.

Obwohl sich alle über die Hitze beschwerten, wohnte ihrem Lockruf etwas Süßes inne. Eros und Thanatos in heißer Umarmung. Einige Menschen versuchten trotz aller Beschwerden, in diesem Zustand zu verharren, weil man sich in ihm unsterblich vorkam. Andererseits verfaulte die organische Materie in der Hitze viel schneller als sonst. Starb irgendwo eine Katze, löste sich ihr Kadaver in einer Wolke aus erbärmlichem Gestank auf, bevor man sich der Verwesung überhaupt bewusst wurde. Sogar die Knochen zerfielen so schnell, dass einem der Tod unglaubwürdig vorkam.

Niemand wollte im Sommer sterben, obwohl die Hitze die Menschen am Rand ihrer Lebenskräfte hielt. Auch deshalb war der Mord an einem Mitbürger eine einzige Ungeheuerlichkeit. Und weil das so war und wegen der evidenten Gefahren, die von den Flüchtlingshelfern und von anderen linken und liberalen Zerstörern der mühsam hergestellten staatlichen Ordnung ausgingen, rief die italienische nationalistische Bewegung *Fasci di combattimento di Dalmazia* einen Aufstand aus. Die Revolte, die zu einem Tumult wurde, fiel zusammen mit den ersten Veränderungen des Wetters. Zuerst zogen über der Stadt weiße Wolken auf, die wie buckelige Schäfchen aussahen, jedes mit einem Türmchen auf dem Rücken oder gar einem Dutt auf dem Kopf. Die ganze Herde galoppierte über das Meer Richtung Horizont, und hinter ihr her trotteten riesige graue Wolken, als wären die Wölfe unschlüssig, ob sich die Verfolgung lohnt. Dann wurde der Himmel wieder trügerisch blau, irgendwie milchig blau, vielleicht blau-grau. Es war immer noch heiß. Die Luftfeuchtigkeit stieg merklich an, die Stadt war wie ein Glashaus mit tropischer Flora, als sich eine kleine Gruppe junger, schwarz gekleideter Bürger auf dem Hauptplatz um ein schwarzes Banner versammelte, auf dem ein Totenkopf zu sehen war. Es handelte sich allerdings nicht um eine Beerdigung.

Einer der Männer stellte sich auf den Stuhl, den man eilig aus einem der Cafés am Platz herbeigeholt hatte. Er begann zu sprechen, zunächst etwas leise, aber nachdem ihn unzufriedene Rufe ermahnt hatten, hob er seine Stimme, einen angenehmen Bariton, und richtete seinen Blick fest auf einen Punkt am Ende des Platzes, eine Pose, die ihm ein erhabenes und auch etwas finsteres Aussehen verlieh. Sein schwarzes Hemd war zugeknöpft. Wenn man genauer hinsah, konnte man hinter seinen Ohren zwei dünne Rinnsale aus Schweiß erkennen, die sich unter dem Kragen einen Weg zwischen seinen Schultern bahnten.

Der Redner sprach in einer Mischung aus Kroatisch und Italienisch. Er sprach darüber, dass man in schwierigen Zeiten lebe. Dass man Zeuge von Krisen sei. Dass man aber auch nach Lösungen suchen müsse. Dass es gelte, die Schuldigen für die Krisen ausfindig zu machen und diese im Namen des Volkes aus der Gesellschaft zu verbannen. Er holte aus, und unter großem Beifall seiner Zuhörer erinnerte er an die Folgen des Großen Krieges, an die vielen Helden, an die vielen Toten, an Unstimmigkeiten in den Friedensverträgen, an die Verteilung der Ressourcen, die wie immer ungerecht sei. Dann richtete er seine Aufmerksamkeit auf die Flüchtlinge, die aus Deutschland an die Adria kämen – vereinzelt konnte man nun Stimmen hören, die sich gegen die Freundschaft zwischen Mussolini und Hitler aussprachen. Der Duce könne auch alleine, so meinten sie, gegen die Flüchtlingshelfer vorgehen, die entweder russische Agenten oder liberale Landesverräter seien. Auch gegen die internationale und noch mehr gegen die lokale Presse, die das Volk belüge und nicht über die tatsächliche Situation in der Stadt informiere.

»Bei uns gibt es den ersten Toten zu beklagen, er ist unter verdächtigen Umständen im Hafen ums Leben gekommen. Dort, wo sich in letzter Zeit viele Fremde tummeln, die sich unter die Touristen mischen. Und die Zeitungen erzählen etwas von verdächtigen, aber unschuldigen Fischern. Ohne genau hinzuschauen, was diese Fischer eigentlich tun! Verstehen Sie mich nicht falsch, verehrte Mitbürger, ich meine nicht alle Fischer. Aber es gibt etliche unter ihnen, die von der kommunistischen Seuche befallen sind. Und jetzt spielen sie sich als Retter der Welt auf. In ihren Booten werden mehr Menschen als Fische über das Meer gefahren! Und in ihren Netzen finden sich tote Menschen und keine Fische! Etwas stinkt hier gewaltig. Aber es sind nicht nur die vergammelten Fische, die man uns als frische anpreist! Finden wir eine Erklärung dafür in unseren Zeitungen? Spricht irgendjemand aus den Redaktionen auch mit uns, um uns zu fragen, was wir davon halten? Nichts halten wir davon, ganz im Gegenteil! Jugoslawien hat diese Gebiete hier mit aller Macht für sich beansprucht, obwohl sie Italien versprochen waren. Dann können wir aber zumindest erwarten, dass uns der jugoslawische Staat ernst nimmt und vor solchen Vorkommnissen schützt!«

Der Mann hatte das Wort »Fische« so ausgesprochen, als meinte er »Haie«. Er übersetzte nur die Substantive aus dem Italienischen ins Kroatische, für Adjektive, Verben und Präpositionen verwendete er das Italienische, aber daran war man in Split gewöhnt. Seine Worte waren beunruhigend, aber der Klang seiner Stimme erzielte die gegenteilige Wirkung. Man hätte ihm noch lange zuhören mögen.

In einiger Entfernung hatte sich hinter den Schwarzhemden inzwischen eine weitere Gruppe von Menschen versammelt. Sie standen vollkommen still da. Der Redner sah über ihre Köpfe hinweg, fixierte weiter den Punkt in der Ferne, wirkte immer noch erhaben, seine Stimme verbindlich und angenehm, seine Übersetzungen ins Kroatische freundlich und präzise. Plötzlich fiel ihm ein anderer ungeduldig ins Wort und setzte in der gleichen Sprachmischung fort:

»Wie lange werden wir, Bürger von Split, diese Zustände noch dulden? Sind wir überhaupt noch die Herren im eigenen Haus? Einer von uns ist unter ungeklärten Umständen gestorben. Er war kein Italiener, aber mit unserer Trauer zeigen wir, dass es für uns nicht von Bedeutung ist, welchem Volk jemand angehört. Er hätte der Schwiegersohn eines Italieners werden sollen. Doch nicht darum geht es uns, sondern um Gerechtigkeit! Die Regierung hat sich in Belgrad bequem eingerichtet. Niemand sieht, was an der Küste vor sich geht, und man unternimmt nichts, um die

Grenzen des Königreichs nach Westen zu sichern. Von dort werden wir jeden Tag von Vagabunden bestürmt. Angeblich flüchten sie aus dem Deutschen Reich, weil sie sich dort bedroht fühlen. Aber warum fühlen sie sich bedroht? Was haben sie getan? Warum geht das Deutsche Reich gegen sie vor? Womöglich beherbergen wir hier verurteilte Verbrecher, politische Unruhestifter und Umstürzler? Kann jemand im eigenen Land verfolgt werden, ohne dass er gegen das geltende Recht dieses Landes verstoßen hat? Das würde bedeuten, dass man Unschuldige verfolgt in dem Land, in dem schon sehr bald die größten Olympischen Spiele aller Zeiten stattfinden werden. Auch die jugoslawischen Athleten bereiten sich darauf vor, und unser Mutterland Italien macht sich berechtigte Hoffnungen, im Fußball eine Medaille zu erringen (einige Buh-Rufe aus den Reihen der kroatischen Mitstreiter waren zu hören, verstummten aber bald). In einem Land also, das sich das antike Griechenland als olympisches Vorbild gewählt hat? Ausgerechnet Deutschland, das Land, aus dem die meisten technischen Neuerungen stammen und nicht zuletzt auch die Mehrzahl unserer gut zahlenden Touristen, soll ein Unrechtsstaat sein? Manche empfangen diese neuen Vagabunden, deren Absichten ernsthaft zu hinterfragen sind, mit offenen Armen. Wir setzen uns dafür ein, dass alles seine Ordnung haben muss. Jeder Fremde, ob Tourist oder Reisender ohne Dokumente, muss von der Anmeldebehörde registriert werden. Dann muss geprüft werden, warum er in seinem Land gesucht wird. Wir haben internationale Verpflichtungen. Sonst könnte ja jeder kommen! Dem Treiben der Linken muss ein Ende gemacht werden. Wir als italienische Minderheit fühlen uns in der eigenen Stadt, die unsere Vorfahren, die alten Römer, erbaut haben, bedroht. Wenn es sein muss, werden wir Benito Mussolini in Rom auffordern, uns Schutz zu gewähren!«

In diesem Moment wurde aus der bunten Menge, die sich inzwischen um die Gruppe in Schwarz geschart hatte, ein Stein auf den Redner geworfen. Aber er verfehlte ihn und landete vor dem Schaufenster der Buchhandlung *Morpurgo*. Während einige der Schwarzhemden immer noch begeistert »Duce, Duce« skandierten – sie hatten damit begonnen, als der Name »Benito Mussolini« über den Platz hallte –, begriffen andere sofort, dass die Rauferei, auf die sie die ganze Zeit gewartet hatten, endlich beginnen konnte. Sie waren vorbereitet: Sie zückten Gummiknüppel und Schlagringe. Die Gruppe der Bunten war größer, aber nur mit Steinen bewaffnet, und unter ihnen waren viele Frauen. In ihrer Mitte stand Dora Nisiteo, blass, mit geballten Fäusten, barfuß, in ihrem weißen Kleid. Sie sah aus wie ein zorniger Engel. Oder wie eine verlassene Braut.

Ein paar der Faschisten grölten den kriegerischen Ruf D'Annunzios: *Eia, eia, alalà!*, der hier auf dem Hauptplatz von Split wie der Schrei einer Möwe oder eines irre gewordenen Pfaus klang, so dass sogar einige der Schwarzhemden kichern mussten. Der erste Redner, dessen Rücken nun schweißnass war, sprang wieder auf den Stuhl und erhob seine wohlklingende Stimme, als stände er im Theater auf der Bühne und als würden um ihn herum nicht Steine durch die Luft fliegen:

»Ihr Unwissenden! Nicht zum Spaß erinnern wir an die Tochter des griechischen Gottes Polemos, an Alalà, die den Kriegsgott Ares in seine Schlachten begleitete! Alexander der Große hat mit dem Wort Eia! sein Pferd angespornt. Eia, eia, alalà! Mit diesem Ruf hat D'Annunzio mit den Arditi Fiume erobert. Mit diesem Ruf ist Mussolini mit den Squadristen auf Rom marschiert, um den lahm gewordenen Politikern der bürgerlichen Parteien, die es sich dort bequem gemacht hatten, Feuer unter dem Allerwertesten zu machen! Und genau das wollen wir heute hier in Split tun. Wir wollen mahnen! Und unsere Stimme muss gehört werden! Denn wenn man uns nicht hört, können wir auch anders!«

Die letzten Worte gingen im Chaos unter. Die Schwarzhemden hatten alle Hände voll zu tun, den erstaunlich gefassten Redner, der nun graziös von seinem Stuhl sprang, zu verteidigen. Und tatsächlich hatte ihn kein Stein auch nur gestreift. Er war schweißgebadet, sein Gesicht war dunkelrot angelaufen, fast violett, aber er hatte sich nicht ein einziges Mal geduckt. Während seiner zweiten Rede hatten die Kellner des Café *Central* die Tassen und Gläser von den Tischen geräumt und den Gästen geholfen, sich im Inneren in Sicherheit zu bringen. Neugierige blickten aus den Fenstern. Die Ladenbesitzer ließen ihre Holzrollos herab, drückten sich die Häuserwände entlang und beeilten sich, unbeschadet davonzukommen. Die Polizei ließ sich nicht blicken.

2.

Die Stadt lag da wie ein erschöpftes Tier, das mit geschlossenen Augen hechelt, als die ersten Blitze und Donner die lang ersehnte Abkühlung ankündigten. Zuvor war der Himmel über dem Meer schwarz geworden. Die Touristen, die in dem Glauben lebten, dass das Meer an sich und immer blau ist (in dem 1929 in Leipzig erschienenen Reiseführer *Dalmatien und die Adria* von Karl Baedeker wurde das wunderschöne Blau der Adria besonders gepriesen), mussten sich eines Besseren belehren lassen: Auch das Meer war mitten am Tag schwarz geworden.

Matić, der Kellner, hatte rechtzeitig alle Sitzkissen und Tischdecken in das dunkle Innere des Hotels getragen, alle Türen und Fenster geschlossen und die Gaslampen an den Wänden angezündet. Er stand jetzt mit dem Rücken zu Kommissar Bulat, der an einem Marmortischchen seine Zettel ausgebreitet hatte und etwas zeichnete. Es war früher Nachmittag, eigentlich nicht seine Zeit, um im *Bellevue* zu sitzen, aber er hatte sich vor dem Unwetter hierher gerettet und wollte in Ruhe nachdenken. Niemand außer ihnen beiden war im Café. Draußen verschmolz der Himmel mit dem

Wasser, die vor der Stadt liegenden Inseln Brač und Šolta waren aus dem vertrauten Anblick verschwunden. Vor den Augen der Menschen lag nur noch eine graue Masse, aus der nicht einmal mehr die Schiffsmasten der vielen Segelboote, die sich vor dem Sturm in den Hafen von Split geflüchtet hatten, herausragten. Nur die Fontäne vor dem Hotel schimmerte gespenstisch weiß. An der Spitze der kegelförmigen Pyramide aus Muscheln und Fabelwesen stand ein nackter Jüngling, der mit seinem ausgestreckten linken Arm nach Osten zeigte. Es war ein Genius, ein römischer Schutzengel, der sich mit seiner Rechten auf ein Liktorenbündel stützte. Die ersten Regenhiebe peitschten seinen marmornen Körper.

»Fasci, es sind Fasci, verflucht! Verstehen Sie, *šjor* Bulat? Die Bündel. Die Rutenbündel. Die Liktorenbündel. Oder wie auch immer sie heißen mögen. Egal, es ist ein Zeichen des Faschismus, pfui Teufel nochmal! Diese Bündel waren immer schon da, direkt vor meiner Nase, und ich habe das erst jetzt verstanden! Eine faschistische Fontäne direkt vor meinem *Bellevue*!«

«Übertreiben Sie bitte nicht, *šjor* Matić. Wissen Sie, wie die Italiener sagen? *Non si può fare d'ogni erba un fascio.* Nicht jedes Liktorenbündel ist ein Liktorenbündel. Die Fontäne wurde in glücklichen Zeiten gebaut, als es den Faschismus noch gar nicht gab, nicht einmal als Gedanken. Dieser Genius beschützt unsere Stadt und beschwört mit seinem Bündel die Einheit ihrer Bewohner.«

Der Kellner schlug mit einer Stoffserviette wütend auf die Rückenlehne eines leeren Sessels: »Wenn ich etwas nicht ertragen kann, dann die Einheit mit allen und jedem.«

Der Kommissar ging nicht darauf ein, sondern wies auf den Stuhl ihm gegenüber: »Setzen Sie sich bitte und helfen Sie mir, meine Gedanken zu ordnen. Ich brauche jemanden, der sich meine Thesen anhört. Wer weiß, wann ich wieder ins Büro kann, draußen kündigt sich gerade die Sintflut an. Wollen Sie uns nicht etwas von dem Kräuterschnaps einschenken? Sie wissen, wie die Alten sagen: Ein guter Kräuterschnaps hilft gegen jedes Gebrechen.«

Wie zur Bestätigung ertönte das Grollen des Donners.

»Große oder kleine Gläser?«

»Große. Und dann hören Sie mir bitte zu!«

Der Kellner beeilte sich, kam mit zwei großen Gläsern und einer vollen Karaffe zurück und setzte sich dem Kommissar gegenüber, der nach dem ersten Schluck die Augen zufrieden schloss und sagte: »Das tut gut.« *Šjor* Matić lächelte glücklich wie eine Mutter, die schweigend ihrem Sprössling dabei zusieht, wie er warme *palačinke* verschlingt. Dann fragte er: »Sie haben also einen Verdacht?«

»Ich habe nur eine Reihe von Eindrücken und einige wenige Erkenntnisse. Wenn Sie mir einfach zuhören wollen, vielleicht kann ich meine Gedanken dann ordnen. Und möglicherweise fällt Ihnen etwas auf.«

Er nahm noch einen kräftigen Schluck Kräuterschnaps und begann, seine Papiere zu sortieren und aus ihnen vorzulesen: »Punkt eins: Der alte Torchio hat auf mich keinen guten Eindruck gemacht. Er sah müde aus, besorgt – als würde quälte ihn etwas. Das sieht ihm gar nicht ähnlich, er tritt sonst immer wie ein römischer Senator auf. Genauso seine Haushälterin – trüber Blick, abweisende Gesten. Seine Kinder und ihren Sohn konnte ich nicht sprechen. Ehrlich gesagt, ich wurde daran gehindert, Salvatore Torchio hat es mir regelrecht verboten. Ich habe gehört, dass seine Söhne hinter dem Tumult auf dem Hauptplatz stecken. Angeblich wollten sie den Mord an ihrem Schwager in spe rächen. Sobald diese Sintflut vorüber ist, werde ich sie suchen gehen.

Punkt zwei: Frederick Achnitz. Ich weiß, ich weiß, Sie mögen keine Deutschen, nicht einmal, wenn sie anständig sind. Achnitz scheint mir anständig zu sein, und jetzt ist er verschwunden. Er hat wohl gute Gründe, sich versteckt zu halten, die nichts mit dem Mord zu tun haben, aber ich hätte mich gerne mit ihm darüber persönlich unterhalten. Und noch jemand ist verschwunden: Dora Nisiteo.

Damit wären wir schon bei Punkt drei: Wie vom Boden verschluckt! Ihr Vater war heute Mittag bei mir im Büro, er war außer sich. Ich weiß, dass ich Ihnen das anvertrauen darf und dass Sie es für sich behalten werden. Fran Nisiteo hat mich in einen unterirdischen Gang geführt, über den man übrigens direkt zu der Fontäne kommen kann, die ja zu Ehren der erneuerten Wasserleitung errichtet wurde und direkt an sie angeschlossen ist. Dort unten verstecken sich drei Männer und drei Frauen, Kommunisten aus Deutschland. Ich habe versprochen, dass ich darüber niemandem etwas erzählen werde. Unnötig zu betonen, dass ich mit Ihrer Verschwiegenheit rechne. Und wissen Sie was? Es geht mich nichts an, auch wenn ich Polizist bin, ich mische mich nicht in die Arbeit meiner Kollegen ein. Die Genossen haben Dora vor dem Tumult gesehen, sie hat ihnen Lebensmittel gebracht und wollte dann zur Protestversammlung gehen. Danach kam sie nicht wieder, obwohl sie es versprochen hatte. Behalten Sie diese Informationen auf jeden Fall für sich. Noch ein Glas, bitte.

Punkt vier: Der Apotheker Petrinelli war gestern bei mir. Er sah schlimm aus, er sagte, er sei gestolpert und gestürzt, aber er sagte das auf eine merkwürdig eindringliche Art. Er wollte sich auf einmal daran erinnern, in der Mordnacht gehört zu haben, wie Domenico und Angelo Torchio auf ihren Ziehbruder Mauro einredeten. Anrüchige Dinge um Darko Barić, der sich, obwohl er mit Lucrezia verlobt war, heimlich mit einer Fischerstochter getroffen haben soll. Es klang, als hätte er seine zukünftige Frau betrogen und als müssten die Brüder ihre Ehre verteidigen. Wir haben dem alten Nisiteo diese Information gegeben, als wir ihn aus der Untersuchungshaft entlassen haben. Und jetzt frage ich mich, wie diese Geschichte mit dem Verschwinden von Dora Nisiteo zusammenhängt.

Nun zu Punkt fünf: Es gibt keinen Punkt fünf. Was meinen Sie, ist eine halbe Oktave zumindest halbwegs perfekt? Ich habe nur diese vier Punkte, und ich vermute, dass sie eine Lösung in sich tragen, die ich noch nicht verstehe. Oder doch, vielleicht verstehe ich sie, aber ich habe keine festen Anhaltspunkte. Ich nehme an, Sie verstehen sie auch. Doch wie bringe ich die Familie Torchio dazu, mir die Wahrheit zu sagen? Das Messer, das wir gefunden haben, könnte aus der Küche der Torchios stammen. Aber es könnte natürlich aus jeder besser ausgestatteten Küche sein – auch aus der Küche dieses Hotels. Es ist ein altes, solides, in Deutschland gefertigtes Messer, wie man es in anständigen Geschäften kaufen konnte, die es heute gar nicht mehr gibt. Wir haben die Mordwaffe am Meeresgrund gefunden, aber das hat uns nicht weitergebracht. Manchmal liegt alles vor uns ausgebreitet, und wir sind dennoch nicht imstande, die Zusammenhänge zu begreifen. So wie die Zeitungsmeldungen, die uns ein Unheil verkünden, das vielleicht nie kommen wird.«

Der Kellner schwieg. Er und der Kommissar nippten an ihren Schnapsgläsern und sahen nach draußen, wo der Regen immer noch einen dunklen Vorhang vor ihren Augen bildete, aber weit oben, am Himmel, zeigten sich die ersten lichten Risse.

Die Wellen, die gegen die niedrige Mauer schlugen, schossen in die Höhe und stürzten auf die Uferpromenade, als wollten sie sie mit sich in die Tiefen des Meeres reißen. Die Pfützen schwollen an zu einem Fluss. Die Palmen wedelten verzweifelt mit ihren Blättern, als wären sie Ertrinkende. Nirgendwo eine Menschenseele. Und weil weit und breit auch keine Möwe zu sehen war, konnte man beim Anblick der vom Sturm verwüsteten Riva glauben, dass das Ende der Zeit gekommen sei.

3.

Nach dem großen Unwetter überzog ein sternenreicher Himmel die Stadt. Mario Bulat klopfte vergeblich an die Tür des *palazzo* Torchio. Er lag in Dunkelheit versunken und wirkte wie ausgestorben. Während er zu den geschlossenen Fenstern nach oben blickte, kam ein Mann von hinten auf ihn zu und sagte: »Die sind auf ihren Landsitz gefahren. In fünf Autos und mit Kind und Kegel, mit ihren erwachsenen Kindern, mit Köchinnen und mit dem gesamten Personal. *Tutti quanti.* Das Sommerhaus liegt nur eine halbe Stunde von der Stadt entfernt, aber dort ist es viel kühler als hier. Sie sagten, sie wollten einmal richtig ausschlafen. Ich glaube nicht, dass es sinnvoll wäre, sie jetzt dort aufzusuchen. Sie wollten bereits morgen zurück sein.«

»Mit allen vier erwachsenen Kindern? Auch die Tochter war dabei?«

»Mit allen, ich habe mich persönlich von allen verabschiedet. Wunderbare Nachbarn! Wir leben hier in unserer Straße in bester Nachbarschaft, wissen Sie. Wenn jemand von uns verreist, dann achten die anderen auf sein Haus.«

Der Kommissar dachte nach, zuckte dann mit den

Schultern und ging nach Hause. Er hoffte, dass Irena da sein würde, aber er fand sie nicht, und nachdem er eine Weile vor ihrer Tür gestanden hatte, entschloss er sich, schlafen zu gehen, um am nächsten Tag ganz früh aufzustehen. Er wollte noch einmal mit der Mutter des Ermordeten sprechen, und er wollte die Schiffe von Darko Barić persönlich inspizieren, obwohl ihm Wachtmeister Stjepan versichert hatte, dass er dort nichts gefunden hatte. Und er wollte die Torchios noch einmal aufsuchen, sobald sie zurückgekommen waren.

In der Küche fand er Olivenöl, ein paar Zwiebeln, einige getrocknete Tomaten, eine Tüte italienischen Rundkornreis und eine Korbflasche gefüllt mit Weißwein. Das ergab eine bescheidene Grundlage für ein Risotto, das er schnell auf einer seiner beiden elektrischen Kochplatten aufsetzte. Diesen modernen Herd hatte Katarina kurz vor ihrem Tod gekauft, und er war ihr dankbar dafür. Den Wein brauchte er vor allem zum Kochen, aber zum Glück war die Flasche in zwei Wolldecken eingewickelt, so dass der Wein einigermaßen kalt geblieben war. Es wurde ein festliches Abendmahl – auch wenn er kein Stückchen Käse finden konnte und Irena, die in ihrer Vorratskammer immer harten Käse für Risottos und Nudelgerichte zur Hand hatte, verschwunden blieb. Vielleicht saß sie mit ihren Kollegen, den Buchhändlern, auf einer der Restaurantterrassen, mit den Dichtern und Denkern, die er nach dem dritten Glas in seinen einsamen Gedanken nur noch Hochstapler nannte. Schließlich legte er sich ins Bett und fiel in einen traumlosen Schlaf.

Im Unterschied zu ihm gönnten sich viele andere, bevor sie in ihren Betten in den Schlaf sanken, einen geselligen Abend, um die Hitze gebührend zu verabschieden. Sie versammelten sich auf den Plätzen, in den Gassen, vor den Hauseingängen innerhalb des Diokletianpalastes, wo man auf Steintreppen zusammensaß, in den Tavernen oder in den Hinterhöfen in Veli Varoš und Lučac. Jene mit etwas mehr Geld bestellten Wein, Brot, gesalzene Sardellen, Käse, Schinken und Oliven, die anderen nur Wein. Aber am Ende bedienten sich alle, und es wurde gemütlich, so wie es erst wieder im Herbst sein würde. Nun atmeten alle aus voller Lunge, auch die Raucher, die unermüdlich ihre Zigaretten drehten und sie einander großzügig anboten. Sogar die neugierigen Burschen, die sich in den Ecken der Gaststätten herumdrückten, um zuzuhören, bekamen welche. Es gab einiges zu besprechen.

»Der Mörder von Rosaria Rosso«, so war von jemandem zu hören, der mit vollem Mund sprach, »war ein bekannter Politiker. Den Namen darf ich leider nicht sagen. Man hat ihn damals in der Mordnacht auf einer amerikanischen Yacht im Hafen erkannt.«

»Wie kommst du denn jetzt bitteschön darauf?«, fragte ein anderer.

»Na, weil es in der Stadt schon wieder einen Mord gibt«, antwortete der Erste beleidigt.

»Mir sind die *filmani* verdächtig«, sagte wieder ein anderer.

»Und wie! Ich habe gehört, dass sie den Mord an Darko Barić bestellt haben, weil sie ihn für seine Geschäfte mit den Flüchtlingen bestrafen mussten. Das sei ein Befehl aus Berlin gewesen«, so ein Dritter, der gerade zufrieden einen Olivenkern ausgespuckt hatte.

»Ich frage mich, was mit unserem Apotheker passiert ist?«, fragte jemand.

Nach kurzem Schweigen sagte eine Frau: »Die Juden aus Deutschland und Österreich zahlen mit Gold, um aus Europa zu entkommen.«

Ein Mann mit schlechten Zähnen meinte: »Wenn sie so scharf darauf sind, ihr Geld auszugeben, dann hätte ich etwas: Meine Großmutter ist gestorben, und ich würde die Hütte gerne loswerden; es sind nur zwei Zimmerchen, und im Winter ist es ein bisschen feucht, aber bei der Hitze trocknet ja alles schnell wieder.«

Jetzt lärmten alle gleichzeitig:

»Der Prinzregent hat Göring persönlich versprochen, dass sich im Königreich Jugoslawien keine Juden mehr ansiedeln dürfen!«

»Dein Mauseloch würde ich nicht haben wollen, selbst wenn ich auf der Straße schlafen müsste!«

»Niemand ist so verrückt, dir sein Gold zu geben, schon gar nicht für die Bruchbude deiner Großmutter, wenn er nach Amerika auswandern kann!«

Ein Besserwisser, der bei der Zeitung *Novo doba* arbeitete, sagte: »Edward der Achte, König von England, Herrscher aller Ozeane, Kaiser von Indien und Oberhaupt der Anglikanischen Kirche, wird in diesem Sommer mit seiner Yacht *Nahlin* unsere Küste bereisen. Er kommt mit seiner Mätresse an Bord und hofft, dass ihn niemand mit ihr sehen wird.«

Der Lärmpegel stieg.

Eine Frau, die alle nur Krankenschwester nannten, sagte: »Eine Amerikanerin, fünf Mal geschieden. Ich habe gehört, dass sie nackt baden wollen.«

»So etwas würde ich verbieten! Sind wir denn hier der Tummelplatz für die Hochstapler aus der großen Welt?«, sagte ein älterer Mann.

»Er ist kein Hochstapler, er ist der König von England«, sagte der Journalist.

»Das ist nicht seine erste Affäre. Habt ihr von der Dame aus der Pariser Halbwelt gehört, eine gewisse Marguerite Alibert?«, fragte jemand, und als alle laut verneinten, erklärte er: »Sie hat ihren ägyptischen Ehemann erschossen. Der englische König, der damals noch Prinz war, hat die Sache vor Gericht geregelt, damit sie nichts über die Beziehung zwischen den beiden ausplauderte.«

»Wer hat dir das erzählt?«

»Mein Onkel kennt jemanden aus der Familie dieses Ägypters. Er wurde als lüsterner Muselmane dargestellt, der seine europäische Frau vergewaltigt haben soll, weshalb sie am Ende für den Mord nicht verurteilt wurde.«

Die Gläser wurden wieder gefüllt. Man prostete einander zu und gedachte der Seele des ermordeten Ägypters. Man fühlte sich solidarisch mit ihm. Sogar dem englischen König wünschte man ein langes Leben, warum auch nicht. Nur die Mörderin, diese französische Hure, wurde verflucht.

»Könige, Politiker, Führer und Minister, lauter Bettgeschichten! Während die kleinen Leute in den Krieg geschickt werden.«

»Weil wir gerade bei Bettgeschichten sind: Erinnert ihr euch an den alten Conte Kinsky?«

»Natürlich, meine Mutter nannte ihn ›Conte Kliški‹.«

»Alle nannten ihn so, aber er hieß Graf Arthur Franz Kinsky von Wchinitz und Tettau.«

Man bestellte noch eine Runde.

Graf Kinsky war vor dreißig Jahren gestorben, aber immer noch senkte man die Stimme, wenn man mit Schaudern erzählte, dass Conte Kinsky wegen der verbotenen Liebe zu seiner Schwester Bertha von Suttner, geb. Gräfin Kinsky, nach Split verbannt worden sei, um hier mit seinen Hunden, Katzen, Papageien und Bediensteten zuerst im Wohlstand und später in Armut zu leben und schließlich verwahrlost und von Vögeln und Tieren umgeben zu sterben.

Und jetzt erwartete man eben diesen königlichen Galan aus England! Man wolle jetzt nicht an Franz Ferdinand in Sarajevo erinnern. Oder an D'Annunzios Abenteuer in Fiume, das mit einem blutigen Weihnachten – *Natale di sangue* – geendet hatte. Die Wichtigtuer aller Länder sollten auf sich achtgeben, wenn sie sich hierher verirrten.

»Bei uns hat man schon so manches gesehen! Die Yachten, wisst ihr noch, als die *Sayonara* hier vor Anker lag? Wie hieß noch einmal der Bankier aus New York?«

»Ah, bravo: Percy Pyne!«

»Ach was, Pyne war doch eine kleine Nummer! Vor

sieben, acht Jahren waren zwei ganz große Tiere bei uns: Rothschild mit seiner *Albion* und Pierpont Morgan mit der *Corsar*. Das waren Yachten!«

»Wenn wir schon bei Conte Kliški sind«, sagte jemand, »was denkt ihr: Würde es als Inzest gelten, wenn sich Lucrezia Torchio jetzt von ihrem Ziehbruder Mauro würde trösten lassen?«

»Nein«, antwortete die Krankenschwester. »Nein, sie sind keine Blutsverwandten. Wie kommen Sie darauf?«

»Wissen wir mit Sicherheit, wessen Sohn Mauro ist? Heißt es nicht: *Mater semper certa est?* Die Mutter ist immer sicher, aber der Vater?«, fragte der Journalist.

»Reden wir lieber über Kliški«, sagte die Krankenschwester.

Aus seiner schäbigen Hütte habe man den Grafen hinausgetragen, in einem mit einem Wappen in Rot und Silber samt Krone, Wolfszähnen und Adlerflügeln verzierten, schwarz lackierten Sarg; die *marcia funebre* wurde gespielt, von der Militärkapelle der damals hier stationierten Österreicher, und sie, Bertha von Suttner persönlich, allerdings *incognito*, das Gesicht bedeckt mit einem Schleier aus schwarzer Spitze, die weltberühmte Nobelpreisträgerin, schritt hinter dem Sarg her, begleitet von hohen Offizieren der Kaiserlichen Armee.

Nur sehr wenige in Split hatten den Roman *Die Waffen nieder!* gelesen, der Bertha von Suttner berühmt gemacht hatte, aber alle wussten, dass es sich um Weiberkram handelte, völlig wirkungslos. Denn ein neuer Krieg bereite sich vor.

»Ein neuer Krieg?«

»Jawohl, ein neuer Krieg.«

»In Spanien vielleicht, in Österreich, in Russland, das nicht mehr Russland heißt, oder in Italien, irgendwo wird es bald explodieren. Es liegt in der Luft!«, erklärte jemand.

»Was Sie alles wissen!«, kommentierte eine ironische Stimme.

»Lesen Sie keine Zeitungen?«, sagte jemand, der bisher geschwiegen hatte.

Man erhob die Gläser zu Ehren von Conte Kinsky. Man erhob die Gläser auf den Frieden, auch wenn man sich einig war, dass der Friedensnobelpreis an seine Schwester ein Fehler gewesen war. Ja, der Frieden! Zum Glück wusste man nicht ganz genau, wo Abessinien lag. Irgendwo in Afrika. Dort schien es jeden Tag mehr Tote zu geben. Die Waffen nieder? Von wegen!

4.

Am Sonntag, den 12. Juli 1936, wurde bekanntgegeben, dass Dora Nisiteo verschwunden war. Die ganze Nacht hatten Freunde und Nachbarn zusammen mit der Familie nach ihr gesucht. Mario Bulat und Stjepan Perić hatten die Suchaktion diskret auf die Umgebung der Stadt und bis zum Ausgangspunkt des Aquädukts ausgeweitet. Ergebnislos. Sie hatten aufgepasst, Dinko Despot sollte nicht mitbekommen, dass sie sich bei den Kommunisten und den Flüchtlingen erkundigten, aber niemand wusste etwas.

Maestro Tijardović und Doktor Radman tranken Kaffee vor dem Hotel *Bellevue*. Mario Bulat stieß zu ihnen und sagte: »Ich hab gar keine Zeit«, trank einen Kaffee im Stehen und ging wieder.

Der Arzt befragte den Musiker, was besser sei, Operette oder Oper, Klassische Musik oder Volksmusik oder gar Jazz? Theater oder Film, ein Kriminalroman oder ein Roman ohne Handlung, aber mit viel Psychologie, wie man ihn heutzutage gerne schreibe? Und ob man solche Dinge überhaupt vergleichen solle, ob nicht jede Gattung und darüber hinaus jedes Werk seine eigenen Kriterien verwirkliche und einzig von

Bedeutung sei, dass die Werke in sich stimmig aufgebaut und als authentischer Ausdruck der inneren Welt ihrer Schöpfer erkennbar würden? Oder seien nicht vielmehr die Grenzen zwischen den Gattungen und Künsten fließend, Berührungen unvermeidlich und Entlehnungen unausweichlich? Sei es nicht besser, wenn man sich, nicht nur die Künstler, untereinander austausche, mische, hin und her reise, voneinander lerne, als sich zu trennen und abzugrenzen? Sollte die Kunst nur unterhalten oder auch belehren? Und wie sollte man über Werke urteilen, die moralisch und politisch suspekte Botschaften transporierten? Und wer entscheide darüber, was suspekt sei und was nicht? Seine Ausführungen schloss der Doktor wie immer mit einem Zitat ab: »Der römische Dichter Horaz meinte, dass derjenige den größten Beifall verdiene, der das Publikum gleichzeitig erfreue und belehre: *Omne tulit punctum, qui miscuit utile dulci.*«

»Diese Kombination ist äußerst selten. Nehmen wir zum Beispiel die Operette«, sagte Ivo Tijardović. »Sie entspricht unserer mediterranen Lebensart – bei aller Melancholie, die einen von Zeit zu Zeit befällt, aber am Ende löst sich jede Trübsal im Wohlwollen eines sonnigen Tages auf. Die Operette erfreut mehr, als sie belehrt.«

»Herr Bulat zieht mich immer damit auf, dass mich englische Kriminalromane begeistern.« Doktor Radman gab seine Leidenschaft nur verschämt zu. »In den Kriminalromanen wird der Wunsch nach einer gerechten und vernünftig geordneten Welt verwirklicht.

Ganz anders als im wahren Leben. Deshalb belehren Kriminalromane eigentlich auch nicht.«

»Ja, im wahren Leben hat Mario Bulat den Mörder immer noch nicht gefasst. Und jetzt ist auch noch Dora Nisiteo verschwunden«, sagte Matić, der Kellner.

Danach schwiegen sie.

Bevor sie sich verabschiedeten, sagte Doktor Radman: »Besonders mag ich die Romane von Dorothy Sayers. Wissen Sie, dass ihr Vater sie Latein lehrte, seit sie sechs Jahre alt war? *Lingua Latina non mortua est.*«

Aber auch mit diesem Schlusswort war der Sonntag nicht zu retten, solange man nicht wusste, wo Dora Nisiteo war.

Goran Karaman war bereits seit sieben Uhr morgens auf dem Tennisplatz. Er wollte den heutigen Vormittag ohne die Familie verbringen, ungeachtet der Verstimmung seiner Frau und der neugierigen Blicke, mit denen ihn die fünf Kinder bei seiner Rückkehr nach Hause empfangen würden. Jetzt saßen Mladen Zavoreo und er im Café des *Akademischen Tennisklubs*, im Schatten der Pinien oberhalb des Strands von Firule, und genossen das Frühstück nach dem Spiel, das Goran Karaman gewonnen hatte.

In Split gab es zwei Tennisklubs, der erste war bereits 1905 gegründet worden. Zunächst hatte man mit Bällen aus gepresstem Stroh gespielt, aber als die höheren Offiziere der französischen, englischen und amerikanischen Kriegsschiffe, die nach dem Ende des Großen Krieges zum Unmut der Italiener im Hafen von Split ankerten, von den Tennisplätzen erfuhren, die so günstig gelegen waren, dass man sich nach einem Match im Meer abkühlen konnte, ließen sie sich die besten Gummibälle aus ihren Heimatländern schicken, und so waren den Tennisspielern in Split bald die Namen der Hersteller *Goodyear*, *Dunlop* und *Michelin* vertraut. Der erfolgreichen Entwicklung dieser Sportdisziplin stand in der auch sonst sportbegeisterten Stadt danach nichts mehr im Weg. Der Frieden dagegen, den die Admirale mit ihren Schiffsbesatzungen sichern sollten, blieb eine instabile Konstruktion. Die Geheimverhandlungen von London, die im Jahr 1915 stattgefunden hatten, warfen noch immer ihre Schatten auf die östliche Adriaküste.

»Wir schreiben das Jahr 1936«, sagte Goran Karaman und deutete mit einem Marmeladenhörnchen auf sein Gegenüber, »aber einige unserer italienischen Mitbürger scheinen sich immer noch nicht damit abfinden zu können, dass die Versprechen, die die Russen, Engländer und Franzosen damals in London in ihrer unverschämt großzügigen Art gemacht haben, nicht gehalten wurden.«

»Sprichst du von dem Tumult?«

»Es ging nur vordergründig um Darko Barić; um den Jungen tut es mir notabene sehr leid, aber sie haben nicht seinetwegen protestiert. Die Faschisten in Split fühlen sich durch die Erfolge von Mussolini ermutigt, und Mussolini hätte gerne, was Italien 1915 in London wollte: die ostadriatische Küste. Am liebsten die ganze Küste, aber zur Not auch nur die Hälfte. Diesen Strand da unten, den weißen Sand, die Felsen, die Palmen auf der Riva, den kaiserlichen Palast, die Sphinx vor der Kathedrale, die Kathedrale und deine Villa auch. Die Länder der Triple Entente haben auf dem Papier alles verschenkt, was sich die Italiener damals wünschten, nur um den Österreichern in den Rücken zu fallen.«

Mladen Zavoreo sagte nichts. Seine Schulden konnten ihn bald die erwähnte Villa kosten, und wenn er deshalb keine Bauchschmerzen gehabt hätte, dann hätte er jetzt laut gelacht: Die Italiener würden seine Villa bekommen, so oder so. Mit einem Anflug von Wehmut sah er sich um. Bald würde er nicht mehr hier sein. Er würde sich von seinem Freund, dem Großen Meister der Loge von Split, der nun schon das dritte Marmeladenhörnchen verspeiste, nicht mehr beim Tennis schlagen lassen, und seine Kinder, welche die Familie seiner Frau gemeinsam mit der verlassenen Tochter aufnehmen würde, würden nichts mehr von ihm wissen wollen. Sein Freund, der immer so streng und gut organisiert wirkte, als lebte er wirklich nach dem Winkelmaß, jenem Werkzeug, das die alten Baumeister benutzten, um Kathedralen zu errichten, würde die Nachricht über sein Verschwinden nicht glauben können. Mladen Zavoreo hätte ihm gerne gesagt, dass er selbst noch nicht daran glaubte. Er spürte keine Gewissensbisse, nur ein leichtes Zittern. Vielleicht war es die Panik vor der Freiheit.

Von den Tennisplätzen hörte man das regelmäßige Tock-tock-tock, und ab und zu ertönten Rufe. Hoch oben in den Bäumen sangen die Zikaden ihre Locklieder. Er musste bald nach Hause. Es gab noch so viel zu erledigen.

»Die Slowenen und die Kroaten hat niemand gefragt, ganz nach dem Motto: Sie sind Teil der k.u.k.-Monarchie, und wenn diese untergeht, haben auch sie nichts mehr zu melden. Als ob sie freiwillig Teil der Monarchie gewesen wären! Und als ob sie in Wien und Budapest irgendetwas zu bestimmen gehabt hätten!« Goran Karaman wirkte entrüstet.

»Ein abstoßendes Spielchen, typisch für unser gutes altes Europa.« Mladen Zavoreo wirkte eher amüsiert als empört. Die Freimaurer konnten sich noch so bemühen, der Spezies Mensch war nicht zu helfen. Deshalb würde er bald in der Neuen Welt untertauchen. Sie war zwar nicht besser als Europa, aber sie war neu. Er hörte Goran Karaman weitersprechen.

»Die Ehre gebührt Woodrow Wilson. Ein wahrer Demokrat! In seinem Vierzehn-Punkte-Plan, Punkt eins, verurteilt er alle solche geheimen Absprachen. Und erst Punkt zehn! *Den Völkern Österreich-Ungarns, deren Platz unter den Nationen wir geschützt und gesichert zu sehen wünschen, sollte die freieste Gelegenheit zu autonomer Entwicklung zugestanden werden.*«

»Das hört sich ziemlich majestätisch an.«

»Mit dem *wir* sind die Amerikaner als Hüter der Demokratie gemeint.«

»Dein Demokrat Wilson war ein Rassist!« Mladen Zavoreo war auf eine gelassene Art zufrieden, dass er seinem immer so besserwisserischen alten Freund einmal etwas entgegensetzen konnte. Er hatte sich in den letzten Monaten viel mit amerikanischer Geschichte befasst.

»Das glaube ich nicht!« Goran Karaman war verblüfft. Was sollte das jetzt wieder? Mladen Zavoreo hatte sich nie für Politik interessiert, und nun äußerte er sich kritisch über den ehemaligen amerikanischen Präsidenten und Friedensnobelpreisträger?

»Aber sicher, er war ein Befürworter der Rassentrennung und hat den Ku-Klux-Klan unterstützt. So viel zur Demokratie! Sie ist selektiv. Wilsons Selbstbestimmungsrecht der Völker in Europa war ebenfalls selektiv gedacht. Wie jede politische Handlung.«

»Ich weiß nicht, wie du ...«

»Politiker sind durchtrieben. Das kommt von ihrem Streben nach Macht.«

»Da muss ich dir widersprechen. Politiker bemühen sich, das Zusammenleben der Menschen zu regeln, was schwierig genug ist. Viele Politiker sind Freimaurer. Auch Atatürk übrigens, wusstest du das? In der Loge von Thessaloniki.« Goran Karaman versuchte, das Gespräch in eine andere Richtung zu lenken, er war immer noch irritiert.

»Angeblich ist Atatürk ein Säufer und ein tyrannischer Rüpel.«

»Jetzt übertreibst du aber!«

»Er hat eine Vorliebe für Raki. Das freut die Engländer und die Russen natürlich, denn sie hoffen, dass er bei den Verhandlungen über die Dardanellen in Montreux Schwäche zeigt. Eigentlich macht ihn das Saufen ja sympathisch. Und über die Schiffspassage durch die Dardanellen sollen gefälligst die Türken allein entscheiden.«

»Ich bin erstaunt, dass du dich dafür interessierst.«

»Ich lese nur die Zeitungen.«

»Das wolltest du doch früher nie.«

»Der Mensch entwickelt sich weiter. Genau das ist doch unsere Aufgabe als Freimaurer, nicht wahr? Immer vollkommener zu werden.«

Goran Karaman schwieg. Mladen Zavoreo stand auf: »Ich werde zu Hause erwartet. Einen schönen Sonntag dir und deiner Familie.« Er berührte die Hand seines alten Freundes, legte zwei Geldscheine auf den Tisch und drehte sich rasch um, elegant wie immer.

Goran Karaman war erstaunt: Wie wenig wir eigentlich übereinander wissen, Freunde über Freunde, Männer über Frauen, Frauen über Männer, wir alle über unsere Eltern und noch weniger über unsere Kinder. Ein Gefühl der Einsamkeit stieg in ihm auf und verwandelte den Korbsessel in dem Café am Tennisplatz in einen schwebenden Stuhl, der langsam und sachte zur Sonne emporstieg, um dann weiter durch das leere Weltall zu treiben.

Goran Karaman war kurz eingenickt. Eine Stimme schreckte ihn auf.

»Herr Karaman? Politische Polizei. Hauptkommissar Dinko Despot. Es ist mir eine Ehre. Und es ist mir eine Pflicht, Sie zu bitten, mich zu begleiten.«

»Sie zu begleiten?«

»Eine kleine Unterredung. Wir ermitteln im Fall Barić.«

»Im Fall Barić? Aber ... ermittelt in diesem Fall nicht schon Kriminalkommissar Bulat?«

»In einem Mordfall ermittelt immer die gesamte Polizei, Herr Notar. Ich muss einem Juristen wie Ihnen diese Dinge nicht erklären. Und wenn hilfsbereite Bürger mitermitteln, dann ist auch das in Ordnung. Es handelt sich um ein Kapitalverbrechen und um einen gravierenden Verstoß gegen eines der zehn Gebote.«

Die letzten Worte hatten wie eine Drohung geklungen, aber Goran Karaman versuchte, sie zu ignorieren. Im Königreich Jugoslawien war es schließlich nicht verboten, Agnostiker zu sein. Er blinzelte in die Sonne und sah aufs Meer hinaus. Ein Boot mit weißen Segeln entfernte sich vom Festland Richtung Brač, und er wunderte sich, wie das möglich war, denn es war kein Wind zu spüren. Dann stand er auf, legte zwei Geldscheine auf jene, die bereits auf dem Tisch lagen, griff nach seiner Sporttasche und folgte schweigend dem Mann, der mit energischen Schritten auf das einzige Auto auf der Straße zuging, einen *Hanomag*, in dem ein Polizist in Uniform saß, der Goran Karamans Gruß nicht erwiderte. Anstatt sich zu empören, schwieg der Notar. Er nahm alles um sich wahr, aber durch seinen Kopf ging immer nur der eine Satz: »Bin ich in einem Film?« Noch im Auto, allein auf der hinteren Bank, gelang es ihm mit Mühe, den Satz zu erweitern: »Verflucht nochmal, bin ich in einem Film?« Und wenig später lautete der Satz schon so: »Verflucht nochmal, bin ich in einem verdammten Film gelandet, träume ich, oder was geht hier eigentlich vor sich?«

Er war mitnichten in einem Film. Aus dem Auto wurde er durch den Hintereingang in den Verhörraum der Politischen Polizei in der Zagrebačka Straße geführt. Auf seine Forderungen, er wolle mit einem Anwalt sprechen, er wolle mit Kommissar Bulat sprechen, er wolle seine Frau benachrichtigen, er wolle auf die Toilette gehen, er wolle ein Glas Wasser trinken, reagierte niemand. Und so weigerte er sich schon bald zu sprechen, starrte nur noch vor sich hin und hörte sogar auf, sich zu fragen, ob er in einem Film sei. Dass er auf die Fragen, ob er mit seiner Freimaurerloge einen kommunistischen Staatsstreich geplant habe, in welcher Beziehung er zur Familie Rosso stehe, was er von Darko Barić gewollt und für wen er die Überfahrt nach New York zu organisieren versucht habe – womit die vorherige Frage bereits beantwortet war –, gar nicht reagierte, störte Dinko Despot keineswegs. Er murmelte nur: »Wir können auch anders, Herr Freimaurer.«

In der Gefängniszelle, in die er von zwei Agenten geführt wurde, war es stockfinster. Jemand sprang von der Holzpritsche auf, die an der Wand angebracht war. Es war der Teegroßhändler aus der Freimaurerloge in Lübeck, der in Travemünde die Schlüssel seiner Jugendstilvilla bei den Nachbarn gelassen hatte und immer noch hoffte, dass sie seine Blumen gossen und seinen Garten pflegten, so dass er bei seiner Rückkehr alles mehr oder weniger wohlbehalten vorfinden würde.

Schon bei ihrer ersten Begegnung hatte er erzählt, dass er vor zwei Jahrzehnten aus Odessa habe fliehen müssen, es sei also nicht das erste Mal, dass er alles hinter sich lasse. Goran Karaman hatte ihm darauf eine Spur zu streng geantwortet, der verehrte Bruder hätte aus der Erfahrung in Odessa lernen können, dass kein Grund bestehe, optimistisch auf die Entwicklungen im Deutschen Reich zu blicken. Erkenne er denn nicht, dass der Kommunismus unter Stalin und der Nationalsozialismus unter Hitler gewisse Ähnlichkeiten hätten, die sich nicht zuletzt in der Verfolgung von Juden und Freimaurern manifestierten? Von den scheußlichen Massenveranstaltungen ganz zu schweigen, die unter diesen beiden Staatsmännern so populär geworden seien wie das Kino in Amerika. Es erübrige sich hinzuzufügen, dass er persönlich das Kino bevorzuge, auch wenn er Menschenmassen, die dicht an dicht im Dunkeln sitzen, wenig abgewinnen könne. Der jüdische Teehändler hatte niedergeschlagen genickt und am Ende nur gesagt, er sei noch nie im Kino gewesen.

Dieses Gespräch lag nur eine Woche zurück, aber dem Notar kam es so vor, als läge ein ganzes Leben dazwischen. Sein eigenes Leben, als Notar mit Kanzlei am Hauptplatz der Stadt, ein verlässlicher, zugegeben etwas abgekühlter Ehemann und Vater von fünf Kindern, ein passabler Tennisspieler und ein angesehener Großmeister einer traditionsreichen Freimaurerloge französischer Ausrichtung. Andererseits war er ganz beruhigt, beinahe etwas amüsiert: Hier musste ein

Fehler vorliegen, sicher werde sich bald alles klären. Und dann werde der Lauf der Zeit diese unangenehme Episode ins Vergessen drängen, und er könnte sein altes Leben nahtlos fortsetzen. Während ihm das Schicksal des jüdischen Teegroßhändlers zwar empörend ungerecht, aber nicht ungewöhnlich vorkam, war er zuversichtlich, dass es sich in seinem Fall um einen Irrtum handelte. Es lag eine Verwechslung vor, das war zwar beklemmend und unangenehm, aber dennoch bloß eine Verwechslung.

Als er einige Stunden später genauso erbarmungslos wie sein Leidensgenosse aus Odessa verprügelt wurde, stand ihm seine Verwunderung immer noch ins Gesicht geschrieben. Aber weder seine Miene noch das Blut, das aus seiner Nase und von seinen Lippen tropfte, waren in der Dunkelheit der Gefängniszelle gut zu erkennen. Durch seine Gedanken spukten Bilder: sein Freund Goran Zavoreo beim Tennis, ein verschwitztes Strähnchen in dem schmalen Gesicht; das Blaugrün der Pinienbäume; das gold-gelbe Hefehörnchen, gefüllt mit Aprikosenmarmelade; seine Frau in einem ihrer modisch geschittenen Kleider, die sich vermutlich fragte, wo er blieb; der Garten seines Hauses mit der Laube, in der seine Kinder saßen, die Hände voller Schokoladenkekse; der Sandstrand in Travemünde, den er nie gesehen hatte, sondern nur aus den Erzählungen im russischen Singsang des Teehändlers kannte: »Gewiss, auch Ihre dalmatinische Küste ist hübsch, und das Meer ist ebenfalls blau, aber, mit Verlaub, die schönste Küste ist die Schwarzmeerküste, und die zweitschönste liegt nur dreihundert Meter von meiner Villa in Travemünde entfernt. Meine Frau und ich sind dort einmal barfuß durch den warmen Sand gelaufen. Es war September, wir wunderten uns, wie warm es noch war, und als wir dann die Füße ins Wasser tauchten, sind mir die Tränen in die Augen geschossen. Ich habe mich geschämt, weil ich meine Rührung nicht unterdrücken konnte. Alle Meere auf der Erdkugel sind miteinander verbunden, meine Füße hatten von der Ostsee aus Grüße Richtung Odessa gesandt, und die Wellen trugen sie fort. Aber ich sagte meiner Frau nichts davon, sie hätte mich vielleicht für sentimental gehalten, und ich musste für meine Familie stark sein. Was meinen Sie, ob die Nachbarn auf unser Heim Acht geben? Sie sind keine Nazis, aber macht Gelegenheit nicht Diebe?« Ja, sogar Bilder der Frau und der beiden Töchter des Teegroßhändlers schwirrten durch seinen Kopf. Die drei Frauen waren zum Glück mit Hilfe eines Cousins des Teehändlers bereits Ende 1935 nach Amerika ausgewandert. »Ich bin geblieben, um die Geschäfte abzuwickeln. Aber dann ist alles schiefgelaufen.«

Goran Karaman nickte, so konnte man es tatsächlich sagen. Alles war schiefgelaufen, aber bald würde sich dieses Missverständnis klären. Hoffentlich sehr bald, denn ein starkes Hungergefühl begann an der Ruhe in seinem Inneren zu nagen. Er versuchte, sich einzureden, dass der Hunger gut war, denn so wusste er, dass er noch lebte, und so hatte er die Bestätigung, dass er ganz bestimmt nicht in einem Film war. Aber er wusste natürlich nicht, wie lange er diesen Zustand noch werde ertragen können.

Nicht er, der Großmeister, fand die Kraft, sich auf die Rituale zu besinnen, die die Freimaurer in ihren Bauhütten überall auf der Welt zur Stärkung des Geistes und zur Entfaltung der eigenen Persönlichkeit praktizierten, sondern sein Zellennachbar, der mitgefangene Bruder aus Odessa, der so gerne bereit gewesen wäre, Lübeck samt Travemünde als neue Heimat anzuerkennen. Doch sie wollten ihn dort nicht haben, und nun zeigte sich auch Split als unsicherer Zufluchtsort. Nicht einmal einen Transit in einen anderen Hafen wollte man ihm hier gewähren. Er aber, ein Männlein mit zwinkernden Augen, stellte sich mit blutverschmiertem Gesicht und zerrissenem weißen Hemd in die Mitte der Gefängniszelle, drehte sich einmal mit ausgebreiteten Armen um die eigene Achse und sagte: »Ich bin ein lebender Zirkel. So werde auch du Teil meines Kreises und bringe dein Licht hinein.«

Goran Karamans Gesicht hellte sich auf, zum ersten Mal, seit er von dem Mord an Darko Barić gehört hatte. Er hatte diesen Mord von Anfang an als den Beginn einer Katastrophe gedeutet – mit treffsicherer Genauigkeit, wie sich inzwischen immer deutlicher herausstellte.

5.

Die Torchios waren mit nur drei Autos in die Stadt zurückgekehrt. Als ihr Nachbar aus seinem Haus trat, um sie zu begrüßen, rief ihm Salvatore Torchio zu: »Es war herrlich da draußen! Die Kinder wollten länger bleiben, sie kommen erst morgen oder übermorgen zurück. Wenn Sie und Ihre Frau heute Abend mit uns beiden essen mögen, dann seien Sie uns herzlich willkommen!« Der Mann nickte begeistert und ging zurück ins Haus, um seiner Frau die Einladung zu überbringen, so dass er völlig zu erzählen vergaß, dass Kriminalkommissar Bulat gestern Abend vor verschlossenen Türen gestanden hatte.

Nun stützte sich Salvatore Torchio mit der rechten Hand auf die Tischkante in der Küche, die im Volksmund, aber auch in seiner Familie, als »Martas Küche« bekannt war. Die drei oberen Knöpfe seines Hemdes waren geöffnet, und diese ungewohnte Lässigkeit ließ ihn jünger wirken, ein Eindruck, den der gewölbte Bauch und die fahle Hautfarbe seines Doppelkinns konterkarierten. Hinter ihm erstreckte sich eine Wand aus dicken Steinblöcken, die einen ebenerdigen Kamin umrahmten. In den glänzenden Kupferkesseln, die im Kamin hingen, spiegelten sich Dünen aus erkalteter Asche, graue, tote Landschaften aus rußigem Pulver.

Die Küche lag unter einem Gewölbe, wie die Krypta einer Kathedrale. Der Raum war fensterlos, aber mit zwei Doppeltüren ausgestattet; die eine Tür führte nach draußen auf den Hof und die andere ins Treppenhaus des Palazzo. Marta stand am gegenüberliegenden Ende des Raums und stützte sich mit beiden Händen auf die Lehne eines Stuhls. Sie trug ein schwarzes bodenlanges Kleid, mit dem sie auch ins Theater hätte gehen können, wäre die Schürze nicht gewesen, die mit ihrem silbergrauen Haar farblich harmonierte. Marta umklammerte die runde Holzstange so fest, dass ihre Fingerknöchel weiß hervortraten.

Auf dem langen Tisch zwischen Hausherr und Haushälterin war ein Stillleben drapiert: Ein grüner Salatkopf thronte auf einem Podest aus aufeinandergestapelten Auberginen, die so schwarz schimmerten wie das polierte Holz der Kutsche der allseits bekannten Totengräber von *Dalbello e fratelli*. Ein Berg aus saftig roten Tomaten war gekrönt von graugrünen Salbeibündeln und zitronengelben Zucchiniblüten, die sich in den Auberginen spiegelten. Daneben kräuselten sich Petersilienbüschel, umrahmt von einem majestätischen Knoblauchkranz. Gigantische Zucchini waren von einem so undeutlichen Grün, dass sie sich kaum von den blassen Fenchelknollen unterschieden, die neben grünen und roten Paprikaschoten die Mitte der Szenerie bildeten. In geringem Abstand daneben lagen zwei kopflose Hühner. Ihre gerupfte und gesengte Haut war maisgelb, übersät mit winzigen schwarzen Flecken.

Mit dem Zeigefinger seiner linken Hand zeigte Salvatore Torchio auf die leblosen Körper und sagte: »Jetzt weiß ich, was in diesem Bild fehlt. Die Federn fehlen, insbesondere die Fasanenfedern. Sie verstehen, Marta, was ich meine: Die sonnengelben, türkisblauen, warmbraunen, dunkelroten Fasanenfedern. Und Fasane, ganze Fasane mit ihren kleinen, klugen Köpfchen und ihren langen Schwänzen.«

Marta sah ihn verständnislos an. Wovon redete er? Seit wann aßen sie im Sommer Fasane? In den langen Wintermonaten konnte es geschehen, dass Jäger aus Drniš, der Stadt im dalmatinischen Hinterland, in der sie geboren war und ihre Schwestern noch immer lebten, irgendwann plötzlich im Hof auftauchten. Sie banden dann ihre nervös zuckenden Hunde an eine Säule vor dem Lieferanteneingang und breiteten ihre Fasane, Rebhühner und Hasen vor Martas strengen Augen aus, als wären es teure Stoffe. Später tranken sie in der Küche Schnaps und erzählten Geschichten von Wölfen, Bären und Füchsen. Als sie noch kleiner gewesen waren, stürzten Lucre, Angelo, Domenico und Mauro jedesmal aus ihren Zimmern nach unten, sobald sie das Bellen der Hunde hörten. Jägergesellschaften waren ein großes Ereignis während der langen Wintertage. Aber doch nicht im Sommer!

»Dann haben wir ja alles geklärt. Eines der Dampfschiffe von Signor Giannini wird am Dienstag früh nach Ancona ablegen. Ich werde die Angelegenheit mit Giannini später direkt regeln, wenn ich ihn besuche. Bis zur Abreise soll sich der Junge nirgendwo zeigen, wir müssen versuchen, die beiden Tage möglichst unauffällig zu gestalten. Sie und Ihr Mann sollten von dem Jungen im Sommerhaus Abschied nehmen, am besten am Montagabend. Und ich werde ihn am Dienstag persönlich zum Schiff begleiten. Sie wissen, Marta, dass er mir wie ein Sohn ist.« Er sah ihr in die Augen und senkte dann den Blick.

Erst als er mit schweren Schritten die Treppe zu den oberen Etagen genommen hatte, begann Marta zu schluchzen. Sie stand noch immer da, umklammerte jedoch nicht mehr die Stuhllehne, sondern betastete mit den Fingern das Gesicht, verwundert, dass ihr die Tränen so schnell aus den Augen quollen. Marta hatte das letzte Mal geweint, als ihre Mutter gestorben war. Damals war sie noch ein Kind gewesen. Sie hatte den Schmerz in ihrem Inneren vergraben, aber als sie heute früh in der Idylle des Landsitzes der Torchios von Mauro geweckt wurde, der sich ihr anvertrauen wollte, musste sie plötzlich an diesen längst vergessen geglaubten Tag denken, an dem sie eine Waise geworden war. Sie hatte sofort verstanden, dass sie nun auch ihren Sohn verloren hatte. Aber sie konnte sich zurückhalten, und ohne zu zögern war sie nach dem Gespräch mit Mauro ins Zimmer des Hausherrn geeilt, eine Tasse dampfenden Kaffee auf einem Silbertablett, ein Glas Wasser dazu, nichts hatte sie vergessen. Signor Torchio, der in ein buntes Laken gehüllt auf seinem weißen Bett lag, hatte die Lage sofort erfasst. Er hatte ihr ein Zeichen gegeben, wo sie das Tablett abstellen sollte, und ihr nur kurz gesagt, sie möge in der Küche auf ihn warten. Zum Glück schlief er schon seit vielen Jahren allein; das Zimmer seiner Frau befand sich hier im Sommerhaus eine Etage höher, so dass sie vermutlich nichts mitbekommen hatte.

Salvatore Torchio wusste, dass er rasch und entschlossen handeln musste. Auf einmal war alles leicht. Die Last, die er in den letzten Tagen mit sich geschleppt hatte, war von ihm gewichen. Er war ein Mann der Tat, und er war Oberhaupt einer Familie. Vom neuen Zeitgeist mochte er nichts verstehen, und seine Kinder waren ihm fremd geworden, aber er würde alles tun, um die Ehre seiner Familie zu verteidigen.

Anstatt, wie am Sonntag üblich, um sechs aufzustehen, sich gründlich zu waschen, das schwarze Kleid anzuziehen und zügig zur Frühmesse zu gehen, um rechtzeitig zurück zu sein, sich die Schürze umzubinden und die Vorbereitungen für das Frühstück zu überwachen, war Marta heute nur in ihr Kleid geschlüpft, hatte ihr Haar mit den Fingern geordnet und es nicht gekämmt, nicht einmal ihr Gesicht hatte sie gewaschen. Nun wuschen die Tränen es. Sie bemühte sich vergeblich, in all dem das Zeichen einer höheren Ordnung zu erkennen, aber es gelang ihr nicht. Denn auch beim besten Willen konnte sie darin, dass ihr Sohn zwei Menschen umgebracht hatte, kein Wirken der Vorsehung erkennen, sondern nur seine Dummheit sowie die Ruchlosigkeit seiner beiden Ziehbrüder, die den Lehren jenes gottlosen Mussolini verfallen waren. Sie hatten ihren Sohn als eine Art Strohmann benutzt, so wie sie es schon in ihrer Kindheit immer wieder versucht hatten, was sie, Marta, damals aber meist noch hatte unterbinden können. Doch dann hatten sich alle vier ihrer Kontrolle und ihrem Zugriff entzogen: Lucre durch ihre Verlobung mit diesem aufmüpfigen Kroaten, Angelo und Domenico mit ihrer Begeisterung für *le squadre fasciste* und allen voran ihr Sohn, den sie wie ihren Augapfel hütete und der trotz all ihrer Mahnungen und Ratschläge nicht von Lucrezia und seiner Bewunderung für Angelo und Domenico lassen konnte.

Sie tastete mit einer Hand nach dem Küchentuch, das neben der mit dem Salatkopf gekrönten Auberginenpyramide auf dem Tisch lag. Als sie damit ihr Gesicht abtrocknete und anschließend ihre Nase darin schnäuzte, wusste sie, dass die gesamte Ordnung endgültig eingestürzt war. Sie knäulte das nasse Tuch zusammen und presste es an die Brust, starrte die gelben Hühnerkörper an und versuchte, wieder an Jäger und an Fasane zu denken.

Die Sonne stand noch immer hoch am Himmel, und es war immer noch heiß. In der Luft lag eine knisternde Lebensfreude, wie so häufig an Sommernachmittagen. Von überall hörte man Schritte, Stimmen, Gesang, Geklapper, Geklirr, Geklimper. An den Stränden entschieden sich die Badenden, noch ein letztes Mal kurz ins Meer zu gehen, in den Straßencafés bestellte man die ersten Aperitifs. Da man gut zu Mittag gegessen hatte, wie in Split sonntags üblich, würde das Abendessen in allen Familien aus Mangold, Olivenöl und Fisch bestehen. Für die Dauer einer Stunde wäre es dann, als säße die ganze Stadt an einer Tafel.

Bevor er das Haus verließ, bemühte sich Salvatore Torchio vor dem Spiegel, seinen Borsalino aus hellem Papierstroh mit breiter Krempe und schwarzem Seidenband so auf seinem Kopf zu platzieren, wie er es auf einem der Werbeplakate von Marcello Dudovich gesehen hatte: akkurat über den Kopf gestülpt, die Krempe gerade, aber tief über die Augen gezogen.

Marcello Dudovich war eine große Nummer im Plakatdesign. Salvatore Torchio hatte ihn auch für die Gestaltung der Plakate für seine Fabrik engagiert: *Salvatore Torchio & Figli*, gelb prangten die Buchstaben des Schriftzugs über der orangefarbenen Silhouette der Fabrikschornsteine, die der Spliter Bucht wie eine Krone aufgesetzt waren. Die Bucht war nur als weiße Linie zu erahnen, links sah man das dunkelblaue Meer und rechts weiße, grüne und rote Quadrate, die Häuser darstellen sollten. Lilafarben und in die Höhe geschossen wie die Schornsteine der Fabrik, stach nur der Turm der Kathedrale heraus.

Domenico und Angelo waren von dem Plakat begeistert gewesen. Salvatore Torchio erinnerte sich, plötzlich verärgert, wie unwillig die beiden reagiert hatten, als er ihnen erklären wollte, dass auch Dudovich, der mit seinen Werbeplakaten der italienischen Industrie, den italienischen Kaufhäusern und der florierenden italienischen Mode ein Gesicht verliehen hatte, gar kein echter Italiener war. Sie wollten davon nichts wissen, aber er hatte weitergesprochen. Dudovich sei während der österreichischen Herrschaft in Triest geboren, doch seine Eltern seien Serben – Dudović, mit *-ić*, so führte er aus, ohne auf ihre gelangweilten Blicke zu achten. Ein Freund seines Vaters habe den jungen Marcello in die große Welt des Plakatdesigns eingeführt: Leopoldo Metlicovitz, der freilich kroatischer Herkunft sei, ein Spross der dalmatinischen Metlicović-Familie – Seht ihr, schon wieder ein *ić*! –, auch er in Triest geboren. So sei es eben bestellt um die Ursprünge der Familien in diesem Teil Europas, und man könne sogar behaupten, in allen Teilen Europas und überall auf der Welt.

Seine Söhne hatten sich am Ende seiner Rede amüsiert gezeigt. »Wir sind Italiener, papà«, hatten sie gesagt und dabei gegrinst.

Feine Italiener! Und sehr schlau, die beiden! Er schüttelte sich. Was war nur in sie gefahren? Bis Dienstag früh würde er versuchen, alles zu regeln, aber heute Abend würde er mit den Nachbarn essen und einige Gläser Wein genießen; er suchte dringend nach einem Vorwand, um sich betrinken zu können. Er werde sich ernsthaft mit seinen Söhnen unterhalten müssen, auch wenn sie keine Kinder mehr waren. Aber es war klar, dass sie die Orientierung verloren hatten. Oder sie hatten eine gefunden, die in Mord und Totschlag endete. *Fascio Nazionale*; dass er nicht lachte! Feine Partei. Und jetzt musste er wegen ihrer Eskapaden Giannini bitten,

Mauro auf seinem Schiff zu verstecken und ihm nach der Ankunft in Ancona zu helfen, damit der Junge dort Fuß fassen konnte.

Sicher, der Junge hatte sich als noch schwächer und dümmer erwiesen, als er sich das hatte vorstellen können. Er wusste, Mauro war fleißig und wissbegierig, aber nicht besonders helle und vor allem psychisch nicht stark genug. Eine Einschätzung, die nun hinlänglich bewiesen war.

Er war am Nachmittag wieder hinausgefahren und hatte sich bei einem Spaziergang mit Mauro unterhalten, der zitternd, blass und mit roten Ringen unter den Augen neben ihm herging und mit heiserer Stimme alle seine Fragen ehrlich beantwortete. Salvatore Torchio schaffte es nicht, die Hand des Jungen zu ergreifen, obwohl er es gerne getan hätte. Seine christliche Erziehung rebellierte dagegen – es war die Hand eines Mörders –, auch wenn er entschlossen war, ihm zu helfen. Er wollte keine Details wissen. Er wollte nichts über das Messer aus Martas Küche hören und auch nicht, was mit Dora passiert war, die sein Ziehsohn – so behauptete Mauro, und er hatte keinen Grund, das zu bezweifeln – nicht töten, sondern nur zur Rede stellen wollte. Doch sie war fuchsteufelswild geworden und hatte ihm ins Gesicht geschlagen und ihn wüst beschimpft. Da habe er die Kontrolle verloren. Er habe sich vorgestellt, wie diese Kommunistin unanständige Dinge mit Darko Barić getan und damit das Ansehen Lucrezias geschändet hatte.

Seine Augen füllten sich mit Tränen. Salvatore Torchio wartete und stellte nach einer längeren Pause eine weitere Frage.

Ja, es waren Angelo und Domenico, antwortete Mauro, die ihm erklärt hatten, dass Darko Barić es nur auf Lucrezias Geld abgesehen habe und dass er ein Mann ohne Skrupel und Moral sei. Noch dazu einer, der gemeinsam mit dieser fischenden Kommunistin gegen Geld Menschen bei der Flucht helfe, die ohne seine schmutzigen Geschäfte gar nicht nach Split kämen. Er wollte Lucrezia retten. Domenico und Angelo hatten ihm versichert, dass es keinen anderen Weg gebe, ihre sture Schwester von ihrem Willen abzubringen.

Salvatore Torchio ging jetzt über die Marschall-Marmont-Straße, ohne irgendjemanden zu grüßen; die Krempe seines Borsalinos bot ihm dabei guten Schutz. Er dachte an die nächsten Schritte: Mit Giannini reden, ihm erklären, dass der Junge wegen eines Jugendstreichs oder, noch besser: wegen einer unglücklichen Liebe – Giannini würde sofort an Lucrezia denken, aber das musste man jetzt in Kauf nehmen – in aller Diskretion abreisen müsse. Ob er, Giannini, ihm in einem seiner Schiffe ohne viel Aufsehen ein Plätzchen sichern könne?

Dann in Ruhe essen und den Tag ausklingen lassen, dabei mit dem Herrn Nachbarn ein Wörtchen reden. Der hatte direkte Verbindungen zu den serbischen Beamten, die jetzt bei der Polizei das Sagen hatten. Er werde ihn diskret bitten, dafür zu sorgen, dass man die Familie in diesen schwierigen Tagen in Ruhe lasse.

Keine Verhöre, keine Polizeibesuche, man hatte auch so schon genug Scherereien. Ihre Tochter sei so traurig, der Nachbar würde ihn bestimmt verstehen. Gestern habe sie zum ersten Mal ihr Zimmer verlassen. Ihretwegen seien sie ins Sommerhaus gefahren, es gehe ihr jetzt schon etwas besser.

Das arme junge Ding! Es war wohl nicht strafbar, sich mit jemandem zu verloben. Sich *fast* zu verloben, um es genauer zu sagen. Dafür von der Polizei verhört zu werden, wäre eine unnötige psychische Belastung. Und wovon reden wir überhaupt, so werde er den Nachbarn beim Essen fragen. Zu dieser Verlobung sei es gar nicht erst gekommen! Dass jemand, der einmal bei ihnen gegessen habe, später zum Mordopfer wurde, sei gewiss tragisch, aber wir sind ein offenes Haus, wir mögen Abendgesellschaften, wir sitzen nicht gerne allein, das wissen Sie als unsere Nachbarn am besten. So werde er es formulieren und ihnen dann Wein einschenken, gut gekühlt, in diesen Sommertagen ein Segen. Was kann meine Tochter dafür, dass der arme Mann starb? Und meine Söhne? Bitte, nur keine Polizei, wir müssen jetzt unseren Familienfrieden wiederfinden. Der Nachbar würde schon wissen, wie er diese Angelegenheit mit dem Polizeipräsidenten regelt.

Salvatore Torchio würde morgen früh die Reisedokumente beschaffen, italienisches Geld von der Bank abheben, dann an die Filiale in Ancona telegrafieren. Für den Jungen wäre es nicht schlecht, wenn er sich sofort den italienischen Truppen in Abessinien anschließen würde. Mit etwas Glück bekäme er Gelegenheit, jemandem das Leben zu retten oder sonst eine Heldentat zu vollbringen und damit seine blutige Tat zu sühnen. Seine blutigen Taten. Er seufzte. So hatte er es auch Mauro gegenüber vorgeschlagen, über dessen gequältes Gesicht daraufhin ein Lächeln der Hoffnung gehuscht war.

Salvatore hatte bereits den Stadtteil Manuš erreicht, und bald würde er das Haus von *šjor* Giannini erreichen. Er erinnerte sich, dass Giannini häufig schlecht über seinen eigenen Sohn Laurenzio gesprochen hatte. Bei solchen Gelgenheiten hatte er ihn stets ermahnt: »Wir müssen zu unseren Kindern halten, signor Giannini!« Die Torchios hielten zueinander, auch dann, wenn Vater und Söhne einander nicht gut verstanden. Seine Familie war seit jeher der Meinung gewesen, über den geltenden Gesetzen zu stehen, und es gab immer wieder Gründe dafür. Er sah darin keine Willkür, sondern ihr gutes Recht. Die Torchios konnten ja nichts dafür, dass sie in einer Stadt lebten, die alle paar Jahre zu einem anderen Staat gehörte, in dem dann neue Gesetze verabschiedet wurden.

Er holte tief Luft.

Es gab auch staatlich gefordertes Töten. Was waren Kriege? Was war die Todesstrafe? Deshalb war man eben nicht unbedingt verpflichtet, dem Staat einen gänzlich privaten Mord zu melden. Jeder Mensch musste sich für seine Taten vor Gott verantworten, nicht unbedingt vor dem Staat. Vor allem nicht vor einem völlig neuen Staat. Vor einem Staat mit turbulenter Vergangenheit und ungewisser Zukunft. Vor einem

Staat, von dem keiner wusste, welche Nation die Staatsnation war. Und wie lange es ihn noch geben wird.

Mauro, Angelo und Domenico würden sich vor Gott rechtfertigen müssen, so viel stand fest.

Es gab doch Buße, es gab doch das Fegefeuer.

Er war froh, katholisch zu sein.

Das Purgatorium.

Er dachte an Dante.

6.

Am 13. Juli 1936 erschien in der Zeitung *Novo doba* ein neuer Artikel von Doktor Radman:

Man sagt, die Bücher haben ihre Schicksale: Habent sua fata libelli. *So auch die Schiffe. Manch ein Bürger unserer Stadt erinnert sich an die Zeit, als zwischen dem amerikanischen Panzerkreuzer* Olympia *und dem italienischen Panzerkreuzer* Puglia *eine Rivalität ausgetragen wurde. Auf den beiden Schiffen wurden in den Jahren nach dem Großen Krieg Empfänge gegeben. Die Amerikaner hatten Hunderte von Glühlampen angebracht, um ihr Schiff zu beleuchten, und sie wurden nicht müde zu betonen, die Beleuchtung finde zu Ehren von Nikola Tesla statt, der damals noch aktiv in der amerikanischen Wissenschaft tätig war und heute zurückgezogen im Hotel* New Yorker *lebt. Und mehr noch, auch zu Ehren von Franjo Hanaman, der die Wolframglühdrähte entwickelt hatte und heute an der Technischen Hochschule in Zagreb lehrt. Das Deck der* Olympia *war mit Oleandersträuchern und Palmen geschmückt, die in Weinfässer gepflanzt waren. Die Italiener standen den Amerikanern in Glanz und Pomp in nichts nach. Unvergesslich sind die Cocktails, die die italienischen Barmänner mixten!*

In unserem Hafen lagen in den letzten fünfzig Jahren viele bedeutende Schiffe vor Anker. In den Zeiten der Donaumonarchie klangen ihre Namen wie die Gästeliste des Wiener Opernballs: Conte Colowrat *und* Graf Wurmbrand, Baron Stürmer *und* Graf Mittrowsky, *dazu die unglückliche* Baron Gautsch, *die vor der Küste Istriens in ein Minenfeld geriet.*

Sie kennen die Epochen, in welchen der Spruch von Pompeius gilt: Navigare necesse est, vivere non necesse. *Seefahren muss man, leben muss man nicht. Seefahren, um zu überleben, darauf kam es in der Vergangenheit an, und so auch heute, wenn in unserem Hafen Gestrandete nach einer Möglichkeit der Weiterfahrt suchen. Seien wir ihnen behilflich! Verstoßen wir sie nicht von unserer Küste!*

Zu dieser Bitte eines Humanisten nun noch eine kleine Fortsetzung der Revue berühmter Schiffe: Erinnern Sie sich der Passagierschiffe der Reeder-Brüder Cosulich, die vermutlich früher einmal Kozulić hießen: Vulcania, Saturnia, Oceania, *Schiffe, die Triest näher an Amerika rückten und die heutzutage italienische Truppen nach Afrika bringen? Oder an die SMS – Seiner Majestät Schiff* – Szent István, *die vor der Insel Premuda am Ende des Großen Krieges von Torpedos getroffen und versenkt wurde? Und wer hat die Entwicklung der modernen Torpedos vorangetrieben? Ivan Vukić, dessen kroatische Herkunft vollständig hinter dem italienischen Namen Giovanni Luppis und hinter der österreichischen Staatsbürgerschaft versteckt wurde. So schreibt man sich in die Geschichte ein: mit guten und mit weniger guten*

Erfindungen. Doch das dahingestellt. Erinnern Sie sich vielleicht an die SMS Viribus unitis*, die den Wahlspruch des Kaisers Franz Joseph als Namen trug – »Mit vereinten Kräften«? Auch dieses Schiff ging unter, von einem Torpedo getroffen.*

Aber zurück zu den Kreuzfahrtschiffen: Stella Polaris, Empress of Australia, Sierra Cordoba, Tyrrhenia – *später* Lancastria –, *wunderschöne Namen, die Fernweh wecken. Auch wenn diese Schiffe vor allem den Hafen von Dubrovnik ansteuerten, fanden sie manchmal auch nach Split. Wie unsere* Franjo, *die heute einfach* Adria *heißt. In einem Hafen zu leben und kein Kosmopolit zu sein, bedeutet, blind zu sein für das Privileg des eigenen Geburtsortes.*

Der Hafen von Split ist nach dem letzten Sturm überfüllt mit Schiffen, eines schöner als das andere. Sie stehen zum Ablegen bereit. Morgen wird es Abschiedsszenen an den Piers geben. Deshalb noch einmal mein Appell: Helfen Sie jenen, die sich nach einer Abreise sehnen, aber nicht über die Mittel dafür verfügen.«

Mario Bulat war resigniert. Er faltete die Zeitung zusammen, die ihm Matić, der Kellner, geheimnistuerisch in die Hand gedrückt hatte: »Lesen Sie, šjor Bulat! Nehmen Sie sie ruhig mit, wenn Sie nicht bleiben können.« Der Artikel war gut geschrieben und interessant, wie alles, was Pjero Radman zu erzählen wusste, aber der Kommissar war mit den Gedanken woanders.

Der Polizeipräsident hatte seinen Vorschlag, eine Hausdurchsuchung bei der Familie Torchio vorzunehmen und endlich mit Lucrezia, Mauro, Angelo und Domenico zu sprechen, nicht gebilligt. Mario Bulat hatte ihm erklärt, dass die Suche nach Dora Nisiteo keine Ergebnisse gebracht habe und dass man ihr vielleicht das Leben retten könne, wenn man schnell handelte. Doch der Polizeipräsident hatte nur verärgert reagiert.

»Unsinn! Damit kann die Familie Torchio unmöglich belastet werden. Was sollen die denn bitte mit dem Verschwinden von Frau Nisiteo zu tun haben? Und wenn Sie mich jetzt entschuldigen würden, Herr Kommissar, ich habe ein Gespräch mit Herrn Despot. Die politische Lage im Land spitzt sich zu. Es wäre übrigens auch für Sie ratsam, der Politik mehr Aufmerksamkeit zu widmen. Dann würden Sie vielleicht Ihren Mörder unter den jüdischen und kommunistischen Flüchtlingen finden, die aus Deutschland und Österreich zu uns kommen. Und ihre verschwundene Kommunistin finden Sie bestimmt irgendwo bei einer Parteiversammlung oder in den Armen eines ihrer Parteigenossen.«

Wie es Dinko Despot, einem kroatischen Nationalisten, gelungen war, seinen Patriotismus vor dem königlich-jugoslawischen Polizeipräsidenten zu verbergen und sein Vertrauen zu gewinnen, war Mario Bulat ein Rätsel. Ihm persönlich war es nicht einmal gelungen, einen Mordfall und das Verschwinden einer Frau in den Augen des Polizeipräsidenten als bedeutsam erscheinen zu lassen.

Er saß jetzt in seinem Büro, dachte über den Artikel von Pjero Radman nach und spielte mit dem Briefbeschwerer aus Murano-Glas, einem Souvenir, das inmitten der Tintenflecke auf seinem Schreibtisch wie ein Juwel wirkte. Seine Frau und er waren im Herbst 1929 mit dem Dampfer *Theophile Gautier* nach Venedig gefahren; es war ein Kreuzfahrtschiff, mit dem man von Marseille über Dubrovnik nach Venedig und zurück reiste und das der gute Doktor in seiner feuilletonistischen Aufzählung zu erwähnen vergessen hatte.

Die Reise hatte vielversprechend begonnen: Durch das Bullauge der Kabine sahen sie die Umrisse von Zypressen und Kirchtürmen, von Steinmauern umrahmte Weingärten an den Hängen, Felsen an den Inselküsten, die vom Meer umspült wurden, und spielende Delphine, die das Schiff begleiteten. Verglichen mit den vorünerziehenden Küstenlandschaften wirkte das Ziel ihrer Reise allerdings schmutzig und trostlos. In Venedig blieben sie nur drei Tage. Sie verbrachten davon mehr Zeit in dem zu teuren und zu kleinen Hotelzimmer als draußen, und sie konnten es kaum erwarten, wieder nach Split zu kommen. Im Erdgeschoss des Hotels gab es zwei Geschäfte, eines mit Andenken aus Murano-Glas und ein anderes mit Lederwaren; und so hatte er sich diesen bunten Briefbeschwerer gekauft und Katarina eine Tasche aus schwarzem Leder, die sie später nie getragen hatte.

Zum Glück war er mit Irena zum Essen verabredet. Ihm waren die Hände gebunden, und er musste einen Weg finden, wie er sich dem Verbot des Polizeipräsidenten widersetzen konnte. Er erwartete von dem Treffen mit Irena, dass sich seine Laune bessern werde, außerdem freute er sich auf das Essen. Er musste sich nur noch eine halbe Stunde gedulden, dann würde er sie endlich sehen. Vielleicht hatte sie sogar eine Idee, die ihm helfen würde, aus dieser Lage herauszukommen. Irena hatte immer gute Ideen. Es störte ihn plötzlich nicht einmal mehr, dass sie sich neulich in seine Arbeit eingemischt hatte.

Er strich über die glatte Oberfläche, als erwartete er von den tiefer liegenden Glasschichten in türkisblauen und grünen Nuancen Abkühlung. Einmal hatte Mario Bulat einen Künstler verhören müssen, der aus Margarine Frauenfiguren formte und sofort fotografierte, bevor sie schmolzen und zu blassgelben Fettpfützen wurden. Die Platten mit den Negativen hatte er im Flur seines Ateliers aneinandergereiht. Die Figuren seien aus *Echter Wagner Margarine* gefertigt, erklärte er dem Kommissar. In Amerika stelle man dagegen Skulpturen aus reiner Butter her, aber das sei ihm dann doch zu schade. Die Margarine schmecke scheußlich. Seine Kunstaktion sei eine Art Protest gegen die chemisch produzierten Lebensmittel, die bald das natürliche Essen ersetzen würden, was zu verschiedenen qualvollen Krankheiten führen werde und einem geheimen Krieg gegen die Menschheit gleichkomme. Butter aber sei ein hochwertiges Fett, fast so gut wie Schweineschmalz, damit wolle er nicht spielen. Wer diesen geheimen Krieg führe, konnte er nicht sagen. Vielleicht der englische König? Die Bolschewiken? Die Großindustrie? Die Geheimbünde? Die Freimaurer? Die Herrschenden?

Der Künstler war ein guter Beobachter. Mit einer zufälligen Bemerkung hatte er den damaligen Fall zu lösen geholfen und sich danach erneut seinen Margarinedamen gewidmet, die alle als gelbe Pfützen endeten. In eine solche Masse würde sich bald auch Mario Bulat auflösen, während auf dem Stuhl nur Hemd und Hose zurückblieben. Dabei war es erst elf Uhr. Gewiss, er hatte die Aussage von Antonio Petrinelli. Und er hatte sein eigenes Bauchgefühl. Aber das reichte noch nicht, um Angelo, Domenico und Mauro verhaften zu lassen.

Die Familie von Dora Nisiteo war verzweifelt.

»Wir müssen noch einmal mit Jana sprechen. Sie und ihr deutscher Freund standen Dora sehr nahe«, sagte Wachtmeister Stjepan.

»Sie sind ebenfalls verschwunden.« Der Kommissar wirkte apathisch.

»Wer ist verschwunden?«

»Jana Pilić und Frederick Achnitz. Sie wird wieder auftauchen, sie geht nicht mit ihm fort. Angeblich will er nach Spanien.«

»Es könnte sein, dass sich Achnitz ein Ticket für den Dampfer nach Alicante beschafft hat, der am Dienstag ablegen wird«, sagte Stjepan.

»Wie kommen Sie denn darauf?«

»Die Stadt hat ihre Ohren und ihre Augen.«

Als Irena und Mario Bartuls Tempel betraten, stieg ihnen der Duft von *brudet* in die Nase. Ein begeistert wirkender *šjor* Bartul kam ihnen entgegen: »Hereinspaziert, hereinspaziert. Heute gibt es nur ein Gericht:

brudet. Natürlich mit Polenta. In der Nacht haben die Fischer so viel gefangen, dass ich nicht lange überlegen musste.«

In seinem *brudet* waren heute Stücke von Meeraal, Thunfisch und dem Großen Roten Drachenkopf mit ganzen Streifenbarben, Scampi- und sogar Hummerfleisch vermischt und alles in einer dunkelrot leuchtenden Soße geschmort.

Mario hatte bereits zwei Berge Polenta, die mit viel Olivenöl in Meerwasser gekocht war, und reichlich *brudet* gegessen, als er bemerkte, dass Irena mit einem Stück Brot zwischen ihren Fingern spielte.

»Bist du krank?« Er klang ehrlich besorgt.

»Ich muss dir etwas sagen, Mario«, sagte Irena.

Er wusste sofort, dass diese Worte das Ende ihrer Beziehung ankündigten. Er wusste auch warum: Er hatte zu viel von seiner verstorbenen Frau gesprochen und zu häufig an sie gedacht. Das stimmte tatsächlich, sie hatte recht. Obwohl er einen Stich in der Brust verspürte, sagte er sich halbwegs unbesorgt, dass es bestimmt noch Hoffnung für ihre Beziehung gebe. Sie wohnten ja im selben Haus, mit der Zeit könnten sie einander bestimmt wieder näherkommen.

Doch dann sagte Irena: »Ivan Dvornik, mein Kollege aus der Buchhandlung, und ich, wir wandern aus. Zunächst nach Paris. Dann werden wir sehen.«

Plötzlich wurde er sich der Hitze in Bartuls Höhle und des Lärms um ihn herum bewusst. Neben ihnen feierten die deutschen *filmani*. Sie hatten drei Tische zusammengerückt, die eine lange Tafel bildeten, und waren offensichtlich sehr stolz darauf, dass sie in einer *konoba* saßen, so wie die Einheimischen, und nicht wie irgendwelche Fremden in einem der Restaurants für Touristen an der Riva. Er hatte sie noch nie hier gesehen und starrte sie an, als wären sie Außerirdische.

Er stellte sich vor, wie er Matić von ihnen berichten würde: »Neulich saß ich bei Bartul ...« Dann stellte er sich vor, wie er aufstehen und der Schauspielerin Ita Rina einen Kuss auf ihre feingeschwungenen Lippen drücken würde, und wie sie den Kuss leidenschaftlich erwidern würde und wie Irena ...

Ja, und dann stellte er sich noch vor, dass er so berühmt wäre, so erfolgreich und so gutaussehend wie Harry Piel, der gerade einen Toast ausbrachte: »Freunde! Kollegen! Was für eine fantastische Zusammenkunft! Auf unsere Begegnung, auf unsere Zusammenarbeit, auf unsere Filmkunst! Auf uns! Und auf unsere Heimat, die wir in diesem Augenblick nicht vermissen wollen – wie sollten wir auch, vor diesen erfreulich duftenden Terrinen, gefüllt mit mediterranen Köstlichkeiten. So dass wir dankbar sein müssen, dankbar, dass wir hier drehen können, dankbar vor allem dem Publikum gegenüber, das in der Heimat auf unsere Filme wartet. Wohin wir bald zurückkehren, um dann mit dem Ergebnis unserer Arbeit hoffentlich große Erfolge zu erleben! Zum Wohle!«

Mariella Karaman saß im Garten auf der Bank vor dem Hauseingang und glättete ihr neues blaues Kleid aus Crêpe Georgette. Aber ihr stand der Sinn nicht nach Mode. Noch nie in ihrem Leben war sie in einer so schwierigen Situation gewesen, nicht bei der Geburt ihrer Kinder, nicht, als diese die Kinderkrankheiten bekamen – einmal sogar alle fünf zur selben Zeit – und nicht, als sie die Enttäuschungen verkraften musste, die ihr die zunehmende Entfernung von ihrem Mann brachte.

Seit gestern war er verschwunden. Sie hatte seit einiger Zeit befürchtet, dass es so weit kommen könnte. Er war zunehmend distanzierter, blieb auch abends lieber im Büro, als dass er nach Hause kam, und gestern war er angeblich Tennis spielen gegangen, statt mit der Familie zu frühstücken.

Sie war nicht dumm. Sie hatte genügend Frauenzeitschriften gelesen – zum Glück konnte man sie über die Buchhandlung *Morpurgo* aus Italien bestellen –, um zu wissen, dass er eine Geliebte haben musste. Das geschehe in der heutigen modernen Welt nicht selten, so hieß es dort, und den Ehefrauen wurde geraten, sich zu gedulden, was sie auch getan hatte. Ferner wurde ihnen geraten, auf ihre Figur zu achten, Kosmetik zu verwenden, feine Unterwäsche und gut geschnittene Kleider sowie Hüte zu tragen, aufwendig zu kochen und abzuwarten. All das hatte sie getan. Ihr venezianischer Rinderschmorbraten mit Gnocchi war sein Leibgericht, und am Anfang ihrer Ehe hatte er, wenn auch ungern, sogar zugegeben, dass die kroatische Variante dieses Rezepts – *pašticada s njokima* – nicht annähernd so raffiniert war wie das Original. Leider war davon später nicht mehr die Rede. Ganz im

Gegenteil, häufig hatte sie das Gefühl, dass er dieses Gericht demonstrativ lobte, wenn sie es bei Freunden in der kroatischen Machart aufgetischt bekamen.

Er war seit gestern nicht nach Hause gekommen. Sie hatte Mühe gehabt, ihre Angst und ihre Traurigkeit vor den Kindern zu verbergen. Sie wusste nicht, wo sie ihn hätte suchen sollen, und sie wollte sich auch nicht erniedrigen – wenn sie etwa in sein Büro ginge und ihn dort in den Armen der Geliebten anträfe. Sie versuchte, sich vorzustellen, wie diese Frau aussah, aber es gelang ihr nicht.

Ihr Mann hatte ihr gesagt, dass er mit Mladen Zavoreo Tennis spielen wolle. Als ob er gewusst hätte, dass Ingenieur Zavoreo der allerletzte Mensch in der ganzen Stadt war, vor dem sie sich blamieren wollte, indem sie ihn mit ihrer Suche nach dem ausbleibenden Ehemann belästigte.

Sie hatte sich heute früh endlich entschlossen, ihrem Bruder nach Fiume zu telegrafieren, um anzukündigen, dass sie mit all ihren Kindern zu Besuch kommen werde. Sie war nicht untätig gewesen: Sie hatte ihre Ersparnisse von der Bank abgehoben und Fahrkarten gekauft. Dann hatte sie im italienischen Konsulat Visa in die Reisepässe ihrer Kinder und in ihren eigenen eintragen und abstempeln lassen. Zum Glück war der Konsul ein guter Freund, der es erfreulich fand, dass sie die Schulferien mit den Kindern bei ihrer Familie in Fiume verbringen wollte. Nach einigem Hin und Her gehörte Fiume seit zwölf Jahren zu Italien. Sie war glücklich deswegen. Morgen würden sie an Bord gehen. Die Kinder waren überrascht, freuten sich aber auf die Schiffsreise. Mina warf ihr angstvolle Blicke zu, aber niemand fragte nach dem Vater. Was sie in Fiume machen wollte, wusste sie nicht. Ihr Bruder konnte ihren Mann nicht leiden, und es war vorauszusehen, dass es zu Diskussionen kommen würde. Die Gedanken daran verdrängte sie erst einmal. Sie wollte auch nicht über ihren Bruder, einen führenden Politiker von Fiume, nachdenken. Er war ein Vertrauter Mussolinis und Senator in Rom, zur Zeit aber wegen eines Rückenleidens zu Hause in Fiume. Mit seiner Frau verstand sie sich gut, allerdings hatten sie sich zuletzt vor einigen Jahren gesehen, und Menschen konnten sich ändern. Über all das wollte sie sich jetzt nicht den Kopf zerbrechen, denn sie hatte noch ein Problem zu lösen. Sie würde morgen mit sechs Kindern reisen. Sie hatte gestern Abend mit dem Freund ihrer Kinder, Laurenzio Giannini, gesprochen, und ihr war sofort klar gewesen, dass sie den Jungen aus der Gefahr bringen musste, in die er wegen einer undurchsichtigen Geschichte geraten war.

»*Signora* Karaman« – Laurenzio hatte sie in reinem, wohlklingendem Italienisch angesprochen – »darf ich Sie um einen Rat bitten?«

Er erzählte ihr, dass er einer Fischerin namens Dora zuerst zu einer Taufe und ein anderes Mal durch die Stadt nachgelaufen sei, weil er sie in Verdacht hatte, etwas mit dem Mord an Darko Barić zu tun zu haben. Da Frau Karaman ihn erschrocken angeschaut hatte, beruhigte er sie: »Wir haben Detektiv gespielt, *signora.*«

Sie ermutigte ihn weiterzuerzählen.

Er habe beobachtet, wie Dora an dem großen Tumult auf dem Hauptplatz teilgenommen habe, direkt unter den Fenstern von Herrn Karamans Büro; dort seien auch die Söhne von Herrn Torchio gewesen. Und dann habe Mauro Torchio – er heiße vielleicht nicht Torchio, aber das tue jetzt nichts zur Sache – diese Dora angesprochen, sie an der Hand gepackt und mitgeschleift, während sie ihn beschimpfte. Dann habe er sie in einen Hauseingang gedrängt. Alles sei so schnell geschehen, dass er sogar zweifelte, es richtig gesehen zu haben. Er habe Angst bekommen. Er wollte zur Polizei gehen, denn er habe gehört, dass nach der Fischerin gesucht wurde. Aber er wusste nicht, was er der Polizei eigentlich erzählen sollte.

Doch dann war gestern am späten Nachmittag Signor Torchio bei seinem Vater gewesen. Er wisse wohl, dass es sich nicht gehöre zu lauschen, aber er habe es trotzdem getan. Signor Torchio habe seinen Vater gebeten, Mauro morgen mit seinem Dampfschiff nach Ancona mitzunehmen.

Von Dora war keine Rede gewesen.

Was sollte er jetzt tun?

Er solle hier bei ihr bleiben und ihr vertrauen, hatte *signora* Karaman geantwortet. Er solle mit ihren Kindern spielen und das Haus auf keinen Fall verlassen. Sie werde alles regeln und ihm später erzählen, was sie erreicht habe.

Sie hatte ihr Wort gehalten. Sie hatte heute, bevor sie zum Konsulat gegangen war, mit Laurenzios Eltern gesprochen und sie überredet, den Jungen mit ihr und ihren Kindern nach Fiume reisen zu lassen. Der Vater hatte erleichtert gewirkt, die Mutter erschrocken. Aber auch die Mutter glaubte ihr, dass einige Wochen Ferien in Fiume allen sechs Kindern guttun würden. Sie kannten einander ihr Leben lang, waren wie Geschwister. Laurenzio war Einzelkind, und es werde ihm bestimmt gefallen, einmal Teil einer großen Familie zu sein. Das hatte sie lachend gesagt, ohne zu erwähnen, dass ihr Mann verschwunden war. Die Gianninis würden es schon noch rechtzeitig erfahren, aber dann wäre sie längst fort. Bis dahin plante sie, allen zu erzählen, dass er, wie immer, viel arbeite und sie deshalb ihre Familie besuchen wolle. Was gebe es in den Sommerferien Schöneres? Zum Glück war auch Herr Giannini Italiener, und zum Glück hatte sie deshalb auch für seinen Sohn Laurenzio problemlos ein Visum bekommen.

Auf seine fragenden Blicke nach ihrer Rückkehr aus der Stadt hatte sie mit einer ruhigen Geste geantwortet, die ihm signalisierte: Es ist alles in Ordnung! Der Junge fragte nicht weiter, sondern verschwand mit Mina, Bino und Rino im hinteren Teil des Gartens, während sie ihnen noch nachrief, dass sie bald etwas zu essen und zu trinken bringen werde.

Sie hatte alles getan, was sie konnte. Jetzt streichelte sie das neue Kleid etwas aufmerksamer. Der Stoff fühlte sich angenehm an.

Nun musste sie aber wirklich beginnen zu packen.

7.

Am Dienstag, den 14. Juli 1936 saß ein unausgeschlafen wirkender, unrasierter Kriminalkommissar Bulat um sieben Uhr auf der Terrasse des Hotels *Bellevue* und starrte auf die hellbraunen Bläschen, die sich auf der Oberfläche seines schwarzen Mokkas bildeten. Matić, der Kellner, stand neben dem Tisch, wippte auf seinen großen Füßen und schwieg. Als sich Doktor Radman zu ihnen gesellte, schwiegen sie zu dritt. Bis der Arzt plötzlich sagte: »In der katholischen Liturgie wird der achte Tag nach einem Hochfest im Kirchenjahr auch Oktav genannt. Wenn man der Inklusivzählung folgt, fällt der Oktavtag auf den gleichen Wochentag wie das Hochfest in der Kirche. Heute ist also der achte Tag seit dem Mord an Darko Barić, der Oktavtag unseres Falls.«

»Unseres Falls«, wiederholte Mario Bulat, ohne die Augen von seinem Kaffee abzuwenden. »Oktav, sagen Sie.«

Der Doktor legte dem Polizisten eine Hand auf die Schulter, als wollte er ihn umarmen. Als er ihn dann fragte: »Sind Sie nicht weitergekommen?«, und dieser antwortete: »Vielleicht Richtung Wahrheit, aber nicht

Richtung Gerechtigkeit«, entfernte sich der Kellner diskret. Noch war das Plätschern der Fontäne vor dem Hotel deutlich zu hören, obwohl es bald vom Tosen der Stadt übertönt werden würde. Schon jetzt waren von überall Stimmen zu vernehmen. Die Räder der leeren Karren, die die Fischer vom Fischmarkt zurück zu ihren Booten schoben, knarrten. Vom Hafen waren die Schiffe zu hören, die sich wie üblich mit einem langen Ton aus dem Signalhorn verabschiedeten.

»Ich sage es mit Cicero: *O tempora, o mores!* Wie unsere Zeit, so auch ihre Sitten.«

»Kennen Sie Rilke, *šjor* Radman?«

»Hm, den Namen habe ich schon einmal gehört, aber ich lese keine Lyrik. Ich bin ein einfacher Geist schlichten Gemüts: ein wenig Naturwissenschaften, die alten Römer und natürlich englische Krimis, das genügt mir.«

»Stimmt es, dass auch Sie die Stadt verlassen wollen?«

»Hier lässt sich aber auch gar nichts geheim halten. Ja, das stimmt, Antonio Petrinelli und ich werden in die Schweiz gehen. Aber keine Sorge, nicht sofort. Wir haben hier noch einige Verpflichtungen, vor allem unseren Patienten gegenüber. Ich bin auf der Suche nach einem Nachfolger im Krankenhaus, und Antonio hält im ganzen Königreich nach einem Apotheker Ausschau, dem er seine Apotheke anvertrauen kann. Er möchte sie nicht verkaufen, wissen Sie, und auch nicht vermieten, sondern jemandem bis auf Weiteres überlassen.«

»Bis auf Weiteres?«

»Wir wissen nicht, ob wir uns in der Schweiz zurechtfinden werden.«

»Sie werden sich überall zurechtfinden, Doktor Radman. Aber wir werden Sie hier sehr vermissen, Sie und *šjor* Petrinelli.«

Der Kellner erschien wieder und stellte zwei frisch gebackene goldene Hörnchen und zwei weitere Kaffeetassen auf den Tisch, bevor er einen Schritt zurücktrat, um einen kleinen Mann vorbeizulassen, der sich jetzt dem Kommissar gegenübersetzte. Es war der Apotheker.

»Ich bin heute früh um fünf aufgewacht, um die gleiche Zeit, zu der ich vor genau sieben Tagen eingeschlafen bin«, sagte er.

»Nach Berechnung von Herrn Radman waren es acht Tage«, sagte der Kommissar.

Der Apotheker blinzelte, aber der Doktor lächelte ihm aufmunternd zu: »So rechnet man in der katholischen Kirche.«

»Aha.«

Der Kellner brachte ohne Bestellung ein weiteres Hörnchen und noch eine Tasse Kaffee und servierte sie dem Apotheker, der dankbar nickte.

»Also, ich bin aufgewacht und allein im Hafen spazieren gegangen, und ich dachte, ich bin schon wieder in einem Film oder in einen Albtraum geraten. Denn wie neulich auch habe ich schon wieder die drei Torchio-Männer gesehen. Dieses Mal waren es sogar alle vier; Sie verstehen, der Senior war auch dabei. Ich muss zugeben, dass ich sie beobachtet habe. Und dass ich versucht habe, unbemerkt zu bleiben. Ich habe mich an Häuserwände gedrückt, während sie paarweise am Ufer entlanggingen. Es war merkwürdig, dass die beiden Paare nicht miteinander redeten. Zuerst habe ich beobachtet, wie Salvatore Torchio und Mauro die *Stella Maris*, das Passagierschiff nach Ancona, ansteuerten, während Angelo und Domenico Richtung *Lucrezia* gingen, der Yacht der Torchios, die ganz hinten bei den alten Holzsegelbooten vor Anker lag, was eigentlich ungewöhnlich ist. Ihnen bin ich dann gefolgt. Sie wirkten wie immer, selbstsicher und lässig, drehten sich aber häufig um, obwohl ihr Vater und Mauro schon längst im Inneren der *Stella Maris* verschwunden waren. Ja, und dann fuhren die beiden Brüder mit der Yacht Richtung Brač. Als ich zurückging, bemerkte ich, dass Salvatore Torchio ein Stück vor mir herlief. Allein. Die *Stella Maris* war nur noch ein Pünktchen am Horizont, und die *Lucrezia* sah man gar nicht mehr.«

Im Hafen wimmelte es von Menschen. Koffer und Kisten wurden geschleppt, die Gepäckträger schoben überladene Karren vor sich her und stöhnten, während sich aufgeregte Stimmen mit dem Flattern der Segel, mit dem Kreischen der Möwen und den Signalhörnern der Dampfer vermischten. Die Menschen umarmten einander, weinten, lachten, winkten und weinten und lachten wieder.

Ein Mann von ungepflegtem Aussehen, unrasiert, in zerrissener Kleidung, auf der man bei genauerem

Hinsehen getrocknete Blutflecken entdecken konnte, irrte umher. Alle sprangen zur Seite, um ihm auszuweichen, niemand erkannte in ihm den stadtbekannten Notar Goran Karaman. Niemand sah genauer hin, es hätte ein Seemann nach durchzechter Nacht sein können, einer der Flüchtlinge, der als blinder Passagier aufgeflogen und von einem der Schiffe vertrieben worden war, oder einer der vielen Arbeitslosen, die im Hafen nach Beschäftigung suchten. Aber auch er sah sie alle nicht, er suchte nach seiner Frau. Doch er konnte sich kaum konzentrieren, in seinem Kopf surrte es, rechts hörte er nichts, nachdem ihn einer der Schläge gefährlich am Ohr getroffen hatte. Außerdem fragte er sich immerfort, wie er seinen Freund, den Teehändler, aus dem Polizeikerker befreien konnte und was er alles unternehmen musste, um die ungeheuerliche Ungerechtigkeit, die ihm widerfahren war, juristisch lückenlos aufarbeiten und vor Gericht bringen zu können. Aber je mehr er daran dachte, desto verzweifelter wurde er und desto weniger konnte er sich auf die Suche nach seiner Frau konzentrieren. Sie musste hier irgendwo sein, mit all den Kindern, so hatten es ihm die Bediensteten in seinem Haus erzählt. Sie waren entsetzt gewesen von seinem Anblick, aber es war ihnen nicht gelungen, ihn aufzuhalten und zum Umkleiden zu bewegen, denn er hatte ihnen nicht mehr zugehört.

Irgendwo zwischen den Inseln Brač und Šolta verließ Frederick Achnitz die stickige Kajüte, in der er seit gestern Abend schlief, und stieg über eine Holzleiter an Deck. Der Wind war kaum zu spüren, aber die Lateinersegel waren prall gefüllt, die *schiffazzo* schien zu fliegen. Wenn man die Augen zusammenkniff, vermeinte man zu sehen, wie die Küste Italiens sich aus dem Wasser hob. Doch es war die Insel Hvar, bis nach Italien war es noch weit.

Das Täuschungsmanöver war aufgegangen. Seine Verfolger wähnten ihn wahrscheinlich auf dem Dampfer nach Alicante, womöglich suchten sie ihn dort sogar. In Bari wollte er den Zug nach Rom nehmen. Er würde die Bestätigung, dass er für die UFA arbeitete, vorlegen und den italienischen Grenzpolizisten hoffentlich erklären können, dass er dienstlich unterwegs sei. Deutsche Filme wurden überall gedreht. Sollte ihn das Glück weiter begleiten, würde er Spanien wie geplant bis Ende der Woche erreichen.

Wenn nur dieses Gefühl der Leere nicht gewesen wäre! Jana fehlte ihm, ihr Akzent, wenn sie sprach wie eine österreichische Gräfin. Er unterschätzte nicht die Gefahren, die ihn in Barcelona erwarteten – sollte er es überhaupt bis dorthin schaffen. Aber er war zuversichtlich, dass er mit seinem Engagement für die Volksolympiade einen Beitrag zum Kampf gegen die Faschisten leisten und danach zurück nach Dalmatien finden würde. Zurück zu Jana, die er nach Hause mitnehmen wollte, sobald das Regime in Deutschland überwunden war! Die Partei arbeitete mit allen Kräften daran. Seine Mutter, die ihn bei seinem Abschied vor zwei Monaten so zweifelnd und stumm angeschaut hatte und gar nichts hatte sagen wollen, würde sich bestimmt freuen.

Zum Glück sprach Jana Deutsch und war so bescheiden und ordentlich, seine Mutter würde gewiss nichts gegen sie haben. Nach seiner Berechnung konnten sie zu Weihnachten alle glücklich beisammen sein und Plätzchen essen, sollten die Nazis bis dahin besiegt sein. Das war schwierig, aber nicht unmöglich. Er hoffte auf eine Einigung zwischen der Sowjetunion und der französischen Regierung und auf ein gemeinsames Vorgehen. Vielleicht konnte man auch noch die Amerikaner und die Türken gewinnen?

Leider war von dem englischen König, der angeblich bald an der dalmatinischen Küste auftauchen werde, nicht viel zu erwarten. Allem Anschein nach hegte er Sympathien für Hitler, was Frederick nicht verstehen konnte. Der Verbindungsmann hatte ihn gestern beim Abschied deshalb ausgelacht: »Du bist naiv, Genosse! Wenn du bis jetzt nicht begriffen hast, dass es sich bei den Königen und den Popen, bei den Kapitalisten und den Großgrundbesitzern um dasselbe Pack handelt, dann hast du auch unseren Kampf nicht verstanden.« Dieser letzte Satz war wie eine unangenehme Nachricht. Der Piratenohrring baumelte bedrohlicher als sonst vor Fredericks Augen.

Mladen Zavoreo, der jetzt ebenfalls aus der Kajüte schlüpfte, um sich an der frischen Luft zu strecken, mochte in Spanien bleiben und kämpfen, bis der letzte Faschist besiegt war. Oder er mochte sich weiter bis nach Portugal durchschlagen und auf eine Schiffsverbindung nach New York warten – das schien ihm, Frederick, sogar wahrscheinlicher, obwohl sich der Ingenieur über seine Pläne nur sehr vage ausgesprochen hatte. Sie gingen ihn auch nichts an. Er jedenfalls würde den Film über die Volksolympiade drehen und ihn der Internationale zur Verfügung stellen, damit sie propagandistisch ein Gegengewicht zu den Spielen in Berlin aufbauen konnte. Aber dann würde er wieder an Bord gehen, das blaue, blaue, blaue Meer befahren, den gleichen Weg zurück, um seine Jana abzuholen und mit ihr nach Deutschland zu gehen. Wenn dort der Nationalsozialismus besiegt war. Bis dahin würde er in Split zusammen mit Jana warten, aber natürlich würde er nicht mehr für die deutschen Filmemacher arbeiten. Er könnte fischen oder einen Fotoladen eröffnen oder den Jugoslawen helfen, ihre ersten Filme zu drehen.

»Ihre Freundin ... mein Dienstmädchen«, sagte Mladen Zavoreo, »Verzeihung, ich kann mich immer noch nicht daran gewöhnen, dass es in der Gesellschaft der Zukunft, die Sie anstreben, keine Dienstmädchen mehr geben soll ..., also, Genossin Jana hat Essen für Sie eingepackt. Ich hoffe, Sie wollen mit mir teilen, ich habe Hunger.«

In dem Augenblick, in dem Frederick Achnitz mit dem Kopf voller schöner Zukunftsaussichten in sein von Jana liebevoll mit Ziegenkäse belegtes Maisbrot biss und kauend in die Ferne schaute, zu der dalmatinischen Küste zurück, die zusehends verschwamm, tobte Joseph Krause im Büro von Dinko Despot: »Halten Sie das Segelschiff an! Auf dieser italienischen Schrottkiste, auf diesem schwimmenden Marktladen befindet sich ein Agent von Stalins Bolschewiken. Der Mann ist eine Gefahr für den Weltfrieden!«

Doch Dinko Despot zeigte wenig Interesse, seinem deutschen Kollegen zu helfen. Im Gegenteil, der oberste Geheimpolizist von Split wirkte so, als ob er seinem aufgebrachten Gegenüber nicht vertraute. Er hielt überhaupt wenig von den Filmemachern, und dieser Hampelmann hier war angeblich für die Sicherheit bei Dreharbeiten im Ausland zuständig. Er konnte bei der Gestapo unmöglich eine große Nummer sein, und mit kleinen Nummern gab sich Dinko Despot ungern ab. Außerdem hatte er genug mit den Agenten der internationalen Freimaurerei und den einheimischen Bolschewiken zu tun. Einem Segelschiff pugliesischer Obstverkäufer hinterherzufahren, nur um jemanden davon abzuhalten, sich in Spanien den Kommunisten anzuschließen, war nicht sein Stil. Auf lange Sicht würde sich der Kommunismus unmöglich halten können, deshalb musste man nicht um jeden dieser Taugenichtse einen Aufstand machen, vor allem, wenn es sich um Künstler und Deutsche handelte. Viel zu lachen würde so einer am Ende nicht haben, dafür hätte er seine Hand ins Feuer gelegt, wenn er dafür Zeit gehabt hätte. Aber der Fall interessierte ihn nicht. Wichtig war nur, dass ein Kommunist mehr die Stadt, die unter seiner Verantwortung stand, verlassen hatte und nicht mehr zurückkehrte. Und dass er diesen entflohenen Achnitz nicht mehr nach Split einreisen lassen würde, verstand sich von selbst. Sollten die Italiener und die Spanier sich mit ihm herumschlagen, er hatte wirklich andere Sorgen. Auch wenn er zuversichtlich war, dass ihm der Notar nichts anhaben konnte, musste er dennoch beim Polizeipräsidenten gute Stimmung machen und dafür sorgen, dass er ausführlich über die Gefahren der Freimaurerei für den Fortbestand des jugoslawischen Königreichs unterrichtet wurde.

Als Mario Bulat Matić, dem Kellner, Doktor Radman und dem Apotheker Petrinelli erklärte, dass ihm die Anweisung des Polizeipräsidenten vollkommen egal sei, dass er Torchio, diesen alten Lüstling, zur Rede stellen werde, genauso wie seine eingebildeten Söhne, seine hochnäsige Tochter und seine herablassende Haushälterin, die heute, am Liefertag, wohl wieder die Händler, die Fischer und die Bauern in ihrem Hinterhof drangsalierte, und dass es ihm nicht einmal mehr wichtig sei festzustellen, wer genau aus dieser Familie Darko Barić getötet habe – das werde er sowieso früher oder später erfahren –, sondern nur noch darum gehe, Dora Nisiteo lebend zu finden – in diesem Augenblick also erklärte Walter Frentz im fernen Berlin Leni Riefenstahl, dass es ihm gelungen sei, eine Unterwasserkamera zu bauen, die ihren Ansprüchen genüge, und er erntete dafür ihr schönstes Lächeln. Sie hielt seine Hand lange in der ihren und blickte dann verträumt auf, schaute auf einen Punkt irgendwo über seinem Kopf, als ob sie dort in der Luft athletische Männerkörper sähe, die sich wie Schrauben über einem Sprungturm drehten, die in Zeitlupe kopfüber nach unten flogen, ihre muskulösen Beine nach oben ausgestreckt, und ihre Loopings unter Wasser fortsetzten, das von den perlenden Luftbläschen, die ihren Mündern entwichen, in Champagner verwandelt wurde.

Und genau in dem Moment, in dem Leni Riefenstahl die Hand des genialen Erfinders losließ, um ihn zu umarmen, um ihm verzückt etwas Unhörbares ins Ohr zu hauchen, entdeckten die Fische in der Tiefe zwischen der Hafenstadt Split und der östlichen Meerzunge der Insel Brač eine Riesenqualle, die von einer Luxusyacht ins Meer geworfen worden war und nun langsam zu den Korallenriffen hinabschwebte. Könnten Fische sprechen, dann hätten sie später jemandem erzählen können, dass sie ihren eigenen Augen nicht trauen wollten.

Der Schirm der Meduse war ein weißes Kleid, und die langen Tentakel waren die schlanken Beine einer Frau. Dass sie sich nicht im Wasser hin und her bewegten, sondern nach unten strebten, war einem Stein zu verdanken, der mit einem dicken Seil an ihren Füßen befestigt war. Aus den blausilbernen Lippen der Frau strömten keine Luftbläschen. Mit geschlossenen Augen sank die Meduse auf den Meeresboden und legte sich sachte auf das rosarote Bett, das die Korallen ihr bereiteten.

Anmerkung und Dank

Einige der in diesem Roman erwähnten Vorkommnisse haben sich tatsächlich ereignet, einige seiner Figuren haben wirklich existiert. Es handelt sich dennoch um keine historische Studie, sondern um Fiktion. So sind manche Lokalitäten anders benannt worden, als sie in Wirklichkeit hießen, und andere sind Produkt meiner Fantasie. Wer auf den Spuren dieses Romans nach Split reist, dem eröffnet sich die Möglichkeit, sie dennoch alle vorzufinden – wenn er nur lange genug sucht und genau hinschaut. Einigen realen Figuren des Romans wurden Worte in den Mund gelegt, die sie hätten sagen können, aber vermutlich nie gesagt haben, während erfundene Figuren den Anschein erwecken mögen, als hätte es sie tatsächlich gegeben.

Die Fakten, die als Grundlage für diese fiktive Geschichte dienten, habe ich aus Büchern, Fotografien, Zeitungen und Filmen gewonnen. Dabei haben mir Ante Barišić, Vlado Ercegović, Anna Maria Grünfelder, Ivica Profaca, Daniel Rafaelić, Danijela Rašić, Leon Rizmaul, Adela Roudi und die Gruppe »Split kroz povijest« (»Split durch die Geschichte«) geholfen, denen ich von Herzen danken möchte. Dass die Fakten bisweilen verdreht, ausgeschmückt oder verkürzt wurden, habe ausschließlich ich zu verantworten.

Für Ideen, Gespräche, Aufmunterungen, Korrekturen, Anregungen und Unterstützung danke ich Ali el Bayâ, Julia Eichhorn, Meike Herrmann, Angelika und Thomas Mahr, Ulrika Rinke und Hermann Wallmann.

Dem Ethnografischen Museum in Ljubljana danke ich für das Foto »An der Riva« aus der Serie »Dalmatien in den Dreißigern« des slowenischen Fotografen Jože Kozak (1895–1977), das mit einem für immer festgehaltenen Moment zu einem Bestandteil des Romans geworden ist.

Anna Jung, Jochen Jung und Regina Rumpold-Kunz vom Verlag »Jung und Jung« danke ich für ihren Enthusiasmus und die freundlichen Gespräche; Günther Eisenhuber darüberhinaus für das behutsame und einfallsreiche Lektorat.

Weitere Oktopus Bücher stellen wir Ihnen auf den folgenden Seiten vor. Das Gesamtprogramm finden Sie auf: www.oktopusverlag.ch

Wenn Sie zweimal jährlich über unsere Neuerscheinungen informiert werden möchten, schreiben Sie uns bitte an: newsletter@kampaverlag.ch oder Kampa Verlag, Hegibachstr. 2, 8032 Zürich, Schweiz

OKTOPUS VERLAG

Victoria Hislop
Insel der Vergessenen

Roman
Aus dem Englischen von Angelika Felenda

Ein bewegender Familienroman,
der zum Weltbestseller wurde.

Ihr ganzes Leben lang wünscht sich die Londoner Archäologin Alexis Fielding, mehr über ihre Wurzeln zu erfahren. Doch ihre Mutter Sofia weigert sich, von ihrer griechischen Familie und ihrer Kindheit zu erzählen. Mit fünfundzwanzig beschließt Alexis, sich selbst ein Bild zu machen, und reist nach Kreta. In Sofias Heimatort macht sie eine schockierende Entdeckung: Vor der Küste, direkt gegenüber dem Dorf Plaka, liegt die verlassene Felseninsel Spinalonga, wo sich bis in die 1960er-Jahre eine der letzten europäischen Leprakolonien befand. Als Alexis einer alten Freundin ihrer Mutter begegnet, erfährt sie endlich die ganze tragische und zugleich wunderschöne und berührende Geschichte ihrer Familie, die eng verknüpft ist mit dem Schicksal der Leprakranken auf Spinalonga.

»Ein grandioser Schicksalsroman
über die Macht von Liebe und Erinnerung.«
The Observer, London